KB028498

백제 지수신

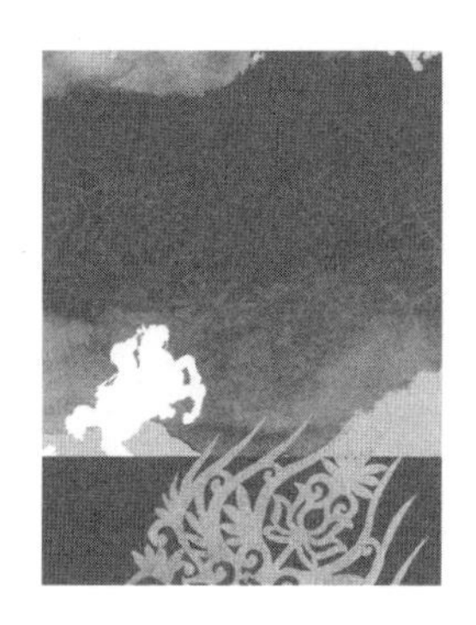

백제지수신

백제부흥운동의 대서사

상

류정식 역사소설

물병자리 H

• 들어가며 •

"역사는 언제나 승자의 기록이었다."

지금 이 순간 나의 머릿속을 맴도는 말이다.

나는 '해동증자'라고 칭송받는 동아시아의 위대한 군주였던 백제 의자왕이 왜 한순간에 황음을 일삼은 방탕한 군주의 상을 갖게 되었는지, 백제를 마지막으로 지킨 무장은 계백밖에 없었는지, 낙화암의 삼천 궁녀는 사실이었는지 이런 의문을 어린 시절부터 마음속에 품고 있었다.

나이가 들어서도 이러한 의문을 버릴 수 없어서 어느 날 작심하고 『삼국사기』와 『조선상고사』 등의 문헌을 살폈다. 그런데 생각 밖의 인물이 나를 사로잡았다. 계백처럼 우리의 기억 속에 자리 잡고 있지 않지만 백제부흥군의 주역인 임존성의 성주 지수신이다.

하지만 지수신이란 무장은 『삼국사기』와 『조선상고사』, 그리고 남효은의 『추강집』 중 '부여회고'와 안정복의 『동사강목』에서 단편적인 내용만 확인 할 수 있어서 그의 성격과 행적을 조명하기 어려웠다. 결국 생각 끝에 백제멸망과 백제부흥운동의 과정을 되짚으며 그의 행적을 소설을 통해 조명하고자 했다.

백제부흥운동은 의자왕이 당에 항복한 660년부터 임존성이 함락된 663년까지 백제 땅 곳곳에서 벌어진 지수신 등 백제의 무장과 백제 유민이 함께한 저항 운동이었다.

백제부흥운동은 일제강점기의 독립운동과 같은 의미를 지닌다. 말하자면 삼국시대 나당군에 나라를 잃은 백제유민의 독립운동이었다. 1,300여 년이라는 오랜 세월이 지나 우리 머릿속에 남아 있을 리 없고, 역사 기록도 많지 않아 이에 대한 관심이 높지 않은 것이 사실이다. 그러함에도 백제부흥운동의 중요성은 아무리 강조해도 지나치지 않다. 바로 우리 민족은 국가와 민족의 존망 앞에서는 끝까지 물러서지 않는다는 점을 일깨우기 때문이다.

김부식의 『삼국사기』는 신라사관을 바탕으로 서술하였기에 백제에 대한 부정적인 요소가 많아 안타까움을 금할 수가 없었다.

백제멸망은 삼국통일이라는 김춘추의 원대한 꿈에서 시작된 것이 아니라 의자왕에게 당한 신라왕족(김춘추의 사위인 김품석)의 복수가 시발점이었다. 그리고 당나라 또한 동아시아 패권을 다툰 고구려를 멸망시키기 위한 전략으로 참전했다.

백제부흥운동이 발생한 이유를 정리해 보았다.

첫째, 백제멸망 후 나당군에 의한 무자비한 사비성의 약탈이다. 사비궁, 능사, 왕흥사. 정림사 등 약탈로 인해 어느 한 곳도 성한 곳이 없었다. 둘째, 당군이 백제유민을 모두 죽이고 백제를 신라에 넘겨준다는 소문이 돌았으며, 연로한 의자왕이 나당군의 승전축하연회에 불려가 소정방과 김춘추에게 술을 따랐다는 치욕적인 사실이 백제무장들을 분노케 했다. 셋째, 백제 왕족과 1만2천이나 되는 젊은 장정과 부녀자들이 당에 노예로 끌려갔다. 처자식을 빼앗긴 백제유민의 슬픔이 하늘에 닿았기 때문이다.

백제멸망 시 절체절명의 상황은 일제강점기와 다를 바 없으니 백제무장들과 유민들이 들고 일어날 수밖에 없었다.

백제부흥군의 대표적인 무장으로 복신과 두량윤성의 정무. 승려 도침. 풍달군장 흑치상지 등이 있다. 이 소설에 나오지 않지만 구마노리성의 여자진 등도 거병의 깃발을 들었다. 그리고 임존성주 지수신은 일제강점기의 김구 선생이나 안중근 의사처럼 백제부흥운동의 정점을 찍었다.

"역사는 돌이킬 수 없고 가정할 수 없는 것이다."

백제의 마지막 영웅 지수신을 주인공으로 소설을 쓰겠다는 마음을 먹었을 때 떠오른 말이다.

역사는 가정할 수 없는 것인데 소설은 그야말로 가정의 산물이다. 특히 역사소설은 역사적 사실을 기반으로 작가의 상상력이 더해져 완성되는 장르인데, 지수신에게는 '역사적 사실'이 충분하지 않았다. 고민을 거듭한 끝에, 의자왕의 딸 '율'을 등장시키기로 했다.

소설에서 가공인물인 율을 등장시킨 이유는 분명했다.

김부식의 『삼국사기』에 임존성이 함락한 직후 지수신이 처자를 버리고 고구려로 도망가는(遲受信委妻子奔高句麗)부분이 나온다. 나는 임존성을 끝까지 지킨 무장이 처자를 버리고 도망간다는 것은 상식 밖이라 생각했다. 『삼국사기』가 백제가 멸망한 지 5세기가 지난 뒤(1145년)에 나왔고, 지수신이 신라에게는 눈엣가시 같은 인물이었기 때문에 패자에 대한 기록이 그렇게 남았을 거라 생각했다.

그리고 율을 조선시대의 정적인 여성상이 아닌 기개 넘치고 자유분방한 백제의 여인상으로 설정해, 이 소설의 또 한 명의 주인공으로서 지수신과 함께 백제부흥운동을 이끌어가길 바랐다. 여기에 부흥운동을 하다가 배신의 길로 들어선 흑치상지를 율과 연관시켜 소설의 스토리를 구성했다.

그리고 『삼국사기』 '백제본기'에 백제의 태자가 '효(孝)'로 기록되어 있는 반면, 백제와 전쟁에서 승리한 소정방이 정림사5층석탑에 새긴 '大唐平百濟國碑銘, 劉仁願紀功碑, 扶餘隆墓誌'에는 태자가 '륭(隆)'으로 기록되어 있다. 나는 실제 기록 연대에 가까운 '륭'을 태자로 삼았다.

백제멸망과 백제부흥운동을 개연성이 있는 소설로 구성하려다보니 고증 없이 역사적 사실을 제대로 반영하지 못 하지 않을까 하고 염려했다. 하지만 큰 틀에서 벗어나면 안 된다는 일념 하에 고심을 거듭하며 10년 동안 구상과 퇴고를 반복했다.

아쉬움이 남는 다면 백제부흥운동에 참여한 백제의 무장과 유민들의 면면을 잘 표현하지 못해, 그분들에게 누가 될까하는 점이니 독자 여러분이 적절한 판단을 바란다.

2020년 정월에 충정로 서실에서

• 차례 •

• 등장인물 •

- 백 제 -

의자(義慈, 595 추정~660, 재위 641~660) - 백제의 마지막 왕. 아버지 무왕의 뒤를 이어 보위에 올랐다. '해동증자'로 불릴 만큼 동아시아의 유력한 군주였다. 660년 나당연합군에 패해 나라를 잃었다. 소정방에 의해 당나라로 끌려가 11월 1일 낙양에서 당 고종에게 항복의례를 행했다. 해를 넘기지 못하고 병사하였다.

은고(恩古) - 의자왕의 비. 태자 륭(隆)을 비롯, 태(泰) 효(孝) 연(演) 풍(豊) 등 다섯 왕자를 낳았다.

륭(615~682) - 백제의 태자. 660년 백제가 멸망하자 부왕과 함께 당으로 끌려갔다. 이후 그는 백제부흥군을 이끌던 동생 풍과 대결. 663년 왜의 지원을 받은 부흥군이 패퇴한 후 항복한 흑치상지와 함께 다시 당으로 들어갔다가 665년 당의 웅진도독백제국왕으로 다시 입국해 문무왕과 회맹을 가졌다.

풍 - 의자왕의 막내아들, 일본에서 돌아와 의자왕을 계승했다고 자처하고, 백제부흥군을 이끈다.

태 - 의자왕의 아들. 사비성에서 탈출한 왕가 일행이 부소산성에 머물다 의자왕이 웅진성으로 몽진하자 자간과 무수의 간언에 혹해 부소산성에서 왕위에 오른다.

율(栗) - 의자왕과 은고 사이에서 태어난 백제의 공주(가상인물). 좌평 흥수의 제자로 무예에 뛰어나며, 백제부흥운동의 영웅 지수신을 흠모한다.

문사 - 태자 륭의 아들로 세손이다. 좌평 흥수의 딸 선을 흠모한다.

지수신(遲受信) - 의자의 친위군장. 660년 나당 연합군의 침입으로 사비성이 함락되자 임존성에서 거병하여 마지막까지 항거한다. 역사에서는 나당군에 항복한 흑치상지, 사타상여의 공격으로 임존성이 함락되자 처자를 두고 고구려로 망명했다고 전해진다.

흥수(興首) - 과거 백제군의 수장. 좌평. 율과 지수신의 스승. 계백, 성충과 함께 백제 3충신으로 불린다. 역사에서는 의자왕의 실정을 비판하였다가 고마미지현으로 유배되었다고 알려져 있다.

선 - 흥수의 딸(가상인물). 지수신을 흠모한다.

성충 - 백제의 좌평. 임자의 이간질로 감옥에서 옥사했다.

계백(階伯, 612~660) - 백제의 장수. 황산벌 전투로 유명한 백제의 무장이다.

의직(義直) - 백제의 대장군,

혜오화상(慧惡和尙) - 미륵사 방장. 창술에 능하다.

도침 - 혜오화상을 모시는 미륵사 승려. 백제부흥군 장수. 내분으로 복신에 의해 제거된다.

복신 - 임존성주. 풍왕과의 알력으로 제거당한다.

사택천복 - 백제의 대좌평.

흑치상지(630~689) - 백제의 무장인 풍달군장으로 백제 부흥 전쟁의 주역이었으나 당에 투항해 임존성 함락에 앞장섰다.

사타상여(沙吒相如) - 별부성 별부장. 의자왕의 반대편에 섰던 대좌평 사택지적(砂宅智積)의 아들로 설정. 백제부흥군이었으나 흑치상지와 당나라에 붙었다.

임자(任子) - 백제의 상좌평. 김유신의 끄나풀로 지수신 제거 작전이 실패로 돌아가면서 간자임이 밝혀진다.

조미압(粗米押) - 임자의 수하. 신라인.

덕집득 - 고마미지현령 출신 부흥군으로 풍왕자의 신임을 얻는다.

일충(검일) - 신라에서 귀화한 백제의 무장으로 석성산성주. 신라 이름은 검일이다.

예식진 - 웅진방령. 웅진성을 열어 당나라에 항복하며 의자왕을 배반한다.

- 신 라 -

김춘추(金春秋, 602~661) - 신라 태종무열왕.

김법민(金法敏, 626~681) - 신라의 태자. 신라 문무왕. 김인문의 형.

김인문(金仁問) - 신라의 왕자. 당군을 데리고 온다.

김유신(金庾信, 595~673) - 신라의 대장군.

김문영(金文穎) - 신라의 선봉장.

김흠순 - 신라의 좌장군.

김품일 - 신라의 우장군.

천관녀 - 신라의 대장군 김유신의 정인(情人).

– 당 –

소정방(蘇定方, 592~677) - 당의 무장으로 나당 연합군의 대총관이다. 서돌궐, 사결, 백제를 멸망시키고 고구려 평양성까지 공격하였다. 군선 1900척에 13만 대군을 이끌고 백제로 온다.

유인궤(劉仁軌) - 당의 무장으로 병참부대장.

유인원(劉仁願) - 당의 무장으로 우군낭장.

이의부(李義府) - 당의 무장으로 군사참모.

유백영(劉伯英) - 당의 무장으로 좌군낭장.

두상(杜爽) - 당의 무장인 낭장으로 소정방 휘하에서 백제를 공격했다.

풍사귀 - 당의 무장인 낭장으로 소정방 휘하에서 백제를 공격했다.

• 주요 배경 •

- 충남 인근 -

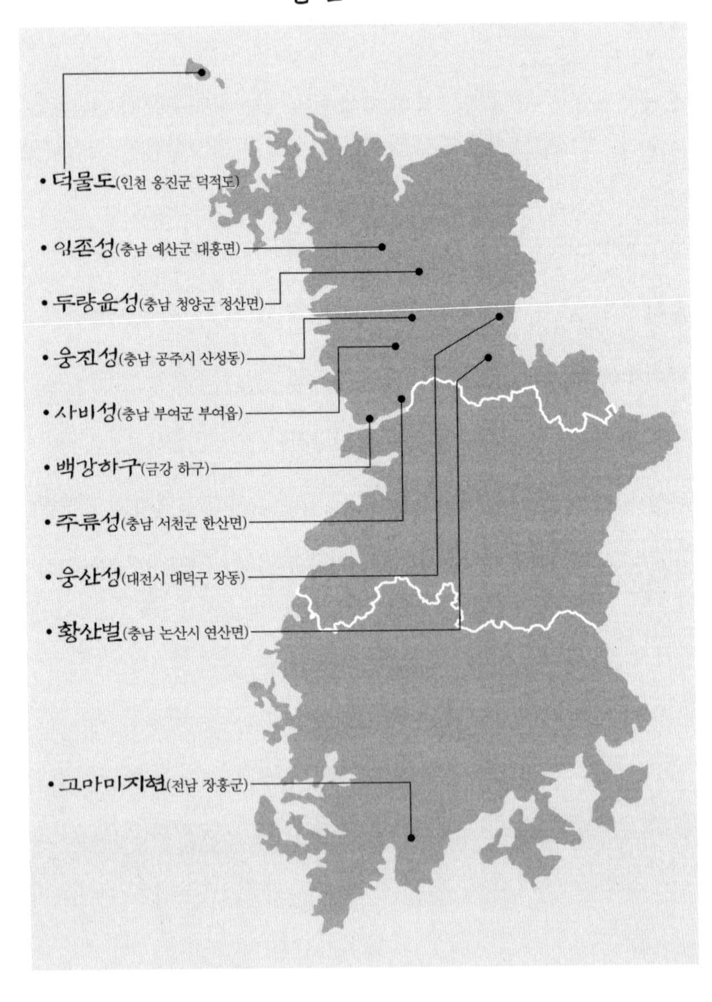
• 덕물도(인천 옹진군 덕적도)
• 임존성(충남 예산군 대흥면)
• 두량윤성(충남 청양군 정산면)
• 웅진성(충남 공주시 산성동)
• 사비성(충남 부여군 부여읍)
• 백강하구(금강 하구)
• 주류성(충남 서천군 한산면)
• 웅산성(대전시 대덕구 장동)
• 황산벌(충남 논산시 연산면)
• 고마미지현(전남 장흥군)

- 부여 인근 -

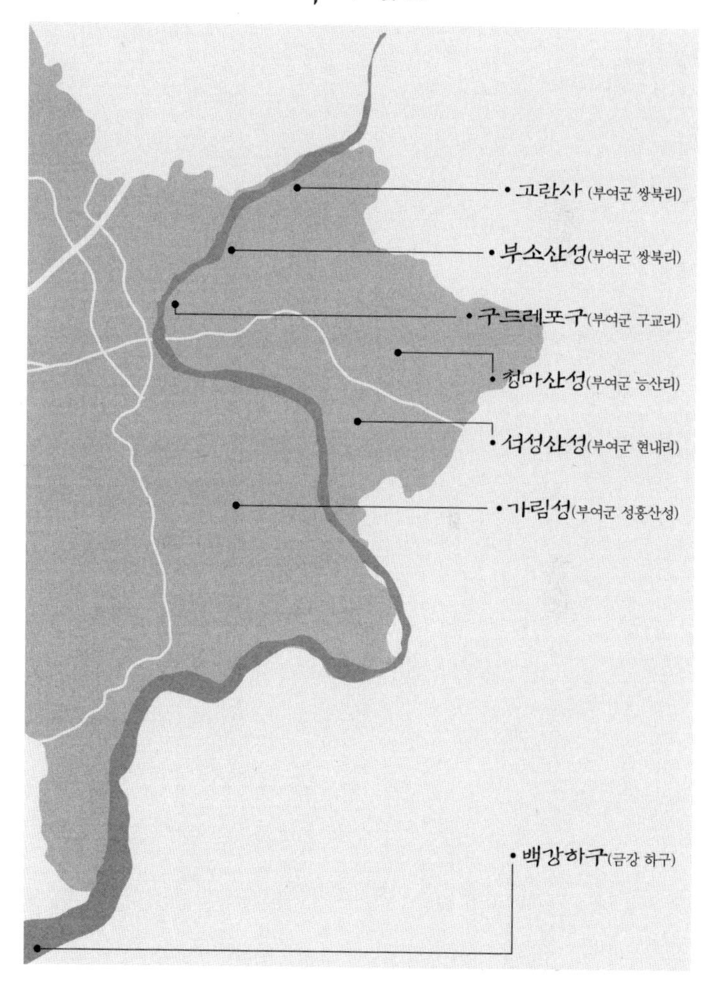

고란사 (부여군 쌍북리)
부소산성(부여군 쌍북리)
구드레포구(부여군 구교리)
청마산성(부여군 능산리)
석성산성(부여군 현내리)
가림성(부여군 성흥산성)
백강하구(금강 하구)

백제부흥운동의 대서사

백제 지수신

1장 / 밀사

백강 하구가 심상치 않은 듯 새벽부터 소금기 머금은 파도가 하늘로 치솟았다. 정오가 되었는데도 태양이 구름 속에서 나오지 않고, 금빛 비단 같은 강물이 거센 물보라를 일으키자 의자(義慈)의 근심은 깊어만 갔다.

아버지 무왕(武王)의 뒤를 이어 보위에 오른 의자는 신라에 빼앗긴 40여 개의 성을 수복하고, 백성들의 고단한 삶을 보살폈다. 하지만 세월이 흐를수록 전장에서 생사고락을 같이했던 충신을 멀리하고, 간신배에 둘러싸여 가렴주구를 일삼고 있다는 소문이 사비성의 저잣거리에 돌기 시작했다. 민심은 더욱 가파르게 변해, 나라에 변고가 있을 거라는 소문이 참인지 거짓인지 가리기도 전에 부풀려지고 커져만 갔다.

백성들은 숨소리보다도 작은 모기 소리에도 귀를 기울이고, 바람소리 빗소리 서산에 지는 석양만 보아도 가슴을 졸였지만 소문은 소문으로 끝나지 않았다. 당군 13만이 덕물도(德勿島, 오늘의 덕적도)로 향하고 있다는 첩보가 사비성문을 두드렸다.

첩보의 심각성을 직감한 의자가 어전회의를 열었으나, 실체를 좀 더 파악하자는 중신들과 즉각 전시태세로 전환해야 한다는 중신들이 두 패로 나누어 서로 물어뜯고 싸우기만 했다. 의자의 근심을 부채질하기라도 하듯 가랑비처럼 내리던 비가 굵은 빗줄기로 돌변하고, 하늘은 괴성을 지르며 울기 시작했다. 의자는 중신들을 모두 물리치고 늙은 내관에게 명했다.

"친위군장 지수신(遲受信)과 공주 율(栗)을 불러오라."

늙은 내관이 가는귀가 먹었는지 머뭇거리자 의자가 진노했다.

"왜 꾸물대느냐? 냉큼 가지 않고."

"망극하옵니다. 폐하."

늙은 내관이 겁먹은 표정으로 나가자 의자는 답답한 마음을 토로하듯 거세게 몰아치는 빗줄기를 바라보면서 말했다.

"지수신이 잘해내겠지, 율과 함께 보내는 게 나을까. 다들 홍수의 제자니 내 마음을 알겠지. 고마미지현(전남 장흥)까지는 머나먼 고생길인데, 비 때문에 강물이 넘치지나 않을는지."

의자의 복잡한 속내를 비웃듯이 집채만 한 파도가 타사암(낙화암)을 집어삼켰다. 의자는 파도 소리와 폭우 소리에 두 눈을 감았다. 하지만 이런 답답한 마음도 잠시 지수신과 해맑은 눈동자를 가진 십팔구 세쯤 보이는 공주가 어전에 들어왔다.

"폐하, 친위군장 지수신이옵니다. 명을 내려주옵소서."

의자가 부복하고 있는 지수신을 바라보니 서글서글한 눈매와 무예로 단련된 근육이 갑옷 밖으로 튀어나올 것처럼 힘차게 보였다. 반면 그의 손은 여인의 손처럼 희고 부드럽게 보이며, 흑갈색 머리가 구름 속의 흑룡처럼 꿈틀거렸다.

"나라에 적과 싸울 용맹한 장수가 모두 늙거나 어리고, 전장에서 실전을 경험한 전술가가 짐의 주변에 없어 답답하다. 짐은 고마미지현에 유배를 보낸 홍수(興首)를 총군사로 삼아 당군과 신라군을 물리치고자 한다. 짐은 그대의 아버지처럼 그대를 믿노니, 그대와 공주는 짐의 밀지를 지니고 흥수에게 가라."

"미천한 소신을 거두어주신 성은을 어찌 잊으오리까? 임무를 완수하고 돌아오겠나이다."

지수신은 의자가 아버지를 거론하자 마치 죄지은 사람처럼 고개를 떨구었다. 친위군장이라는 막중한 자리에 있으면서도 의자의 성심을 단 한 번도 헤아리지 못했다. 율도 수척해진 부왕의 용안에 가슴이 울컥했다.

"스승님은 아바마마의 둘도 없는 충신이옵니다. 성심을 바로 하옵소서."

의자의 눈가에도 눈물이 고였지만 나랏일이 우선이었다. 어검인 칠생도(七生刀)를 지수신에게 주면서 말했다.

"이 검은 짐의 상징이며 나라의 보배다. 흥수에게 전해주면 짐의 마음을 알 것이다."

"칠생도는 걱정하지 마옵소서. 폐하."

지수신의 당찬 목소리에, 율은 지수신과 첫 만남을 돌이켜보았다. 철없던 어린 시절, 꽃술을 찾아다니는 호랑나비를 쫓다가 어전을 엿보게 되었다.

한 마리 학이 물 위로 비상하듯 앳된 소년이 검으로 허공을 찔러대고 있었다. 소년의 검기에 어전은 숨소리도 나지 않았다. 율은 조심스럽게 소년에게 다가갔다. 율이 소년을 넋 놓고 바라보자 의자가 물었다.

"네가 웬일이냐. 아비에게 할 말이라도 있는 것이냐?"

"아바마마, 궁궐이 따분해서 나왔어요. 마치 어항 속 같아요."

의자는 정신이 번쩍 들었다. 마치 자신이 어항 속의 물고기 같았다. 좌평 흥수에게 구원을 청하듯이 물었다.

"좌평은 어떻게 생각하시오. 궁궐이 어항 속 같다는데, 공주의 말이 맞지 않소."

"맞습니다. 소신도 궁에 들어오면 숨이 막혀옵니다."

"좌평까지 그리 생각한다면 짐은 어항 속의 물고기가 아니겠소."

"소신의 생각이 짧았습니다. 용서하옵소서."

"맞는 말인데 용서는 무슨, 그리고 지수신이 어리지만 검술이 대단하오. 정말 수고했소."

"지광의 어린 아들을 소신에게 맡겨 준 폐하의 성심을 어찌 모르겠습니까? 이제 걱정 마옵소서. 잘만 가꾸면 나라의 동량이 될 것이옵니다."

"짐이 지광에게 많은 빚을 졌소. 좌평이 지수신을 큰 그릇으로 만들어 주시오."

"명심하겠사옵니다. 폐하."

흥수의 말에 의자의 용안이 밝아졌다. 그리고 시선을 돌려 지수신에게 말했다.

"좌평은 너의 아버지와 다름없다. 은혜를 잊지 마라."

"스승님은 소인을 길러주신 부모님이옵니다. 심려 마옵소서. 폐하."

"검술 못지않게 생각도 깊구나. 하하하."

율은 부왕의 파안대소에 지수신의 눈빛을 살폈다. 앳된 소년이지만 그의 예리한 눈빛이 율의 가슴속을 파고들었다. 구중궁궐에 살고 있는 율은 어항 속의 물고기에 지나지 않았다. 이번 기회에 어항을 깨고 나가 어항 밖의 세상을 맛보고 싶었다. 여자의 몸이지만 검술을 배워 지수신을 뛰어넘고 싶었다.

"아바마마, 저도 검술을 배우고 싶어요. 좌평을 스승으로 섬길 수 있도록 허락해 주셔요."

율의 간청에 의자는 난감했다.

"좌평, 이를 어찌하면 좋겠소. 공주에게 검술을 가르쳐줄 수 있겠소."

"소신이 보건대 공주님은 궁궐에만 갇혀 있을 분이 아니옵니다. 소신이 모시겠습니다."

율은 흥수의 품에 안기듯이 무릎을 꿇었다.

"좌평 아니 스승님, 제자의 절을 받으셔요."

"공주님의 급한 성정은 알아주어야 하겠습니다. 하하하."

율이 홍수를 스승으로 모시면서 십여 년의 세월을 보내자 검술은 물론 용모도 장미꽃처럼 활짝 피어났다. 율의 고혹적인 미소와 달빛이 잠긴 듯한 눈매. 잘 다듬어진 몸의 각선은 여타 사비성의 처자들에게 비길 바가 아니었다. 하지만 지수신은 모른 척했다. 율은 지체 높은 공주요, 자신은 군왕을 경호하는 친위군장에 불과했다. 율이 다가올수록 지수신은 의도적으로 피했다.

율은 이런 지수신의 마음을 모르는지, 밀명을 내리는 부왕의 그늘진 용안을 보면서도 고마미지현 가는 길이 꽃놀이 가는 것처럼 마음이 들뜨기 시작했다. 그러나 율과 지수신의 모습을 지켜보고 있는 늙은 내관의 입가에 무슨 꿍꿍이속이 있는 것처럼 야릇한 미소가 번지기 시작했다.

임자(任子)는 결정하기가 쉽지 않았다. 의자를 보필한 지 수십 년 동안 성충과 흥수에 밀려 외직에 머물렀으나, 하늘의 뜻인지 은고(恩古. 의자왕의 비)의 힘을 빌려 상좌평 자리에 올랐다. 하지만 이제 끝이 보이는 것 같았다. 당군 13만은 적은 수가 아니었다. 백제의 위기가 자신의 위기라고 생각했다.

임자의 속내를 떠보는 듯 비바람에 떨어진 꽃잎이 대청마루로 날아왔다. 임자가 대청마루에 떨어진 꽃잎을 바라보는 순간, 대문 밖이 소란스러웠다.

"대궐에서 나왔다. 상좌평나리 계시는가?"

임자의 닫혀있던 귀가 번쩍 열렸다.

"대궐에서 급한 일인가보다. 빨리 모셔라."

"네, 나리."

마당에서 서성거리고 있던 늙은 하인이 대문을 열었다. 임자가 어전에서 가끔 보았던 젊은 내관이었다. 젊은 내관은 임자의 주위를 조심스럽게 살피면서 말했다.

"내관 어른의 밀서를 가지고 왔습니다."

"밀서를? 이리 주시게나."

임자는 밀서를 받으면서 넌지시 물었다.

"요즈음 폐하의 성심은 어떠하신가? 괴소문이 돌아서 하는 말일세."

"괴소문이 돌고부터 혼자계시는 날이 많아지셨습니다. 저희 내관들도 폐하의 성심을 알지 못해 매일 근심하고 있습니다."

"그런가? 폐하를 보필하는 상좌평으로서 한 번 물어보았네. 내관 어른에게 잘 받았다고 전하고, 잠시 기다리시게."

임자는 거실로 들어가 은덩이 두 자루를 가지고 나왔다.

"큰 자루는 내관 어른에게 주고 작은 것은 밀서를 가지고 온 감사의 표시일세. 궁에서도 금전이 필요할 것이니 요긴하게 쓰시게."

"고맙습니다. 나리."

젊은 내관은 은덩이 두 자루를 허리춤에 집어넣고 폭우 속으로 사라졌다. 임자가 밀서를 살펴보았다. 불과 다섯 자로 급히 쓴 필체였다.

흥수칠생도.

무슨 의미일까? 오늘 열린 어전회의를 곰곰이 되씹어보았다.

요즈음 사비성의 하늘이 맑지 않아서인지 괴소문이 칡넝쿨처럼 뒤엉키고 수캐마냥 짖어댔지만 임자는 별거 아니라고 둘러댔다.

"태평성대에 웬 전쟁입니까? 나라가 태평하니 배부른 자들이 할 일 없이 지어낸 헛소문이옵니다. 성총을 바로 하옵소서. 폐하."

그런데 생각지도 않던 칠생도가 등장했다. 칠생도는 근초고왕이 왜왕에게 하사한 칠지도(七支刀)와 쌍벽을 이루는 어검이었다.

"흥수와 칠생도가 무슨 관계인가? 흥수에게 죽으라고 내리셨나? 아니다. 칠생도는 생명을 잉태하는 신비의 검이다."

칠생도는 거북과 용의 문양이 살아 숨 쉬듯이 조각된 삼한(三韓)의 제일 검이었다. 임자는 칠생도에서 뿜어 나오는 무서운 파장에 오금이 저렸다.

"그렇다. 생(生)의 검이다, 큰일 났구나. 흥수는 나와 항상 맞섰다. 조정에서 나를 간신배로 몰아세우고 갖은 술수를 다 부렸다. 흥수를 살린다는 폐하의 뜻이 아닌가? 그가 오면 나는 죽은 목숨이다. 내가 상좌평에 오르고자 얼마나 노력했는데 하루 빨리 결단을 내려야겠다."

임자는 절묘한 계책이 머릿속에 떠올랐는지 손으로 무릎을 내리쳤다. 그리고 늙은 하인에게 큰소리로 말했다.

"조미압(粗米押)을 들라 해라."

"네, 나리."

임자는 먹이를 찾아 나선 독수리처럼 밀서에 쓰인 다섯 글자를 날카롭게 살펴보았다. 하지만 밀서 속에서 홍수가 뛰쳐나올 것 같아, 밀서를 자리 밑에 집어넣었다.

"어험, 내가 이러면 안 되지."

임자가 헛기침을 한번하고 마당을 바라보자 폭우 사이로 불혹이 됨직한 깡마른 사내가 나타났다. 마치 주군을 대하듯 머리를 조아렸다.

"나리, 조미압 대령했사옵니다. 분부하실 일이라도."

"가까이 앉아라, 내 궁금한 것이 있다."

"하문하옵소서. 성심껏 답변 드리겠습니다."

"자네가 내 수하로 들어온 지 얼마나 되었나?"

"모신 지 십 년이 흘렀습니다. 나리."

"자네가 알고 있는 것처럼 지난 십 년간 내가 자네의 어려운 처지를 돌보았다. 그런데 문제가 생겼다. 귀양 간 홍수가 다시 군권을 맡을 것 같으니 이 밀서를 김유신(金庾信)에게 전해 주어라."

임자는 자리 밑에서 밀서를 꺼내주었다. 조미압은 밀서를 받아 가슴속에 집어넣고 목소리를 낮추었다.

"밀서를 보면 김유신이 무척 기뻐하실 겁니다. 임무를 완수하고 돌아오겠습니다."

"힘깨나 쓰는 무사 몇 놈 데리고 가거라. 실패하면 자네도 나도 끝장이다."

"아무 걱정 마십시오. 비록 몸은 신라인이지만 모든 행동은 백제인과 다름이 없습니다."

조미압은 다시 한번 머리를 조아리고 나갔다. 임자는 굵어지는 폭우에 신음소리를 반복해서 냈다. 이제 그만 오지 중얼거리면서 눈을 감았지만 많은 생각이 꼬리를 물고 있어 그저 뒤척일 뿐이었다. 그런데 임자의 얼굴이 별안간 밝아졌다. 폭우가 계속 내리지만 개의치 않았다. 늙은 하인이 눈치 채지 않게 대문을 열었다. 그리고 주변을 조심스럽게 살핀 후, 폭우 속으로 사라졌다.

660년 초여름, 대총관 소정방(蘇定方)이 군선 1천9백 척에 13만 병사를 싣고 산동만을 통과해 신라의 작은 섬 덕물도로 긴 여정에 올랐다.

김인문(金仁問)의 눈에 눈물이 흘러내렸다. 고구려와 백제의 틈바구니에서 살아남고자 당 황제에게 무릎을 꿇고 신하의 예를 표했던 부왕의 절치부심했던 꿈이 드디어 이루어지는구나, 하고 지난날을 돌이켜보았다.

당 황제의 황은이 바다보다 넓고 끝이 없어 보였다. 마치 김인문의 소원을 들어주기라도 하는 듯이 물길은 잔잔하고, 백제를 정벌할 병사들의 떠드는 소리가 하늘 끝까지 울려 퍼졌다.

그런데 웬일인가 먹구름이 하늘을 뒤덮더니 천둥이 치고 폭우가 내리기 시작했다. 그리고 1천9백 척의 군선을 집어삼킬 것처럼 거세게 몰아치는 파도에, 덕물도로 가는 물길이 보이질 않았다. 더구나 군량을 실은 병참선이 전복될 듯이 위태롭게 출렁거리자 소정방은 눈이 뒤집혔다.

"병참부대장 유인궤(劉仁軌)는 뭣하고 있느냐? 병참선이 전복되면 전쟁을 할 수 없다. 병참선에 실은 군량과 보급품을 옮겨 실어라."

소정방의 군령은 거센 파도 소리에 묻히고 침몰하는 병참선의 굉음만 하늘을 갈랐다. 소정방은 검게 구멍 뚫린 하늘을 보고 탄식했다.

"13만 당군을 먹여 살릴 병참선을 침몰시킨 유인궤를 어떻게 처벌하면 좋겠는가? 제장들은 말해보라."

군사참모 이의부(李義府)가 소정방의 눈빛을 살피면서 말문을 열었다. 전부터 유인궤하고 감정이 좋지 않은 터였다.

"합하, 용왕님의 진노하심도 컸지만 풍랑에 대비하지 못한 죄가 더 크니 참하십시오."

유인궤는 등골이 오싹했다.

“소장의 능력으로 막을 수 없는 천재지변이옵니다. 이를 헤아려 주십시오.”

“천재지변이라니? 잘못했으면 시인하고 무장답게 벌을 받으시오.”

“합하, 군사참모의 말을 믿지 마십시오.”

유인궤가 선상바닥에 머리를 찧으며 눈물을 흘렸다. 우군낭장 유인원(劉仁願)이 선처를 호소했다.

“죄는 크오나 고의가 아니니 만회할 기회를 주십시오.”

좌군낭장 유백영(劉伯英)도 거들었다.

“유인궤의 죄보다 병사들이 먹고 입을 방책을 먼저 세워야 합니다.”

좌군낭장의 말대로 병참이 가장 시급했다.

병참이 없으면 백제 정벌은 고사하고 선상(船上)에서 굶어 죽을 판이었다.

“병참을 해결하지 않고는 전쟁을 할 수 없으니 철군할까 하는데….”

소정방이 철군하겠다고 운을 떼자 김인문은 가슴이 철렁했다. 자칫 백제 정벌은 없던 일이 되는 건 아닌가.

“합하, 백제 정벌을 눈앞에 두고 철군은 결단코 아니 되옵니다.”

"그럼 손가락 빨면서 전쟁을 하잔 말인가?"

소정방이 비아냥거리자 김인문의 속이 검게 타들어갔다. 여기서 멈추면 부왕의 노여움을 감당할 수 없으리라.

"이번 원정의 병참은 신라가 모조리 감당하겠사옵니다. 제가 부왕을 대신해 약속드리겠습니다."

"부왕을 대신해 약조하는데 더 무슨 말을 하겠나, 부총관의 말 한 마디가 13만 당군의 사기에 큰 보탬이 되었다."

소정방이 껄껄 웃었다. 한순간의 일기조화로 신라는 13만 당군의 병참을 담당해야 하는 무거운 짐을 짊어지게 되었다. 하지만 철군을 가까스로 막은 김인문은 안도의 한숨을 내쉬었다. 소정방은 군령을 내렸다.

"천재지변이라고 하나 유인궤의 죄는 너무나 크다. 유인궤는 우군낭장 유인원의 부대에서 백의종군하라. 또한 좌군낭장 유백영은 발정 안 난 수소와 돼지를 잡고 유인궤의 머리카락을 태워 용왕님께 제사를 올려라."

죽음의 문턱까지 갔던 유인궤가 소정방에게 군례를 하고 물러났다. 병참선의 침몰로 꺾였던 병사들의 사기가 되살아났다.

"대당 만세! 황제 폐하 만세! 대총관 만세!"

좌군낭장 유백영이 군령을 받들었다. 소정방도 술을 세 번 나누어 바닷물에 뿌리자 물결이 한결 잔잔해졌다. 유인궤의 머리카락 타는 연기가 구름 속에 스며들고 햇살이 선상에 반짝거렸다.

물살을 가르는 노꾼의 우렁찬 구령 소리가 망망대해와 청천하늘을 가르고, 병사들이 덕물도가 보인다고 웅성대기 시작했다.

사비성을 나온 지수신과 율은 남쪽으로 말을 달렸다. 한바탕 요란법석을 떨던 하늘에 뭉게구름이 자리 잡기 시작하고, 산과 계곡도 비를 머금어선지 산뜻한 기운이 하늘을 닿고 바람은 잔잔했다.

"사형이랑 말을 달려본 지가 언제였는지 기억나지 않아요. 스승님 계실 적에는 자주 달렸는데…."

율이 동문수학하던 시절을 회상하면서 용화산(龍華山) 고갯마루에 올라서자 장엄한 대웅전이 눈앞에 펼쳐졌다. 지수신은 대웅전의 용마루를 가리키면서 율에게 말했다.

"저 절은 선대왕께서 선화왕후를 위해 창건한 미륵사입니다. 혜오화상(慧惡和尙)께서 방장 스님으로 계시지요. 법문도 법문이지만 지략이 스승님과 견주어도 손색이 없는 분입니다."

"혜오화상님이 미륵사에? 그럼 한번 뵙고 가요."

율의 말이 끝나자마자 석양이 용화산 마루에 금빛 날개를 접었다. 지수신이 미륵사로 들어가는 동자승에게 물었다.

"혜오화상을 뵙고자 합니다. 말씀 좀 전해주십시오. 스님."

"어디서 오셨는지?"

"사비성에서 온 지수신이라 합니다."

동자승이 아쉽다는 듯 말했다.

"지금 출타 중이십니다. 정처 없이 다니시는 분이라 언제 오실지 모릅니다."

"그럼 다시 찾아뵙겠다고 전해 주십시오. 스님."

지수신과 율은 동자승에게 합장하고 다시 말을 달렸다. 하지만 용화산 마루로 넘어간 석양이 그리운지 타고 온 말이 처량하게 울었다. 숲속의 산길도 검은 그림자로 채워져 비틀거리고, 밤하늘의 별도 달도 구름 속에 갇혀버렸다. 율은 음산한 산길이 내심 불안했다.

"밤길이라 무서워요. 역참을 빨리 찾아야 하는데…."

"십리만 더 가면 별부성(익산 왕궁면)이 있습니다. 그곳에 사타상여(沙吒相如)가 별부장으로 있으니 걱정 마십시오. 공주님."

"그는 부왕의 반대편에 섰던 사택지적(砂宅智積)의 아들이잖아요."

"사택지적의 아들이지만 성충 문하에서 흑치상지(黑齒常之)와 동문수학한 호걸풍의 무장입니다."

"그래도 좀 미심쩍어요."

율이 말 엉덩이에 채찍을 가했다. 산길이 험하지 않으나 숲이 우거져서 그런지 말달리기가 녹록치 않고, 여우 울음소리가 을씨년스럽게 울려 퍼졌다. 그리고 밤하늘의 초승달이 지수신과 율의 뒤를 쫓는 검은 복면을 지켜보았다. 율이 음침한 숲속을 가리키면서 말했다.

"사형, 박쥐처럼 복면들이 다가오고 있어요."

지수신도 검은 복면의 움직임을 알고 있었으나, 나라의 명운이 걸린 어명이라 지체할 수가 없었다. 그런데 검은 복면이 모습을 드러냈다. 지수신이 허리에 찬 검을 빼 박쥐처럼 달려드는 복면을 내리치자 섬광이 달빛을 갈랐다.

율도 검을 들었지만 생각과는 달리 복면들의 검술은 뛰어났다. 저잣거리 칼잡이의 검술은 아니었다. 율의 검이 좌우로 날면서 복면들의 목을 잘랐지만 시간이 갈수록 밀리기 시작했다. 지수신이 호통을 쳤다.

"이놈들, 우릴 따라온 이유를 대라. 아니면 모두 죽이겠다."

지수신을 공격하고 있던 복면이 코웃음을 쳤다.

"주둥이를 닥치고 네놈 목이나 내놓아라."

"네놈이 두목이구나. 누가 보냈냐?"

"죽을 놈이 그건 알아서 뭣하게?"

두목이 비웃으면서 지수신을 절벽으로 몰았다.

"안되겠습니다. 공주님, 칠생도를 갖고 먼저 탈출하십시오. 제가 이놈들을 막겠습니다."

두목이 가소롭다는 듯이 말했다.

"누구 마음대로? 이제 퇴로가 막혔다. 절벽으로 뛰어내리든가 항복하라."

그런데 상황이 돌변했다. 숲속에서 창검을 든 승려들이 무리를 지어 나타났다. 그리고 복면들을 몰아세우기 시작했다. 선봉에 선 노승이 일갈호통을 쳤다.

"부처님이 두렵지 않느냐? 살생을 멈춰라."

노승의 창술은 산짐승도 탄복할 정도로 빈틈이 없었다. 지수신은 노승이 혜오화상이라고 직감했다. 달빛에 비친 창의 움직임만 봐도 알 수 있었다.

"혜오화상님, 어떻게 여길…."

"인사는 나중에 하고 칠생도나 뺏기지 마시오."

율도 밀리던 자세에서 반격하는 자세로 바꾸어 복면들을 공격했다. 전세가 급변하자 두목이 복면들을 닦달했다.

"중놈을 막아라. 지수신을 죽여라."

"비호처럼 날쌘 중놈을, 안되겠습니다. 두목님."

복면들은 승려들의 창검술에 겁을 먹었는지 슬금슬금 꽁무니를 뺐다. 하지만 두목은 물러설 수가 없었다. 마지막 발악하듯 눈에 쌍불을 켰다.

"지수신 이놈아, 내 검에 죽기 전에 칠생도를 내놓아라."

두목의 검이 지수신의 목에 닿는 찰나 혜오화상이 전광석화처럼 창을 던졌다.

"도적인 주제에 감히 누구를…."

"으악…."

두목이 단말마를 지르면서 쓰러지자 복면들은 전의를 상실했는지 여우 울음소리가 진동하는 산골짜기로 도망치기 시작했다. 승려들이 쫓으려 하자 혜오화상이 손사래를 치면서 막았다.

"살생은 불가피할 때만 하는 것이다. 더 이상 좇지 말고 죽은 중생들의 시체를 한곳에 모아 불태워라. 다음 세상에 보살로 태어나게."

"네, 방장스님."

지수신이 혜오화상에게 합장했다.

"구사일생으로 목숨을 건졌습니다. 거듭 감사를 드립니다."

"모두 부처님이 시키신 일이오. 그런데 이분은 뉘 시온지?"

"인사 나누시지요. 율 공주님이십니다."

"변복을 하셔서 몰라 뵈었습니다. 공주님."

"목숨을 구해주신 은혜, 평생 잊지 않겠어요."

혜오화상이 율의 마음을 알고 있다는 듯이 입가에 미소를 지었다. 그리고 승려들 가운데서 건장한 승려 한사람을 불러냈다.

"장군, 땡중을 하나 소개하겠소. 불경보다도 병법과 무예에만 빠져 있어, 그럴 바야 차라리 환속하라고 하고 있습니다. 이놈아, 장승처럼 서있지 말고 인사 올려라."

"장군님, 소승 도침(道琛)이라 합니다."

"그렇지 않아도 한번 뵙고 싶었는데 정말 반갑습니다. 도침 선사님."

지수신이 도침의 손을 잡았다. 항우장사처럼 우직한 힘이 전신에 짜릿하게 전해왔다. 혜오화상이 도침에게 말했다.

"이분들과 다시 만날 날이 있을 것이다. 미륵사로 돌아가 죽은 중생의 극락왕생을 빌어라."

"알겠습니다. 방장스님."

도침은 긴 창을 어깨에 둘러매고 미륵사로 떠났다. 지수신은 궁금했다.

"제가 이곳을 지날 줄 어떻게 아셨습니까? 쥐도 새도 모르게 사비성을 나왔는데…."

"소승이 별부성에서 금강경을 강론하고 있는데 사타상여가 임자의 밀서를 보여주는 것이었소. 폐하께서 홍수를 총군사로 임명한다는 징표로 칠생도를 지수신에게 주었으니 나타나면 죽이고 칠생도를 뺏으라는 밀계였소."

혜오화상의 입에서 상좌평의 이름이 불쑥 튀어나오자 지수신은 말문이 막혔다. 웅진방령 예식진의 뒤를 이어 친위군장에 임명되면서부터 사사건건 시비를 걸고 마치 원수 대하듯 지수신을 대했다.

"왜 하필 사타상여에게…."

"사택지적의 친아들 사타상여가 별부성의 군장으로 있지 않소. 말만 별부장이지 선왕이신 무왕과 선화왕후의 능지기 역할밖에 할 수 없는 한직이니 불만이 있지 않겠소."

"그럼 왜 살려주었을까요? 절호의 기회가 왔는데…."

"사타상여는 내 친조카입니다. 형님이 폐하와 권력을 다툴 때, 소승이 충언을 했습니다만 결국 권력의 그물에 걸려 죽고 말았소. 사타상여는 아버지와 달리 소승과 통하는 게 많습니다. 직접 나설 수 없어 소승에게 두 분을 구해달라고 부탁한 겁니다."

"그런 가슴 아픈 사연이 있었군요. 혜오화상님."

"공주님, 다 속세의 인연입니다."

율이 혜오화상의 거북이등처럼 갈라진 손을 살며시 잡았다. 군왕의 딸로서 혜오화상에게 많은 빚을 진 것만 같았다. 율의 마음과는 달리 혜오화상의 주름진 얼굴은 평온했다.

갈 길이 바쁜 지수신과 율이 말등에 올라탔다. 그리고 혜오화상의 뒤를 따라 별부성으로 말을 달리니, 별부장 사타상여가 반갑게 맞았다.

"별부성에 잘 오셨습니다. 지수신 장군."

"구해주신 것 만해도 고마운데 성문까지 나와 소장을…."

율도 반갑게 인사했다.

"과거를 잊고 구해주신 은혜 꼭 보답하겠어요. 별부장님"

"가족사에 얽매여 할 일을 못하면 장부라 할 수 있겠습니까? 나라가 없으면 군왕도 없고 백성도 없습니다. 백성의 도리를 다 한 것뿐입니다."

사타상여가 자신이 한 일을 애써 감추었다. 달빛에 비친 사타상여의 모습이 마치 속세를 초월한 신선처럼 보였다. 대화가 길어지자 혜오화상이 말했다.

"장군, 성문에서 날을 샐 수가 없으니 성 안으로 들어갑시다."

"소장도 쉬고 싶지만 나랏일이 급합니다."

지수신의 단호한 어조에 사타상여가 작별을 고했다.

"그럼 임무를 마치고 가실 적에 꼭 들리십시오."

지수신과 율이 고마미지현으로 말을 달리자 밤하늘의 은하수가 길 동무를 해주는 것처럼 은은한 빛을 내뿜었다.

김유신은 백제를 정벌하기 위해 연병장에서 훈련하는 5만 대군을 생각하니 회심의 미소가 절로 나왔다. 마치 공명을 위한 도구로 보였다. 하지만 말이 5만 대군이지 좁은 땅덩이에서 급조된 병사들이라 육순부터 솜털도 가시지 않는 병사들이 수두룩했다. 설렘과 아쉬움 속에서 공명에 대한 성취욕이 교차하는 순간, 병사가 장군부에 들어왔다.

"조미압이란 자가 대장군을 뵙기 청하니 어찌하오리까?"

"당장 들여보내라. 아무도 얼씬 못하게 하고…."

"알겠습니다. 대장군."

김유신의 악어새 노릇을 충실히 하고 있는 조미압이 장군부로 들어왔다.

"자네가 가지고 온 정보로 백제를 멸망시킬 수 있는 천금의 기회가 왔다. 이번에는 무엇이냐?"

"임자의 밀서입니다. 대장군."

김유신은 밀서를 빼앗듯 낚아채 살펴보았다. 하지만 표정은 그리 밝지 않았다.

"홍수칠생도, 무엇을 뜻하는지 임자가 말하지 않더냐?"

"대장군이 보시면 아실 거라 했나이다. 홍수를 다시 기용하지 않나 생각이 들지만 장담은 못 하옵니다."

"그런가, 지금 사비성의 분위기는 어떠하냐?"

"신라군과 당군이 침략할 것이라는 소문에, 한마디로 바람만 불어도 날아갈 것처럼 위태위태합니다."

"듣던 중 반가운 소식이다. 허허."

조미압의 세 치 혀에 김유신은 마치 사비성을 손 안에 쥔 듯 했다. 조미압도 덩달아 기분이 좋아졌다. 매부리코를 훌쩍거리면서 말했다.

"소인도 백제가 멸망할 날만 손꼽아 기다리고 있습니다."

"자네의 마음은 알고 있으니 걱정마라. 그리고 임자의 형편은 어떠하냐? 백제로 보면 역적이나 이용할 가치가 충분이 있는 자다. 사비성에 계림의 깃발을 꽂는 그날까지 들키지 말아야 할 터인데 그게 걱정이로구나."

"의자가 신임하지 않는 것 같아 걱정이 많지만 아직은 괜찮습니다. 맹약은 꼭 지켜달라고 신신당부했습니다."

"자네는 지금 당장 사비성으로 돌아가 임자에게 전하라. 맹약은 걱정 말라고,"

"소인은 대장군의 신발입니다. 걱정 마십시오."

김유신은 조미압이 눈앞에서 사라지자 임자의 밀서를 다시 조심스럽게 살펴보았다.

칠생도는 의자의 어검이었다. 태양 빛에 반사되는 칠생도의 검날은 무쇠도 자를 만큼 날카롭고 신비로웠다. 그 칠생도를 보면 우리 병사들의 사기가 이상하게 죽고 많은 전사자를 냈다. 그런 칠생도가 홍수에게 간다고 생각하니 온몸에 소름이 돋았다. 마음이 불안해진 김유신이 선봉장 김문영(金文穎)을 불렀다.

"출병하기 전에 선봉장이 꼭 해결해야 할 일이 있다."

김유신이 심각한 표정으로 말문을 열자 김문영은 의구심이 들었다.

"무엇입니까? 말씀하십시오. 불속에 뛰어들라시면 들어가겠습니다."

"선봉장도 알다시피 백제에는 전쟁을 지휘할 출중한 군사가 없다. 좌평 의직(義直), 달솔 계백(階伯)이 있다고 하나 이들은 미꾸라지지 용이 아니다. 용은 단연 홍수다. 의자가 군사로 기용하려 한다. 그가 사비성으로 돌아온다면 승리를 장담할 수 없다. 지금 의자의 밀사가 홍수에게 가고 있다. 어찌하면 좋겠는가?"

"밀사가 홍수를 만나기 전에 죽여야지 않겠습니까? 후환은 제거하는 게 상책이 옵니다."

"잘 알고 있구나? 흥수의 수급을 가지고 오라."

"늙은 흥수 정도야, 걱정 마십시오. 대장군."

군왕인 김춘추(金春秋)가 외교의 기둥이라면 군사는 단연 김유신이었다. 김유신은 몰락한 가야 유민이라는 부적을 떼기 위해 할 수 있는 방법은 모두 동원했다. 임자의 탐욕, 은고의 권력욕도 부족해 사비성의 먹구름까지 동원해 백제가 스스로 망하기를 빌었다.

그런데 의자가 정신을 차린 것 같다. 제갈량 못지않은 흥수를 군사로 삼아 전쟁에 대비한다고 하니, 그동안 공들여 온 술수와 책략이 수포로 돌아갈 것 같은 불길한 예감이 들었다.

대장선에서 대총관 소정방을 필두로 군사참모 이의부, 좌군낭장 유백영, 우군낭장 유인원, 신라왕자 김인문, 낭장 풍사귀와 동보량이 서열에 따라 내렸다. 영접 나온 신라태자 김법민(金法敏)은 연신 허리를 굽실거리면서 소정방을 군막으로 안내했다.

"합하의 탁월한 지휘로 1천9백 척의 군선이 무사히 덕물도에 접안했습니다. 감축 드립니다."

"물길이 사나운 덕물도까지 와서 영접해주니 고맙소. 그런데 부왕은 어디 계시오."

"합하가 오시길 삼년산성에서 밤낮을 가리지 않고 기다리고 계십니다. 곧 진귀한 음식을 만들어 가지고 오실 것이옵니다."

"부왕이 나를 그리 생각하신다니 그 기대에 부응해야할 것 같소. 하나 물길 만 리는 쉬운 길이 아니었소. 덕물도를 눈앞에 두고 병참선과 많은 병사를 바다에 수장했소. 천만다행으로 부총관이 병참을 약속하였기에 철군하지 않았소."

김인문이 김범민의 눈빛을 살피면서 말했다.

"합하의 말씀이 사실입니다. 수소와 돼지를 용왕님께 재물로 바치고 물길을 바로 잡았습니다."

김법민은 잠시 생각에 잠겼으나 백제를 멸하기 위해서는 어쩔 수 없는 고육지책이었다. 한 치도 비껴갈 수 없는 신라의 현실이었다.

"제물로 물길을 바로잡고 용왕의 노여움을 풀었으니 다 하늘의 뜻입니다. 비록 작은 나라지만 그리 하겠습니다."

"저하의 다짐이 내 마음에 쏙 드오. 그런데 저하, 사비성을 지키는 백제군이 얼마나 되오?"

"기병 보병 합쳐 5만의 백제군이 사비성을 중심으로 각 산성에 주둔하고 있고, 군선 백여 척이 백강 하구를 지키고 있습니다."

"그럼 쓸 만한 장수는 몇 명이나 되오. 책사는 누구요?"

"책사로는 성충과 흥수가 있는데, 성충은 반역으로 몰려 옥중에서 죽고 흥수는 고마미지현에서 유배 생활을 하고 있습니다. 장수로는 의직과 계백이 있으나 대당의 장수들에 비할 바가 못

되옵니다. 결국 힘 한 번 제대로 쓰지 못하고 무너질 것입니다."

소정방의 얼굴색이 돌변했다.

"홍수는 선황제(李世民)치세에 사신으로 온 적이 있었소. 내가 그의 웅지와 책략을 시험해보니 온몸에 소름이 돋을 정도로 담대했소. 단언컨대 의자는 필히 홍수를 쓸 것이오. 저하가 홍수를 너무 가볍게 보는 것 같소."

김법민은 홍수를 걱정하는 소정방이 우습게 보였다. 홍수 문제는 이미 김유신으로 하여금 손을 써놓았다.

"김유신이 해결할 것이니 염려 놓으십시오. 합하,"

"그렇다면 진격 일정을 말하겠소. 우리 당군은 7월 9일 백강하구로 상륙, 10일에 신라군과 군기를 합칠 것이오. 미리 말씀드리지만 군기일(軍旗日)은 비밀이오. 신라군은 군기일을 지켜야 할 것이오."

반평생을 전장에서 살아온 소정방이었다. 움푹 파진 눈구덩이에서 발산하는 눈빛이 진중을 압도했다.

"신라군은 군기를 엄수할 것이며 이를 어길 시 군령에 따라 소인의 목을 내놓겠습니다."

김법민의 다짐에 신라 장수들은 자리를 박차고 일어났다. 군기일을 지킨다는 것이 말처럼 쉬운 일은 아니었다. 잘못하면 목이 달아날 수 있었다. 이를 눈치 챈 소정방이 쐐기를 박았다.

"저하의 기백을 높이 사지만 군령에는 예외가 없소. 하나 알아두어야 할 것이 있소. 이번 백제정벌은 황제 폐하께서 신하국인 신라의 숙원을 풀어주기 위한 구원전쟁이오. 그러니 황은을 잊지 말아야 할 것이오."

소정방은 대총관의 명령을 따르라는 경고를 은연중 내비치면서 다시 말을 이었다.

"한데 저하, 우리 당군은 백강 하구의 지형을 잘 모르오. 신라 장수들 중에 백강 하구의 지형을 잘 아는 자가 있으면 추천해주시오."

"대아찬으로 있는 양도(良圖)를 추천하옵니다. 양도는 백강 하구의 지형을 십여 년간 연구한 장수로 전술에 능합니다."

우군낭장 유인원이 빈정댔다.

"양도의 전술이 그렇게 뛰어나단 말이요. 신라군에 전술이 능한 장수가 있다는 말을 못 들었는데…."

수나라의 연장선상에 있는 당군의 전투력은 신라군이 상상할 수 없을 정도로 엄청났다. 김법민도 이를 모르지 않지만 유인원의 말투가 내심 불쾌했다.

"신라의 동쪽은 해변으로 연결되어 있어 신라군의 물길을 다루는 솜씨도 당군에 못지않습니다. 더구나 양도 장군은 상륙전에 강해 당군의 선봉에 설 것이니 믿어보십시오."

"신라군이 물길에 밝고 양도가 상륙전에 강하다면 더욱 좋은 일이요. 저하의 말씀을 한번 믿어보겠소."

"합하의 전략대로 상륙전을 준비하겠으니 아무쪼록 덕물도에서 만 리 여독을 푸시길 바라옵니다."

"만 리 여독이라, 하하하,"

김법민은 너털웃음을 웃는 소정방의 섬뜩한 눈빛에 이 전쟁은 쉽게 끝나지 않겠다고 생각했다. 더구나 약탈에 눈먼 당군이 만 리 물길의 피곤도 잊어버리고 군영이 떠나갈 것처럼 떠들고 있으니, 전쟁의 양상이 어떻게 변할지 김법민으로서는 가늠할 수가 없었다.

2장 / 망부석

바람은 구름을 불러오고 구름은 비를 만들었다. 비는 파도가 되어 해안으로 밀려왔다. 수천, 수만 년 동안 바다를 지킨 바위에 생채기를 내니 바위의 아픔은 끝이 없었다. 바위는 빨갛게 피멍이 든 채 바다를 지키는 망부석이 되어버렸다.

오늘도 홍수는 망부석이 되어버린 바위에 걸터앉아 서쪽 하늘만 바라보았다. 홍수의 생각이 무엇인지 알 수는 없지만 그의 눈에는 수심이 가득했다. 바람은 다시 어둠을 몰고 왔다. 천관산 기슭에 옹기종기 모여 있는 초가집 굴뚝에서 갈색 연기가 모락모락 피어오르다가 구름 속으로 스며들었다. 탱자나무로 울타리를 한 초가집에서 열일곱 살이 갓 넘었을까, 난초처럼 청초한 처녀가 저녁밥을 짓다 말고 내려왔다.

"아버지, 건강도 안 좋으신데 몇 날 며칠 이러고 계시면 쓰러질까 걱정이 돼요. 이제 그만 집으로 들어가요."

홍수는 딸이 시키는 대로 일어나 걷기 시작했다.

"선(善)아, 오늘도 서쪽 하늘에서 바람만 불었지 태풍은 오지 않았구나."

"그게 무슨 말씀이셔요. 알아듣게 말씀해주셔요."

"너에게 다 설명할 수는 없고 술을 안 먹어선지 답답하구나. 고을 현령이 갖다놓은 술이 좀 남았느냐?"

"술은 건강에 안 좋아요. 술타령은 그만하셔요."

선은 아버지 생각만 하면 화가 났다. 다섯 해가 지났건만 사비성의 부름은 없고 아버지의 육신은 날로 쇠약해져갔다. 아버지의 이런 모습에 선이 할 수 있는 일은, 고을 현령이 동냥 주듯 던져주는 걸로 보리밥과 소금국을 끓이는 것이 전부였다. 아버지는 그마저도 드시지 않고 망부석에서 서쪽 하늘만 바라보았다. 선은 집에 들어서자마자 볼멘소리로 말했다.

"먼저 방에 들어가셔요. 저녁밥 가지고 들어갈게요."

"알겠다. 선아."

선은 부엌에 들어가 서너 뼘 되는 작은 밥상에 보리밥 두 그릇과 소금국 두 그릇을 가지고 나왔다. 홍수는 선이 가지고 온 보리밥과 소금국을 보자마자 허겁지겁 먹기 시작했다.

"많이 드셔요. 빨리 기력을 회복하셔야지요."

선은 자신의 밥그릇에서 보리밥 한 덩이를 아버지의 밥그릇에 옮겨 놓았지만 다시 화가 치밀었다. 임자의 모함으로 유배를 왔으면서도 의자만 생각하는 아버지가 미웠다. 그런 생각을 하는 자신이 더 미웠다. 억지로 보리밥 한 숟가락을 입에 몰아넣었다. 홍수도 보리밥을 삼키는 선의 모습에 마음이 아팠다.

"아버지에게 변고가 생겨도 용기를 잃지 말고 꿋꿋하게 잘 살아야 한다."

"어디 가셔요? 변고라니 그런 말씀 하시려면 일찍 주무셔요."

"지금 나라가 누란(累卵)의 위기에 직면해 있다. 당군과 신라군이 사비성을 공격할 것이다. 이것이 내가 염려하는 변고다."

"나랏일은 잘난 그들에게 맡기고 몸이나 돌보셔요. 저는 나라보다 아버지가 더 소중해요."

"그런 소리 말아라, 나라가 망하면 죽어나는 것은 힘없는 백성뿐이다. 폭군이라도 나라가 있는 것이 낫다. 너도 겪어보면 알 것이다."

"저를 설득하지 마셔요. 아버지, 정말 듣기 싫어요."

홍수는 선의 짜증스런 말투에 개의치 않았다. 그리고 얼굴빛을 고치고 말했다.

"선아, 다락 위에 감추어 놓은 백목비단을 가져와라."

"네, 아버지."

선은 아버지의 말씀이 내키지 않았지만 백목비단을 다락에서 꺼내왔다. 홍수는 등잔불 앞에 백목비단을 펼쳐놓고 의자에게 복명하듯 말했다.

"폐하, 나라가 누란의 위기에 봉착했사옵니다. 비록 곁에서 보필하지 못하오나 소신의 충정을 담아 진언서를 올리옵니다."

홍수가 가슴속에 간직하고 있던 단검을 꺼내 등잔불에 비추자 선이 큰소리로 외쳤다.

"왜 그러세요. 이러시면 안 돼요."

"걱정 마라. 아버지는 죽지 않는다. 폐하께 우리 백제를 구할 방책을 진언하려 한다. 나라가 망하면 아버지도 너도 없다. 아버지의 유언이라고 생각해라."

꾀주머니라고 불렸던 홍수의 머릿속이 격랑에 빠져들었다. 단검으로 손가락을 잘랐다. 홍수는 손가락을 붓대 삼아 진언서를 쓰기 시작했다. 선은 붓이 된 아버지의 손가락을 넋 놓고 지켜보니, 어떤 자(字)는 나비가 되고 어떤 자는 벌이 되었다. 백목비단이 꽃밭이 된 것처럼 훨훨 날아다녔다. 마치 꿈속을 거니는 것 같았다. 선은 아버지가 진언서를 끝맺자 정신을 가다듬었다.

"폐하가 아버지를 버렸잖아요. 다 쓸데없는 일이에요."

"주군이 신하를 버린다 해도 신하는 주군을 버릴 수 없다. 이것이 바로 효이고 충으로 가는 지름길이다."

"아버지의 마음을 도대체 모르겠어요. 계속 그런 말씀만하시니."

홍수는 선의 티 없이 맑은 눈망울 속에서 백발노인을 발견했다. 자신이 죽으면 선의 장래가 어떻게 될까. 걱정이 되었으나 서글픈 상념을 접었다.

"선아, 진언서를 뒤뜰에 있는 향나무 속에 감추고 오너라. 나중에 아버지의 마음을 알 것이다. 이유는 묻지 마라."

"알겠어요. 아버지."

선은 홍수의 심중을 알아챈 것처럼 진언서를 무명천으로 정성스럽게 싸가지고 나갔다. 홍수는 혈서를 쓴 손가락의 통증이 온 신경을 자극했지만, 아픔을 의식하지 않고 마지막 이별을 고하듯 사비성을 향해 사배를 올렸다. 그리고 잠자리에 누우니 오늘은 그의 생애에서 가장 긴 날이었다.

요즈음 고마미지현의 현령은 되는 일이 없었다. 오 년 전 의자가 신임했던 흥수가 유배를 왔다. 비록 죄인의 신분이지만 언젠가 다시 등용되겠지 생각하고 문안 인사를 하루도 거르지 않고 올렸는데, 너무나 꼬장꼬장한 성품이라 접근하기가 쉽지 않았다.

오늘도 가보니 망부석에 걸터앉아 서쪽 하늘만 바라보고, 옆에서 말을 걸어도 못 들은 척했다. 마치 망부석이 된 듯했다. 이제 죽을 때가 되었구나, 생각하면서 현청으로 돌아와 보니 비장이 큰일이 난 것처럼 호들갑을 떨면서 말했다.

"기골이 장대한 무사가 나리를 찾고 있습니다."

"그런 놈이 무슨 일로 왔다더냐? 연유를 알고 와야지 멍청한 놈아."

"물어보지 않았지만 사비성의 귀족 같았습니다."

현령은 정신이 번쩍 났다. 마치 자신의 소원을 들어줄 사람이 온 것만 같았다.

"느릿느릿 걷지 말고 냉큼 가서 모셔라. 이놈아."

"알겠습니다. 나리."

현령은 비장이 데리고 온 무사를 조심스럽게 바라보니 기골이 장대한 무사는 무예가 출중하고 지략이 풍부한 사비성의 귀족처럼 보였다. 하지만 뒤따라온 무사는 남자로서는 너무 가냘프고 여인의 티가 물신 풍겼다.

"내가 현령이요. 그대는 대관절 누구시오."

"친위군장 지수신이라 하오."

현령은 자리에서 벌떡 일어났다. 친위군장이라면 의자를 지척에서 모시는 호위무사였다.

"장군님의 함자는 알고 있었습니다. 한데 이 궁벽한 현에는 어인 일로…."

"부탁이 있어서 왔소. 주위를 물려주었으면 하오."

현령이 손짓으로 비장을 물리쳤으나 불안한 기색을 감추지 못했다.

"이제 말씀하셔도 됩니다. 무슨 말씀이신지…."

"당군과 신라군의 침략으로 나라가 풍전등화에 놓이게 되었소. 이 난국을 수습할 분은 흥수 좌평밖에 없소. 사비성으로 모시고 가야 하니 길 안내를 해주면 고맙겠소."

현령은 지수신이 야밤에 불쑥 나타나 흥수를 데려가겠다고 겁박하니 신라의 간자인지 의구심이 들었다.

"좌평의 신병은 현령인 저의 책임이라 함부로 말할 수가 없습니다. 징표를 보여주십시오."

"내 미처 그걸 몰랐소. 징표는 바로 어검인 칠생도요."

현령은 칠생도를 보자마자 무릎을 꿇고 복명했다.

"소신 덕집득(德執得), 폐하의 명을 받들겠나이다. 하명하옵소서."

"귀공이 덕집득 현령이군요. 현령의 고결한 인품은 많이 들었소."

"너무 과찬이십니다. 그런 말씀 마십시오. 장군님."

율은 덕집득의 몰골에 웃음이 절로 나왔다. 표주박처럼 툭 튀어나온 턱이며 보름달처럼 불룩 나온 배, 작달만한 키가 모두 신기했다. 몰골이 마음에 들진 않았지만 나라의 존망이 달려 있었다.

"과찬이 아닙니다. 저도 많이 들었어요. 현령님."

덕집득은 율의 행색이 궁금했다. 옷차림은 남자의 행색인데 목소리는 여인의 것이었다.

"장군님, 이 무사님은…."

지수신은 빙긋이 웃으면서 말했다.

"인사가 늦었군요. 공주님이십니다."

"소인이 공주님이신지 모르고 결례를 했습니다. 용서하십시오."

"못 알아보는 게 당연해요. 사비성에서 한 번도 오지 않았으니 몰라볼 수밖에…."

덕집득은 율을 대수롭지 않게 생각했는데 자세히 살펴보니 여인으로서 범접할 수 없는 기품이 서려 있었다. 덕집득이 마른침을 삼키면서 지수신에게 물었다.

“장군님, 병사가 얼마나 필요합니까?”

“병사 수는 중요하지 않소. 가급적 검술이 능한 병사를 선발해 주십시오. 온 나라에 간자들이 득실거리니 매사 조심해야 하오.”

“염려 마십시오. 소인이 앞장서겠습니다.”

덕집득을 길잡이로 삼아 지수신과 율이 흥수의 유배지로 말을 달렸다. 파도 소리와 물새 우는 소리밖에 듣지 못했던 수목들이 말발굽 소리에 놀라 부르르 떨기 시작했다.

덕집득은 고마미지현의 해안을 지나자 천관산 기슭에 자리 잡고 있는 초가집을 가리켰다. 탱자나무 울타리로 둘러싸인 다 쓰러져가는 초가집이었다. 폐가처럼 분위기가 음산했다.

초가집을 바라보는 지수신의 눈가에 눈물이 맺혔다. 하지만 덕집득은 임자가 흥수를 감시하고 있는 형편에 이 정도라도 했으니 망정이지, 다른 놈이 했으면 죽든가 반병신이 되었을 거라고 생각하면서 초가집을 바라보았다. 그런데 수상했다.

“장군님, 저쪽을 보십시오. 무장한 무사들이….”

장엄한 기암괴석이 굴비 엮듯 엮어있는 천관산 능선에 무장한 무사들이 나타나더니, 밤도둑처럼 초가집으로 살금살금 접근했다. 지수신은 올 것이 왔다고 생각했다.

“임자가 보낸 놈들보다 저놈들의 검술이 한 수 위인 것 같습니다. 어서 스승님을 구하러 갑시다. 공주님.”

“대관절 저놈들이 누구입니까?”

"저놈들의 무장한 모습을 보니 신라군이 분명합니다."

지수신이 말하면서 말고삐를 잡아당겼다. 덕집득도 병사들에게 고래고래 소리를 질렀다.

"좌평이 죽으면 우리도 끝장이다. 저놈들을 잡아라."

"네, 현령님."

덕집득의 명령에 병사들이 초가집으로 달려가자 바닷바람만 불던 궁벽한 어촌마을에 피바람이 불기 시작했다.

뒤뜰의 향나무 향이 홍수의 코끝을 찔렀다. 지난밤까지만 해도 이렇게 진하지 않았는데 오늘밤은 유난히 진했다. 별은 보이지 않고 가끔 구름 사이로 초승달만 보였다가 숨었다. 몸을 뒤척거리던 홍수가 막 잠들려는 순간, 문밖에서 수상한 검은 그림자가 눈에 잡혔다. 문틈으로 조심스럽게 바라보니 무장한 무사들이 집 주위에 기름을 붓고 불을 붙였다. 홍수가 잠들어 있는 선의 소매를 잡아당겼다.

"왜 그러셔요. 아버지."

"우리 집이 불타고 있다. 빨리 일어나라."

"그게 무슨 말씀이세요. 아버지?"

"잔말 말고 내가 시키는 대로 해라."

홍수가 방바닥에 깔린 돗자리를 걷어내니 구들 사이로 한 사람 정도 들락거릴 수 있는 토굴이 나타났다. 홍수는 겁에 질린 선을 토굴로 밀어 넣었다.

"아버지, 이 토굴은 어디로 나가요?"

선은 아버지의 수발을 들면서도 방안에 토굴이 있는 줄은 꿈에도 상상하지 못했다. 깜깜한 토굴 속이었다. 뒤따라오는 아버지를 바라보니 숨소리만 들릴 뿐 윤곽조차도 보이지 않았다.

"뒤뜰에 있는 향나무로 연결되어 있다. 걱정 마라."

"방안에 토굴이 있는지 전혀 몰랐어요."

흥수는 이런 일이 일어날 줄 예상하고 현령의 눈을 피해 토굴을 만들었다.

"토굴에 신경 쓰지 말고 여길 벗어나야 한다. 자칫하면 저놈들에게 잡힌다."

"아버지는 알고 계시지요? 저놈들이 누군지를…."

"알다마다. 김유신이 보낸 놈들이다."

"김유신이 왜요?"

"가끔 우리에게 시주받은 쌀과 보리를 주고 간 비구니가 김유신에게 버림받은 천관녀다. 아버지의 유배 생활도 천관녀를 통해 김유신의 귀에 들어갈 가능성이 있지만 장담할 수 없구나."

선은 뒤통수를 얻어맞은 것처럼 정신이 아찔했다. 그 문수보살 같은 비구니가 김유신의 연인이라니 하지만 시간이 없었다.

토굴에서 나온 선이 텅 빈 향나무 속으로 들어가자 향나무가 짙은 향을 내뿜었다. 흥수도 들어가려 했으나 김문영의 눈에 잡혔다.

"홍수가 저기 있다. 빨리 잡아라."

"네, 장군님."

불길에 휩싸인 초가집을 지켜보고 있던 무사들이 홍수의 뒤를 좇기 시작했다. 결국 홍수는 향나무 속으로 들어가지 못하고, 융단처럼 펼쳐진 억새풀 속으로 혼신의 힘을 다해 달렸다.

"선아, 못난 아버지를 용서해라."

"아버지, 으흑."

선은 도망치는 아버지의 모습에 억장이 무너졌지만 눈물을 삼키는 것밖에 다른 방법이 없었다. 그런데 어디서 나타났는지 지수신의 목소리가 홍수의 가슴속을 파고들었다.

"폐하의 밀지를 가지고 왔습니다. 스승님."

"지수신이 아니냐? 공주님도."

"스승님, 율이옵니다. 놈들을 막을 테니 걱정 마셔요."

"이제야 폐하께서 간신배를 멀리하시나 보다. 하지만 너무 늦은 것 같구나."

지수신과 율은 홍수의 힘없는 목소리에 그동안 참고 있던 울분을 터뜨렸다. 그리고 홍수의 뒤를 쫓는 무사들을 향해 검을 빼들었다. 무사들은 지수신과 율의 등장에 멈칫했다. 뒤돌아보면서 김문영에게 말했다.

"장군님, 홍수를 구하려는 놈들입니다. 어찌할까요."

"홍수를 잡아야 한다. 저 두 놈도 죽여라."

"네놈들이 감히, 네놈들의 목이나 잘 간수하라."

지수신과 율이 호통을 치면서 무사들의 목을 자르자, 덕집득은 지수신과 율의 검술에 탄성을 질렀다. 덕집득도 공을 세우고 싶어 검을 들었지만 낮에 먹은 술이 덜 깨서인지 몸이 말을 듣지 않았다. 허공에 칼질을 해대면서 병사들에게 큰소리만 내질렀다.

"살려 보내면 안 된다. 저놈들을 모두 죽여라."

덕집득의 목소리는 억새풀 소리보다도 작았다. 덕집득의 겁먹은 표정에 지수신과 율은 쓴 웃음을 지었다. 마치 저잣거리에서 웃음을 파는 광대처럼 보였다.

홍수는 그 틈을 이용해 망부석이 있는 해안가로 달려갔다. 쉽게 잡을 것 같았던 홍수가 도망치자 김문영이 큰소리로 외쳤다.

"단검을 던져라. 홍수를 놓치면 너희 목을 대신 내놓아야 한다."

"네, 장군님."

무사들이 홍수에게 전광석화처럼 단검을 던졌다. 상황이 급변하자 지수신은 정신이 번쩍 들었다.

"스승님, 망부석 뒤로 몸을 숨기십시오."

지수신의 절규는 허공에 맴돌고 홍수의 귀에는 철썩거리는 파도 소리만 들렸다. 무사들이 던진 단검이 홍수의 가슴과 정강이에 꽂히고 마니, 홍수는 쓰러지면서 딸의 이름을 불렀다.

"선아. 아버지를…."

홍수의 피토하는 소리가 하늘을 울리는 순간, 돛단배 한 척이 해안가에 나타났다. 그리고 피범벅이 된 홍수를 싣고 물살을 가르기 시작했다. 다 잡은 홍수를 놓치자 김문영의 얼굴색이 급변했다.

"돛단배에 화살을 쏘아라."

무사들이 화살을 쏘았지만 돛단배에 미치지 못하고 바닷물로 떨어졌다. 김문영은 아쉬운 듯이 돛단배가 사라진 지평선을 바라보면서 명령했다.

"홍수의 수급을 가지고 가야 하지만 어쩔 수 없다. 군영으로 돌아가자."

무사들이 천관산으로 방향을 틀자 그제야 덕집득은 제정신으로 돌아왔다.

"무엇 하고 있느냐? 도망치는 놈들을 잡아라!"

지수신이 목소리를 높였다.

"현령, 잘못하면 놈들의 작전에 당하는 수가 있으니 쫓지 마시오."

덕집득은 멈칫했지만 율은 아니었다,

"스승님을 죽이려 한 놈들을 쫓지 말라니 정신이 나갔습니까, 사형?"

"지금 나라가 절단 나게 생겨는 데 놈들만 쫓을 수는 없습니다."

덕집득이 지수신을 거들었다.

"장군님의 생각이 옳습니다. 일단 초가집에 가서 선 낭자의 생사를 확인해 보시는 것이 좋을 것 같습니다."

덕집득의 말에 지수신은 선의 단아한 모습이 떠올랐다. 친 오라비처럼 따르던 선이었다.

"선이 이곳에 있었단 말이요. 그걸 왜 이제 말하십니까?"

"장군님께서 알고 계시는 줄 알았습니다."

율이 재촉했다.

"현령을 나무랄 틈이 없어요. 빨리 가요. 선이 살아있을지도 모르니."

"알겠습니다. 공주님."

지수신과 율이 초가집으로 말고삐를 잡아당기자 천관산에 어둠이 사라지고 그 자리에 태양이 자리를 잡았다.

흥수의 초가집은 벼락을 맞은 것처럼 쑥대밭이 되어 있었다. 그나마 남아있는 것은 불에 그을 린 주춧돌과 잿더미에 흩어진 밥그릇이 전부였다. 아직 불이 덜 꺼진 서까래가 하늘을 바라보고, 지붕이 재가 되어 천관산 계곡으로 날아갔다. 어젯밤의 불꽃놀이가 얼마나 심했는지 향나무 잎도 누렇게 변했다. 불탄 초가집을 바라보는 지수신과 율은 망연자실했다. 지수신의 눈빛을 살피던 덕집득이 병사들에게 호령했다.

"이놈들아, 가만히 서있지 말고 잿더미 속을 헤쳐보아라. 틀림없이 무슨 징표가 나올 것이다. 우선 선 낭자의 흔적을 찾아라."

지수신과 율도 선의 흔적을 찾으려고 잿더미 속을 헤치기 시작했다. 한동안 잿더미 속을 헤치던 덕집득이 손을 멈추고 말했다.

"선 낭자가 잡혀갔든지 어디 숨어 있든지 둘 중 하나입니다. 이것 보십시오. 불탔다면 뼛조각이라도 남아있어야 하지 않겠습니까?"

"내 생각도 그렇소. 우선 집 주위를 살펴봅시다."

지수신이 초가집 주위를 살펴보았으나 선의 행방은 묘연했다. 흔적 하나라도 남길 만한데 머리카락 한 올 보이지 않았다. 태양이 천관산 마루에 걸리자 향나무가 다시 짙은 향을 내뿜었다. 수백 년을 자란 아름드리 향나무였다.

향나무도 비바람과 긴 세월을 비켜가지 못하고 고목이 져, 큰 항아리처럼 속이 텅 비어 있었다. 지수신이 향나무 속을 조심스럽게 살펴보니 검게 물들인 낡은 흑색 치마와 노랗게 바랜 저고리를 입은 선이 웅크리고 있었다.

"공주님, 선이 향나무 속에 있어요."

"향나무 속에 선이…."

율이 향나무 속으로 들어가자 선이 자리를 털고 일어났다.

"공주님, 아버지가 도망가는 것을 보고도 무서워서 못 나갔어요. 이 불효를 어찌 다 말할까요."

"아직 단념하기 일러, 정체불명의 돛단배가 스승님을 태우고 사라졌어."

"어디서 온 돛단배인가요. 공주님?"

"순식간 일어난 일이라 나도 알 수가 없었어,"

선은 잠시 잊고 있었던 진언서가 생각났다. 아버지가 진언서를 썼던 지난밤의 일을 소상히 설명했다. 그것도 혈서로 썼다고 울먹거리면서 말했다.

"오라버니, 아버지가 놈들에게 잡혀가지 않았으니 천만다행이어요. 그리고 이것이 아버님의 진언서예요."

지수신이 진언서를 보자마자 말했다.

"사매, 김유신이 눈치 채기 전에 진언서를 가지고 사비성으로 가자."

율도 선의 손을 잡아끌었다.

"사비성에 가면 내가 돌볼게. 지금 울기만 하고 있을 때가 아니야."

"공주님, 갈 곳 없는 저를…."

"갈 곳이 없다니 그게 무슨 말이야, 내가 있잖아."

율은 선을 친자매처럼 다독거렸다. 선이 마음을 정하자 지수신의 시선이 덕집득에게 옮겨갔다.

"부탁할 것이 있소. 스승님의 생사요. 이곳의 지형과 물길을 현령이 잘 알고 있으니 스승님의 행방을 부탁하오."

"장군님의 말씀대로 이곳의 지형은 모르는 곳이 없습니다. 조만간 좌평의 생사가 드러날 것입니다."

"그렇게만 해준다면야 더 이상 무슨 말이 필요하겠소."

덕집득에게 아쉬움을 피력한 지수신이 사비성으로 말머리를 돌렸다. 홍수가 쓰러졌던 해안가에 폭풍이 몰아칠 것처럼 거센 파도가 일었다. 향나무의 향에 취한 고마미지현의 여름밤이 이렇게 지나갔다.

임자는 머릿속이 뒤숭숭했다. 지수신과 율의 뒤를 쫓던 수하들이 미륵사 근처에서 중놈들에게 망신만 당했다. 믿고 있었던 사타상여도 돌아선 것 같았다.

상좌평의 자리에 백여우가 앉아다가 사라졌다는 괴소문이 사비성의 저잣거리에 날개가 돋친 듯이 돌았다. 의자도 백여우를 찾듯 자신의 주변을 살피고 버팀목이 되어주었던 은고의 눈빛마저도 싸늘해졌다. 이제 신라에 붙든지 백제에 남든지 결단을 내려야할 순간이 성큼 다가왔다. 임자는 미닫이문을 열고 늙은 하인을 불렀다.

"조미압을 들라 하라."

"네, 나리."

조미압을 부르러 가는 늙은 하인의 뒷모습을 보니 임자는 옛일이 생각났다. 임자의 선대가 역모로 몰려, 가산이 몰수되고 어머니는 노비로 끌려갔다. 하인은 어린 임자를 등에 업고 도망쳐 나왔다. 오늘의 가문을 열게 한 하인이었다. 조미압이 거실로 들어와 부복했다.

"부르셨습니까? 나리."

매부리코에 깡마르고 왜소한 체구지만 눈빛만은 섬뜩했다.

"한 마디로 묻겠다. 초나라 사람으로 오나라를 섬긴 오자서(伍子胥)를 어떻게 생각하느냐?"

"아비를 죽인 초나라 평왕(平王)의 시체를 채찍으로 300대 때린 오나라의 충신이 아닙니까?"

"그럼 백비(白砒)는 어떻게 생각하느냐? 월나라에 도움을 주어 오나라를 멸망시켰지만 결국 월나라 구천(句踐)의 손에 죽었다."

"한 마디로 백비는 구천에게 토사구팽을 당했습니다. 나리."

"나는 백제의 많은 기밀을 김유신에게 내주었다. 백제가 멸망하고 나면 나도 백비의 전철을 밟지 않을까 두렵다. 다시 오자서가 되고 싶다."

조미압은 정신이 번쩍 들었다. 잘못하면 임자가 쳐놓은 덫에 걸릴 것만 같았다.

"김유신은 백제가 흥하면 나리께 몸을 의탁하고 신라가 흥하면 나리의 몸을 맡겠다는 맹약을 하셨습니다. 이는 신의에서 나온 맹약으로 소인의 목을 걸고 약속드리겠습니다. 또한 폐하의 성심이 이번 밀사 건만 보아도 흥수에게 가 있으니 왜 깊은 수렁에 몸을 던지려 하십니까?"

"자네가 김유신을 신의 있는 사람이라고 하니 다시 한번 믿어 보겠다. 하면 다른 연락은 없느냐? 말로만 흥수를 죽인다고 장담만 한 것이 아닌가 모르겠다. 지수신 그놈은 내 원수이니 꼭 죽여야 한다."

"지수신은 절대로 사비성에 올 수 없습니다. 선봉장 김문영에게 지시했으니 조금만 기다리십시오. 나리."

임자는 지수신의 눈빛이 마음에 걸렸다. 자신을 경계하는 눈빛이 역력했다. 마음을 놓으면 역으로 당할 것 같아 일을 꾸몄는데 결국 뜻을 이루지 못하고 말았다.

"김문영이 그렇게 야무진가? 나를 실망시키면 자네 목숨도 없다."

"김문영은 김유신의 수족으로 피도 눈물도 없는 무장입니다. 지수신 정도는 거뜬합니다. 그리고 한 가지 부탁드릴 것이 있습니다."

"그게 무엇이냐? 뜸 들이지 말고 말하라."

"충상과 상영의 의중이 어떤지 김유신이 궁금해 하시니 염탐해 주십시오."

"그들의 뜻을 알아보마. 하지만 속단은 말아라. 그들은 흥수를 미워했지 폐하를 경원하지는 않았다."

"알겠습니다. 나리, 이제 전쟁이 시작되니 신라군이 올 때까지 은밀히 처결해 주십시오. 잘못하면 뒤통수를 맞을 수 있습니다."

조미압은 불안해하는 임자를 위로했다. 그래도 십여 년을 모셨다. 미운 정 고운정이 들었다. 찻잔의 잔물결처럼 임자의 앞길을 열어주고 싶었다. 임자가 다시 한번 부탁했다.

"나에 대한 충성심은 가슴속에 영원히 간직하겠다. 믿는 사람은 자네뿐이다."

"걱정 마십시오. 하명하실 분부가 없으시면 소인은 이만…."

조미압이 뒷걸음으로 거실을 나가자 늙은 하인이 의혹의 시선으로 바라보았다.

"내 얼굴에 무엇이 묻었나? 왜 그리 바라보는가?"

늙은 하인은 더러운 것을 본 것처럼 시선을 돌리면서 말했다.

"아니올시다. 집사 나리."

"거참 이상한 사람일세."

조미압이 혀를 차면서 행랑채로 발길을 돌렸다. 임자는 갈 길이 정해졌다는 듯이 홀가분한 마음으로 미닫이문을 열었지만, 늙은 하인이 바라보자 열었던 미닫이문을 도로 닫아버렸다.

풍달산성에 봉화가 타올랐다. 어지를 가지고 오는 병사들의 말발굽 소리가 하루가 멀다 하고 풍달산성의 성곽을 울렸다. 전쟁이 나면 병사만 죽는 게 아니었다. 수많은 백성들이 희생되고 재물과 부녀자는 약탈의 대상이 될 것이 뻔했다.

풍달산성주 흑치상지와 백성들이 성곽 보수에 매달렸다. 비바람에 무너진 토성을 황토와 짚을 섞어 구멍 난 부분을 틀어막았다. 이렇게 흑치상지와 백성들이 성곽 보수에 심혈을 기울고 있는데 성문을 지키고 있는 병사가 나타났다.

"성주님, 저하께서 오셨습니다."

"저하께서…."

태자 륭(隆)이 흑치상지의 말이 채끝나기도 전에 성루로 올라왔다. 나이는 불혹이 조금 넘을까 말까, 눈매가 서글서글했다.

"백성들과 성곽 보수를 하는 모습을 보니 믿음직스럽소."

"저하, 성주와 백성이 따로 있습니까? 풍달산성까지 당나라 오랑캐가 쳐들어올지는 모르오나 미리 대비하고 있나이다."

"장군의 준비성을 보니 풍달산성은 무탈할 것 같소. 하나 사비성이 문제요. 사비성에는 유능한 신하는 없고 간신배만 까마귀처럼 까악거리고 있소. 장군이 조언 좀 해주시오."

"의직과 계백 장군이 중앙군에 계시고 폐하의 곁에는 지수신이 친위군장으로 있지 않습니까?"

"그들이 용장인 것은 틀림없지만 나라를 구할 만한 책략가는 아니오. 두고 보면 알 것이요. 내 말이 틀렸으면 좋겠지만…."

"저하도 계시지 않습니까?"

륭은 흙 범벅이 된 흑치상지의 손을 덥석 잡았다.

"내 눈에는 장군밖에 없소. 비록 구 귀족들의 모함으로 이 풍달산성으로 쫓겨 왔지만…."

"아닙니다. 소장은 그럴 만한 위인이 못 됩니다."

"장군은 너무 겸손해서 탈이오. 그리고 장군, 부왕께서 유배 중인 홍수를 지수신과 율을 보내 모셔오라고 했소. 우리 백제군을 총괄할 것 같소."

"중신들이 반대하지 않을까요? 워낙 적이 많은 분이시라."

"그러면 내가 그 놈들을 모두 쳐낼 것이오."

"저하의 말씀을 들으니 소장의 속이 다 후련합니다."

륭은 흑치상지의 마음을 떠보듯이 말꼬리를 돌렸다.

"한데 장군, 묻고 싶은 게 있는데 말해줄 수 있겠소?"

"무슨 말씀이신지."

"다른 게 아니오. 율을 보고 싶지 않소?"

"뵙고 싶지만 아니, 이제 잊었습니다."

"장군이 안쓰러워하는 말이오. 율의 눈이 그것밖에 안 되는지…."

흑치상지는 륭을 주군으로 모시다 보니 태자궁에 가는 날이 많았다. 율을 처음 보던 그날은 하얀 솜털구름이 하늘을 덮고 정원의 꽃이 만개해 있었다. 흑치상지와 륭이 만개한 꽃에 취해 검술 대련을 시작했다. 이때 남장(男裝)을 한 율이 나타났다. 그리고 흑치상지의 검술에 미소를 지으니 흑치상지는 율의 생기 넘치는 자태에 한눈을 팔았다. 이를 지켜보던 륭이 호통을 쳤다.

"옷차림이 그게 무엇이냐? 남장을 하고 칼싸움이나 하러 다니질 않나, 왕실 체면이 말이 아니다."

"말 잘 하셨어요, 저는 칼싸움하는 게 더 좋아요."

율은 허리에 찬 보검을 빼들고 흑치상지에게 달려들었다. 흑치상지는 율이 장난삼아 그러거니 했다.

"장군의 검술이 보통이 아니시군요. 제게 한 수 가르쳐주십시오."

흑치상지는 얼떨결에 율과 검술을 겨루는 처지가 되었지만, 흑치상지의 뛰어난 검술도 율의 자태 앞에서는 제 실력을 발휘하지 못했다. 결국 그의 범 같은 사나이의 혼이 율에게 사로잡혀 맥을 못 쓰니 륭은 흑치상지 보기 민망한 듯이 목소리를 높였다.

"이게 무슨 짓이냐. 장군의 의사는 묻지 않고 검을 빼들고 나오다니 사과해라."

"장군의 검술을 한 번 배우고 싶은데 뭐가 잘못되었나요, 오라버니?"

"공주님, 소장이 무례를 범한 것 같습니다. 용서하십시오."

흑치상지가 얼굴을 붉히면서 사과하자 륭은 마음을 돌렸다.

"앞으로 장군에게 검술을 실컷 배워보아라. 다음부터는 너의 무례를 용서치 않을 것이다."

"무슨 말씀입니까? 오라버니, 이제 다시는 안 와요."

그날부터 흑치상지는 율을 한 번이라도 더 볼까, 노심초사(勞心焦思)하면서 태자궁의 담장을 기웃거렸다. 륭은 흑치상지의 순박한 마음에 끌려 율을 태자궁으로 불렀지만 율은 좀처럼 나타나지 않았다.

풍달산성의 성주로 오기 직전, 왕실 가족과 사냥을 간 적이 있었다. 그런데 율은 흑치상지를 외면하고 지수신의 사냥 솜씨에만 집중했다. 그날 이후로 흑치상지는 율을 입에 담지 않았다.

"저하도 아시겠지만 공주님의 마음은 지수신에게 가 있사옵니다. 지수신도 뛰어난 용장입니다."

"나약한 말은 장군답지 않소. 율이 지수신을 마음에 두었다고 하나 세상일은 그렇게 마음대로 되는 게 아니오. 특히 남녀관계는."

"말씀은 고맙지만…."

"지수신은 계백처럼 너무 고지식해서 하나밖에 몰라요. 그래서 부왕 곁에 있는지는 몰라도 융통성이 절벽이오. 장수는 용맹으로만 전장에 나가는 게 아니오. 제갈량을 보시오. 그가 검술을 잘하나 모습이 범 같길 하나. 그러나 그는 병법과 책략에 뛰어나 범 같은 장수들을 거느렸잖소."

륭은 지수신이 마음에 들지 않았다. 흑치상지처럼 명문가문도 아닌 부왕의 호위무사였던 자의 아들이 별안간 친위군장으로 임명되었다.

"그렇게 속단하지 마십시오. 저하."

"속단인지는 모르나 답답하오. 미친한 지수신이 무엇이 좋아서 마음을 빼앗겼는지 물어볼 수 없고…."

흑치상지는 륭의 심중을 알고 있었지만 구차하게 매달리고 싶지 않았다.

"지수신은 폐하의 신임을 받는 장수입니다. 한번 믿어보십시오."

"부왕의 신임을 받는다고 뜻대로 되는 것은 아니오. 먼저 차지하는 게 최선일 수 있소. 다시 한번 말하지만 지수신과 싸움에서 지지 마시오. 나도 돕겠지만 장군이 생각을 접으면 다 공염불이요. 알겠소?"

"먼저 차지하다니요. 말씀이 좀 과하신 것 같습니다. 저하."

"과하기는… 장군이 숙맥이지."

륭은 흑치상지가 칠 척 장신답지 않게 마음이 너무 여리다고 생각했다. 잡을 때는 꽉 잡고 놓지 말아야 하는데 율보다도 더 수줍음을 타는 것 같았다. 그래서 율이 만만히 보는 것 같았다. 륭이 흑치상지를 위로하고 있는데 부왕의 어지를 가지고 온 병사가 성루로 올라왔다.

"저하, 폐하의 어지입니다."

륭은 병사가 준 어지를 읽었다. 하지만 어지의 내용이 매우 불길했다.

당군과 신라군이 사비성으로 진군하고 있다.
환궁해 방책을 세워라.

륭이 아쉽다는 듯 말했다.

"장군과 많은 정담을 나누고 싶었는데 어쩔 수 없구려, 정담은 다음 기회로 미루기로 하고, 아무튼 율을 절대 포기하지 마시오."

륭이 사비성으로 떠나면서 흑치상지의 마음을 뒤흔들어 놓으니 태양이 뜨거운 열기를 내뿜었다. 흑치상지의 마음처럼 풍달산성도 지글거리는 용광로로 변해갔다.

3장 / 조롱속의 닭

지수신과 율이 사비성에 돌아왔다. 고마미지현으로 떠날 때는 강물이 넘치고 비바람과 실체 없는 소문에 시달리고 있었는데, 소문은 간 곳 없고 폭풍전야나 다름없었다. 마치 전쟁의 서막이 시작된 것처럼 백성들의 아우성 소리와 짐승들의 울음소리 병사들의 구령 소리가 들끓었다. 지수신은 전운이 감도는 사비성의 분위기에 마음이 급해졌다.

"공주님, 저 겁먹은 백성들을 보십시오. 늦기 전에 폐하를 알현해야겠습니다."

율도 걱정이 앞섰다.

"그래요. 전쟁이 곧 일어날 것 같아요. 어서 부왕을 알현해요."

선도 사비성의 분위기가 낯설었다. 아버지의 수발을 들기 위해 떠났던 사비성의 저잣거리가 아니었다. 신라군과 당군의 말발굽 소리가 귓전에 들리는 듯했다. 선의 눈가에 눈물이 맺혔다.

"눈물을 보여 죄송해요. 공주님."

"내가 더 미안해 다시는 그런 말 하지 마."

선을 위로했으나 율도 토할 것 같은 울음을 목구멍으로 삼켰다. 사비성의 분위기는 율의 생각보다 더욱 심각하게 전개되었다. 전략회의를 하려고 어전으로 발길을 돌리는 중신들의 얼굴에 핏기 한 점 없었다.

지수신과 율도 중신들의 얼굴빛처럼 마음이 무거웠다. 하지만 촌각을 다투었다. 선을 앞세우고 어전에 들어가니 늙은 내관의 안색이 급변했다. 그러나 늙은 내관은 의자 곁에서 온갖 풍파를 겪은 능구렁이였다. 여유롭게 희멀건 눈자위를 굴리면서 의자에게 아뢰었다.

"폐하, 친위군장 지수신과 공주님입시옵니다."

늙은 내관의 목소리에 의자의 굳었던 용안에 생기가 돌았다. 이 난국을 헤쳐 나갈 사람은 흥수밖에 없다는 듯 의자의 시선이 지수신에게 멈추었다.

"흥수는 왜 안 보이느냐?"

"소신을 죽여주옵소서. 어명을 완수하지 못했나이다."

지수신이 말을 잇지 못하자 율이 나섰다.

"아바마마, 김유신과 내통한 세작이 흥수를 살해하려 했사옵니다. 먼저 세작을 색출해 처벌하옵소서."

"그게 무슨 소리냐? 친위군장은 고마미지현에 있던 일과 세작이 누군지 상세히 말해보라. 세작 문제는 그냥 넘길 일이 아니다."

의자가 불같이 화를 내니 지수신은 더 이상 미룰 수가 없었다. 흥수의 피살을 소상히 아뢰었다.

"별부성의 인근에서 자객들에게 기습을 당했으나 혜오화상의 도움으로 간신히 위기를 모면했사옵니다. 또한 고마미지현에서도 그런 일이 반복되니 중신들 중에 세작이 있는 것이 분명하옵니다."

"그럼 김유신과 내통한 자가 누구란 말이냐? 아는 대로 소상히 말하라."

"상좌평과 저 늙은 내관이옵니다."

임자는 물러서지 않았다.

"네놈이 나를 세작으로 몰려 하느냐? 폐하, 지수신이 소신을 욕보이고 있나이다. 지수신을 참하소서."

충상(忠常)이 임자를 두둔했다.

"상좌평의 인품과 처신은 중신들의 귀감이 되었나이다. 상좌평이 세작이라니 무엇이 부족해서 세작 노릇을 하겠사옵니까? 이는 지수신이 잘못 알았거나 모함일 것이옵니다."

충상의 두둔에 임자의 꺾였던 기가 되살아났다.

"지수신 저놈이, 지광의 죽음을 소신과 연관시키려는 계략이옵니다. 억울하옵니다. 폐하."

임자는 이십 년 전에 죽은 지수신의 아버지를 들먹거렸다. 상황이 이상한 방향으로 변해가자 중신들이 지수신을 물어뜯었다.

"상좌평의 말이 맞사옵니다. 지수신을 엄히 문초하옵소서."

중신들까지 들고일어나자 지수신은 품속에서 밀서를 꺼냈다.

"소신이 증좌도 없이 상좌평을 세작으로 몰겠사옵니까? 증좌는 이 밀서이옵니다. 폐하."

의자는 태어나면서부터 선화공주를 어머니로 둔 죄로 이복형제와 귀족으로부터 멸시와 살해 위협을 수없이 받았다. 이를 막아준 자가 지수신의 아버지 지광이었다. 비록 평민이었지만 무예가 남달랐다. 의자를 그림자처럼 따라다니면서 보필했지만 암살을 피하지 못하고 비명횡사 했다. 의자는 옛일을 떠오르게 한 임자가 괘씸했다.

"상좌평은 지광의 죽음과 이번 세작 사건을 연관시키지 마라. 그리고 대좌평은 밀서의 진위 여부를 확인하라."

지수신으로부터 밀서를 건네받은 대좌평 사택천복(沙宅千福)이 조심스럽게 읽기 시작했다. 허나 그의 표정이 심상치 않았다.

그대의 원수, 흥수가 등용되면 별부장도 죽을 것이니 지수신과 공주를 쥐도 새도 모르게 죽이고 칠생도를 가지고 오시오. 그리하면 내가 그대의 앞날을 보장해주겠소. 임자 배상.

"폐하, 밀서 내용이 매우 흉측하오니 임자를 효수해 나라의 근본을 바로 세우소서."

사택천복의 주청에 임자의 얼굴색이 흙빛으로 변했다.

"폐하, 밀서는 소신이 쓴 것이 아니고 지수신 저놈이 조작한 것이옵니다."

"짐이 그대의 말이 맞는지 알아야겠다. 내신좌평은 상좌평의 집무실에 가서 임자가 쓴 문서와 필적을 대조해 보라."

"명을 받들겠사옵니다. 폐하."

추상같은 어명에 내신좌평 국변성(國辨成)이 어전을 나가자 중신들은 또 다른 화가 자신들에게 미칠까 봐 전전긍긍했다. 하지만 하늘은 임자의 손을 들어주지 않았다. 내신좌평 국변성이 어두운 표정으로 나타났다.

"폐하, 밀서와 상좌평의 필적이 동일하옵니다. 상좌평 자리에 백여우가 앉아 있다가 사라졌다는 소문이 거짓이라고 백성들의 입단속을 시켰는데, 소문이 사실이라니 소신을 죽여주옵소서."

"짐도 그 소문을 들었다. 그러면 짐도 죄인이 아니겠는가? 괘념치 마라."

임존성주 복신(福信)이 부복했다.

"폐하, 상좌평의 배후에 백여우가 있다는 괴소문이 임존성까지 들려왔사옵니다. 백여우를 추포해 상좌평의 죄상을 밝히옵소서."

임자는 조금 전까지 온갖 아양을 떨던 중신들이 눈길 하나 주지 않으니 야속했다.

"소신은 아니옵니다. 폐하, 지수신이 아비의 원수를 갚겠다고 꾸민 계략이옵니다. 소신은 지광을 죽이지 않았사옵니다. 더구나 백여우라니 그런 황당한 괴소문에 현혹되지 마옵소서."

"폐하, 친위군장에 지나지 않는 소신이 상좌평을 모함하다니요. 소신은 사적인 일로 국사를 그르칠 소인배가 아니옵니다. 하나 상좌평의 지난날을 살펴보아야겠습니다."

"지수신 저놈의 말투를 보십시오. 폐하, 지수신이 소신을 죽이려고 작정하고 있사옵니다."

임자가 지수신을 물고 늘어졌지만 상황은 돌이킬 수 없었다. 의자가 비답을 내렸다.

"내신좌평은 들어라. 임자 저놈이 아직도 정신을 못 차리고 있는 것 같다. 지난 일을 들먹거려 지수신을 모함하다니 괘씸하다. 우리 군이 출병하는 내일 오시(吾時)에 참수해, 수급은 사비성문에 걸고 몸뚱이는 금성산에 버려 이리떼 밥이 되게 하라. 또한 저놈의 수족이 되어 짐의 눈과 귀를 가린 늙은 내관도 죄를 묻고 백여우를 추포하라."

"망극하옵니다. 폐하."

늙은 내관은 지광과 함께 의자를 보필했지만 가는 길이 달랐다. 지광은 술수를 모르는 호위무사였다. 그 아비에 그 아들이란 말이 있듯 지수신도 지광을 빼닮았다. 임자의 힘을 빌려 지수신을 제거하고 싶었으나, 뜻을 이루지 못했다. 지푸라기라도 잡으려는 듯이 의자의 발밑에 납작 엎드렸다.

"폐하, 옛 정을 보아서 소인을 용서해 주옵소서."

"네놈은 옛 정을 말할 자격도 없다. 수십 년을 돌봐주었더니 사람의 도리를 저버리고 주인을 물었다. 네놈의 죄는 상좌평의 죄보다도 크도다."

의자의 손짓에 임자와 늙은 내관이 끌려 나가니, 어전 밖에서 꽃술을 찾아다니던 벌 나비가 임자와 늙은 내관을 보고 반가운 듯이 날갯짓을 해대었다. 세작 문제를 매듭지은 의자의 시선이 선에게 옮겨갔다.

"공주 곁에 서있는 낭자는 누구냐? 행색이 남루하나 용모가 기품 있어 보이는구나?"

"아바마마, 홍수의 여식이옵니다."

"홍수의 여식이면 짐의 딸과 같다. 짐이 홍수에게 많은 빚을 지었도다. 공주는 홍수의 여식을 친자매처럼 돌보아라."

"네, 아바마마."

선은 의자의 따듯한 눈빛에 긴장했던 마음을 내려놓았다. 처음에는 저승사자나 되는 것처럼 무서웠는데, 시간이 지나면서 사람의 정에 메말라 있다는 것을 알았다. 품안에서 진언서를 꺼내 의자에게 올렸다.

"이것이 무엇인고? 말해보라."

"소녀의 아비가 폐하께 올리는 진언서이옵니다."

"홍수의 충심을 알고 있노라. 대좌평은 진언서를 읽어라."

"알겠사옵니다. 폐하."

사택천복이 부복하고 홍수의 진언서를 큰소리로 읽기 시작했다.

폐하. 요즈음 천기를 보니 서쪽 하늘로 지는 태양에 볍씨만한 검은 반점들이 자주 생기면서 나라 곳곳에 불길한 기운이 덮고 있사옵니다. 이는 백강 하구로 상륙한 당나라 대군과 탄현(炭峴)고개를 넘어온 신라군이 연합해, 폐하가 계신 사비성을 공략하는 것을 의미하옵니다. 백강 하구와 탄현은 강폭이 좁고 산세가 험해, 단 한 명의 군사가 만 명의 적을 물리칠 수 있는 요충지이옵니다. 서둘러 정예병을 뽑아 백강 하구에서 당나라 대군의 상륙을 막고, 신라군이 탄현고개를 넘지 못하게 방어진을 구축 우리 강토를 유린하지 못하게 해야 하옵니다. 유배지에서 죄인 흥수.

흥수의 진언에, 흥수와 친교를 맺고 있던 중신들의 얼굴은 밝아졌지만 구 귀족들은 흥수의 진언을 위선에 가득 찬 전략이라고 수군거렸다. 의자는 까마귀 떼처럼 떠드는 중신들의 모습에 화가 났으나 방책이 급했다.

"경들은 다투지 말고 흥수의 전략에 대해 중지를 모아봐라."

무수(武守)가 코웃음을 치면서 말했다.

"흥수는 오랫동안 고마미지현에 유배되어 폐하를 원망하였사옵니다. 더욱 기가 막힌 것은 혈서로 거짓 전략을 만들어 폐하의 성총을 흐리게 하고 있사옵니다. 진정 나라를 위한다면 피살을 위장해 도망가지 말고 사직을 보호해야 하는데 그러지 못했나이다. 거짓으로 위장된 전략으로는 나라를 보전할 수 없나이다."

충상도 흥수에게 반감이 적지 않았다.

"폐하의 성총을 흐리게 한 흥수의 죄질은 죽어 마땅하옵니다.

그의 시체를 찾아 육시하옵소서."

계백은 무수와 충상이 작당한 것처럼 홍수를 물어뜯자 화가 머리끝까지 올라왔다.

"폐하, 만고의 충신을 모함해 유배시킨 것도 모자라 난도질을 하고 있으니 나라의 앞일이 걱정이 옵니다. 그렇게 나라를 위한다면 창검을 들고 적과 싸워야할 것입니다. 입으로만 떠드는 간신배를 엄히 문초하옵소서."

계백의 분노에 어전은 찬물을 끼얹은 것처럼 조용해졌다. 의자의 이복동생 의직이 조용해진 어전을 깨웠다.

"소신이 생각하건대 홍수의 전략은 신기에 가까울 만큼 절묘하지만 피살되었는지 적에게 납치되었는지 그 현장에 있었던 지수신도 홍수의 종적을 알 수 없다고 하였나이다. 그리고 홍수의 전략은 진언서가 오는 도중, 우여곡절을 많이 겪어 적에게 노출되었을 여지가 충분하옵니다. 통촉하옵소서."

사택천복이 조심스럽게 말문을 열었다.

"폐하, 백강 상류는 백강 하구보다 강폭이 좁고 물살이 험하므로 배를 나란히 진격할 수 없사옵니다. 그러하오니 당군을 백강 상류로 유인해 총공격을 감행하면 스스로 자멸할 것이옵니다. 또한 황산벌에 방어진을 치고 탄현고개을 넘어오는 신라군을 막으면 되옵니다. 비유컨대, 조롱 속의 닭이나 그물 속의 물고기를 잡은 것과 다름이 없나이다."

태자 륭의 얼굴색이 밝아졌다.

"아바마마, 흥수의 전략으로 적을 막는다고 소문을 내면서 비밀리에 대좌평의 전략을 쓰면 적을 물리칠 수 있사옵니다."

지수신은 기가 막혔다.

"폐하, 흥수의 전략은 이 강토에 적이 발을 딛기 전에 요격하자는 것이옵니다. 당군과 신라군을 막기 위해 백강 하구를 열어놓고, 요충지 탄현을 버리고 황산벌에 방어진을 친다는 전략은 망국으로 가는 길이옵니다."

"아바마마, 오죽했으면 스승님이 피를 먹물로 삼아 진언을 하였겠나이까? 스승님의 전략을 쓰시옵소서."

사택천복이 율의 주청을 반박했다.

"공주님, 세작에 포착된 전략은 전략이라 할 수 없습니다. 안타까우나 흥수의 전략은 쓸 수 없습니다."

의자는 비답을 내리기 어려운지 중신들의 생각을 되물었다.

"나라의 명운이 걸린 일이다. 경들은 주저 없이 고하라."

의자의 재촉에 의직이 마침표를 찍었다.

"폐하, 흥수의 전략은 녹슨 칼로 소 잡기와 같사오니 대좌평의 전략을 윤허해주십시오. 소신이 백강 하구에서 당군을 막겠사옵니다."

중신들은 의직이 사택천복의 손을 들어주는 것을 지켜보았다. 의자는 고심 끝에 사택천복의 전략을 택했다.

"홍수의 전략은 상책 중 상책이나 홍수의 생사가 불분명하고 세작들이 그의 전략을 염탐하고 있어 이미 적의 수중에 들어갔다고 생각한다. 참으로 안타깝지만 어쩔 수 없다. 짐은 대좌평의 전략을 택해 적들을 물리칠 것이다. 대장군에 의직을, 수군장에 임존성주 복신을 임명하노니 군병 2만으로 당군을 물리치고, 계백은 군병 5천으로 황산벌에서 신라군을 막아라."

"신명을 다해 섬멸하겠사옵니다. 폐하."

대장군으로 임명된 의직이 의자에게 군례를 했다. 하지만 충상의 얼굴이 돌처럼 굳어졌다.

"폐하, 소신은 문관이 아니라 무관이옵니다. 장수는 전장에서 죽는 것이 영광인데 왜 소신에게 기회를 주지 않으시나이까? 성은에 보은할 수 있는 기회를 주옵소서."

상영(常永)도 부복했다.

"소신에게도 성은에 보답할 수 있는 기회를 주십시오."

지수신은 스승님의 전략을 물고 늘어진 중신들의 얼굴이 역겨웠다.

"폐하, 나라가 절체절명에 빠진 이때 손 놓고만 있을 수 없사옵니다. 출전을 허락해주옵소서."

지수신의 주청에 융의 얼굴색이 변했다.

"부왕을 모셔야할 친위군장이 전장에, 그럼 부왕은 누가 모십니까?"

"공주님, 전장에 나가 싸우는 것도 폐하를 모시는 일이니 장수가 전장을 외면하고 어찌 장수라 할 수 있겠습니까?"

"지금 그런 변명이 통해요?"

지수신은 율의 싸늘한 눈빛을 제대로 바라볼 수 없었다. 그러나 의자는 이들의 주청에 힘을 얻었다.

"나라를 수호하겠다는 경들의 충정은 고맙다. 충상과 상영은 어느 전장을 가고 싶은가?"

충상과 상영의 얼굴색이 밝아졌다.

"소신들은 계백의 후방을 도와 황산벌에서 신라군을 막겠사옵니다."

의자가 가납했다.

"충상과 상영에게 군병 5천을 줄 테니 중앙군의 계백을 도와 신라군을 물리쳐라. 지수신도 대장군을 도와 백강 하구를 사수하라."

중신들은 의자의 용안이 밝아지자 임자가 그런 짓을 왜 했는지 모르겠다면서 수군거렸다. 의자의 용안이 이들의 세 치 혀에 다시 굳어졌다. 바람 앞의 촛불처럼 꺼져가는 국운을 바로 세우려는 의자의 몸부림도, 임자의 세작 사건에 힘없이 무너졌다. 태자 시절부터 그림자 역할을 한 내관도 믿을 수 없고, 가슴속에 간직한 지광의 죽음만 머릿속에 맴돌았다.

사비성의 지하 옥사가 어둡다 못해 음산했다. 중앙에 통로를 두고 우측 옥사에는 죄질이 가벼운 잡범들을 수용하고, 좌측 옥사에는 죄질이 무거운 사형수를 수용했다. 그런데 좌측 옥사에 새로운 손님이 들어오면서부터 잡범들과 농담하던 옥졸들이 분주히 움직이기 시작했다. 잡범 한 놈이 옥사 밖으로 머리를 내밀었다.

"옥사장님, 저자는 누구요? 높은 벼슬아치 같은데…."

"네놈들은 몰라도 된다. 조용히 하라."

"그래도 알려주면 안 되우? 무거운 차꼬를 차고 있는 것을 봐서 곧 죽을 놈 같은데…."

"정 알고 싶다면 알려주마. 상좌평 나리시다."

"아니 상좌평 나리께서 무슨 죄를 지었담."

"김유신의 간자 노릇을 하다가 들켰다. 알았으면 입 다물고 있어라."

"우리처럼 좀도둑이 아니고 나라를 팔아먹은 큰 도적놈이구나. 역적질한 저런 놈은 찢어 죽여도 싸다."

잡범들이 욕설을 퍼붓자 적막감이 감돌던 옥사가 소란스러워졌다. 화가 난 옥사장이 잡범들에게 창을 들이댔다.

"이놈들아, 더 이상 떠들면 오늘 저녁밥은 없는 줄 알아라."

옥사장의 호통에 잡범들은 기가 죽었는지 숨소리도 내지 않았다. 잡범들의 소란을 가라앉힌 옥사장이 임자에게 다가갔다.

"상좌평 나리, 어쩌다가 나라를 팔아먹는 대역죄를 지었습니까? 조금 있으면 나리의 목이 댕강 떨어져 사비성문에 걸릴 것입니다. 하하하."

임자는 옥사장이 비아냥거리자 속이 뒤틀렸다.

"이놈아, 내가 세작질을 한 것을 보기나 했느냐? 폐하의 성총이 흐려 이런 몸이 되었지만 나의 무죄가 곧 입증될 것이다. 그때도 네놈이 주둥이를 나불거릴 것이냐?"

옥사장이 큰소리로 임자를 윽박질렀다.

"네놈은 잡범만도 못한 놈이다. 잡범은 그저 배고파 남의 양식을 도둑질했지 네놈처럼 나라를 팔아먹는 짓은 않았다. 네놈이 갇혀 있는 옥사가 무슨 옥사인지 알기나 하느냐? 네놈의 모함으로 성충 나리가 돌아가신 옥사다. 죽기 전에 성충 나리에게 속죄하고 죽어라."

숨죽이고 있던 잡범들이 다시 들고 일어났다.

"성충 나리를 모함한 저놈을 빨리 죽여라. 저런 놈과 같이 있는 것이 우리의 수치다."

임자는 잡범들의 욕설에 입을 다물었다. 더 이상 무슨 말을 하랴, 갇혀 있는 옥사가 성충이 죽은 옥사라니 지난 세월이 허무했다. 결국 허무하게 죽는다는 생각에 피가 거꾸로 돌듯이 긴 한숨을 내쉬었다. 권력을 독식하고자 눈엣가시 같던 지수신의 아비, 지광을 쥐도 새도 모르게 죽였다. 그 지광이 저승사자가 되어 옥사 밖에 서있는 듯했다.

이렇게 임자가 낙심하고 있는데 귀에 익은 목소리가 들려왔다.

"고생이 많으십니다. 상좌평."

"충상 장군이 이곳에…."

충상은 반갑게 맞는 임자의 몰골을 살펴보았다. 봉두난발 머리카락이 어깨까지 흘러내려오고, 중신들을 벌벌 떨게 만들었던 목소리가 생기를 잃었으니 한 마디로 눈 뜨고는 못 볼 정도로 험하게 망가졌다. 마음이 불편한 충상이 옥사 주변을 조심스럽게 살피면서 말했다,

"상좌평, 어쩌다가 그런 일을 하셨습니까?"

"장군도 아시지 않습니까? 우리 백제는 신라와 친해야만 사직을 보전할 수 있다는 것을, 그런데 폐하가 계속 신라를 몰아붙이니 당군을 끌어들인 것 아니겠소."

"그렇다고 세작을…."

"죽는 마당에 무슨 미련이 있겠소. 장군도 백제가 살아날 가망이 없다고 판단되면 김유신을 찾아가십시오. 우리 집의 집사 일을 보던 조미압이란 놈이 있소. 그자가 김유신과 통로 역할을 하였던 백여우요. 살아있다면 적당히 잘 이용하십시오."

한 나라의 권세를 무소불위(無所不爲)로 휘둘렀던 임자의 몰락이 눈앞에 성큼 다가왔다. 충상은 마지막 하직 인사를 했다.

"상좌평, 부디…."

"내 걱정 말고 어서 가시오."

임자는 충상이 눈앞에서 보이지 않자 옥사 바닥에 주저앉았다. 그래 상좌평답게, 만인지상답게 죽음을 맞이하겠다고 생각하니 두렵던 마음이 사라졌다. 잡범들은 조금 전까지 공포에 떨던 임자가 신선이 된 것처럼 좌정하는 모습을 보고, 귀신이 달라붙어 저런 행동을 한다고 수군거렸다.

옥사를 나온 충상은 뒤쫓아 오는 사람이 없나 하고 연신 뒤돌아보면서 군영으로 발길을 옮겼다. 어찌되었건 선택의 여지가 별로 없었다. 황산벌에 나가 신라군과 일전을 치러야겠지만 조미압이란 자가 마음에 걸렸다. 머릿속이 실타래처럼 엉킨 충상이 군영에 들어갔지만 군례를 하는 병사가 없었다.

출병을 앞둔 장수들의 결연한 의지도 찾아보았으나, 표정은 그리 밝지 않았다. 전군의 사령탑인 대장군 의직도 긴장되는지 군령을 내리는 목소리에 파열음이 간간히 섞여 나왔다.

"당나라 오랑캐와 신라군이 몰려오고 있소. 우리 국력으로 대적하는 것은 계란으로 바위 치는 것처럼 힘든 상대지만 하늘의 뜻이 있다면 물리칠 수 있소. 나는 수군장 복신과 지수신을 선봉으로 삼아 백강 하구로 가겠으니 황산벌을 잘 부탁하오. 계백 장군."

계백은 의직의 심중을 짐작한 듯이 큰 소리로 말했다.

"걱정 마십시오. 대장군, 황산벌에서 신라군의 숨통을 쥐겠습니다."

"다시 한번 부탁하오. 장수로서 영광스럽게 죽을 수 있는 것이 전장이오. 적을 물리치고 폐하의 성은에 보답하길 바라오."

장수들을 전장에 내모는 의직의 마음도 무겁고 착잡했다. 다시 만날 수 있을지 모르는 길이었다. 장수들이 의직에게 군례를 하고 군막을 나섰다. 지수신도 군례를 하려 하자 의직이 걱정스러운 표정으로 말했다.

"장군이 선봉을 맡아주어 한 시름 놓았지만 부담되는 것이 하나 있소."

"소장이 대좌평의 전략을 반대해서 그러시는지…."

"그게 아니라 장군을 따라다니는 공주가 문제요. 이번에도 공주가 장군을 따라올 것 같은데 이를 어찌하면 좋겠소."

"별 걱정을 다 하십니다. 공주님은 그렇게 경솔한 분이 아닙니다."

의직이 지수신의 아픈 곳을 콕콕 찔러댔다.

"알 만한 사람 다 아는데 공주의 성격을 몰라서 그러시오."

율은 여염집의 규수처럼 온실 속의 화초가 아니었다. 성격이 활달하고 강건했다. 그런 율이 지수신에게 마음을 빼앗겼다. 말이 씨가 된다고 하듯 율이 명광개 갑옷을 입고 나타났다.

"숙부님, 제 흉을 보셨죠?"

"숙부가 왜 흉을 봅니까? 이렇게 예쁜데요. 그런데 어디 사냥을 가시나요?"

"다들 전장에 나가는데 궁궐 속에 갇혀 있으란 말이어요? 저도 백강 하구로 가겠어요."

의직이 기가 차다는 듯이 언성을 높였다.

"전쟁은 병정놀이가 아닙니다. 폐하를 보필하는 것도 나라를 위하는 길입니다. 돌아가십시오."

"이 난국에 누가 놀러간 댔습니까? 당나라 오랑캐와 싸우러 가니 말리지 마십시오. 숙부님."

율이 막무가내로 매달리자 의직은 두 손을 들었다.

"지수신 장군, 내가 무어라 했소. 공주님을 잘 설득하고 출병장으로 오시오."

의직은 꽁무니 빼듯 출병장으로 발길을 돌렸다. 하지만 율은 지수신의 출전을 그냥 넘길 수가 없었다.

"출전을 혼자 결정하다니 그럴 순 없어요."

"제 마음을 아실 분이 그런 말씀 마시고 돌아가십시오."

"저도 사형처럼 마음을 정했어요. 그러니 쓸데없는 생각 하지 마십시오."

지수신이 돌려보낼 요량으로 갖가지 핑계를 대보았지만 율은 이미 화석이 되어 있었다. 결국 당군과 싸울 기병 보병 2만의 병사들이 북소리에 맞추어 진군하니, 병사들의 진군이 백강 하구로 뱀의 꼬리를 물고 가듯 이어졌다.

삼년산성에서 정규군 4만과 보급병 1만으로 구성된 5만 대군이 좌장군 김흠순, 우장군 김품일, 선봉장 김문영의 인솔 아래 김춘추가 나타나길 기다렸다. 7월의 태양이 병사들의 창검을 뻘겋게 달구고 계림의 깃발이 잔바람에 흐느적거리었다. 드디어 병사들이 고대하고 고대하던 김춘추가 모습을 드러냈다. 김춘추가 5만 대군 앞에서 출병의 소회를 밝혔다.

“짐이 계림에서 태어나면서부터 백성의 살과 피가 승냥이 같은 백제놈들의 술안주가 되는 것을 보아왔다. 심지어 그놈들은 짐의 딸과 사위를 참살했다. 짐은 원수와 같은 하늘에서 잠을 잘 수 없다는 일념에 대당의 신하가 되기를 자청했다. 이제 전쟁은 시작되었다. 짐이 말하노니 계림의 형제들은 백제를 멸하고 개선하라.”

“대왕의 원수를 갚자. 백제를 멸망시키자.”

5만 대군이 함성을 지르자 김춘추가 김유신의 손을 살며시 잡았다. 그리고 의미심장한 말을 내던졌다.

“신라군의 모든 병권이 대장군의 손에 있소. 짐은 대장군만 믿겠소.”

“폐하의 성은을 어찌 소신이 저버리오리까? 가야의 핏줄을 인정해 오늘의 소신을 있게 한 것도 폐하시옵니다. 소신의 가슴은

서라벌에 있고 안위도 폐하께 있습니다. 기필코 백제를 멸망시키고 돌아오겠나이다."

"짐의 마음을 알고 있으니 고맙소. 대장군."

김유신은 김춘추가 의심의 눈길을 보내는 것은 가야 유민이라는 부적 때문이라고 생각했다. 하지만 뒤를 돌아볼 겨를이 없었다. 군기일 때문에 마음이 급했다. 병사들에게 진군 명령을 내렸다.

"계림의 형제들아, 백제군이 움직이기 전에 탄현고개를 넘어야 한다. 밤이 되면 험한 산세라 백제군이 어디에 매복했는지 알 수가 없다."

기병부대를 선두로 보병부대가, 마지막으로 병참부대가 뒤따랐다. 수천 석의 군량을 실은 우마차와 보급물자를 지고 가는 보급병이 짐의 무게에 버거워 비틀거렸다. 탄현으로 가는 길이 천릿길이나 된 듯이 가도 가도 끝이 보이지 않았다. 하지만 대장군의 깃발이 구름까지 파고들고 병사들의 진군이 끝이 없었다.

김유신이 목까지 올라오는 희열을 만끽하고 있는데, 조미압이 상거지 차림으로 나타났다.

"자네 모습을 보니 무슨 일을 당했는지 알 만하다. 하나 한번은 넘어야 할 산이니 너무 상심마라."

임자가 하옥되자 백제군이 신라로 들어가는 길목을 모두 틀어막았다. 조미압이 못다푼 한을 풀듯이 말했다.

"말씀 마십시오. 대장군, 백제군의 포위망을 간신히 뚫고 왔습니다. 지금도 생각하면 오금이 저립니다."

"자네의 충성심을 알고 있으니 걱정마라. 그리고 백제군의 동향은 어떠하냐?"

"의직이 백강 하구로 출병하였고 계백의 5천의 중앙군이 황산벌에 배수진을 친다 하옵니다."

"불과 5천의 병력으로 나와 대적하려 하다니 의자가 제 무덤을 파고 있구나."

"맞습니다. 대장군."

조미압의 세 치 혀에 김유신은 기분이 좋아졌다.

"그럼 나와 내통한 임자는 어찌 되었는가?"

"지수신에게 들통이 났습니다. 지금쯤 임자의 수급이 사비성문에 걸렸을 것입니다."

김유신은 궁금했다.

"지수신은 누구인가? 처음 듣는 이름이구나?"

"친위군장으로 흥수의 문하에서 수학한 동량 중의 동량입니다. 흥수를 데리러 간 자가 바로 지수신입니다."

"그래서 김문영이 깔끔히 뒤처리를 못했구나. 지금도 의자 곁에 있느냐?"

"아닙니다. 대장군 의직을 따라 백강 하구로 떠났습니다."

"그자가 흥수의 문하였다니 근심 덩어리가 하나 더 늘었구나?

그리고 임자는 나라를 망친 자다. 이는 내 탓이 아니라 하늘이 죄를 물은 것이지만 목이 잘렸다니 미안한 마음이 든다."

"십여 년간 많은 은혜를 베풀어주었는데 결국…."

조미압의 눈가에 눈물이 맺혔다.

"백제를 정벌하면 임자의 육신을 찾아 귀족에 준하는 장례를 치러줄 것이니 마음 놓고 내 옆에서 종군하라."

"소인, 마음의 짐을 조금이나마 덜었습니다."

조미압이 길 안내자가 되었지만 황산벌 가는 길이 말처럼 쉽지 않았다. 작열하는 태양의 열기에 진군하는 병사들이 주저앉기 시작했다. 수레를 끄는 우마도 혓바닥을 내밀면서 헐떡거렸다.

"계림의 형제들아, 사비성에 많은 재물이 기다리고 있다. 백제를 멸망시켜라. 낙오하는 자는 엄벌하겠다."

김유신의 음산한 목소리가 악마의 속삭임처럼 병사들의 마음을 뒤흔들어놓으니, 태양의 열기에 헉헉대던 병사들의 사기가 되살아났다. 이렇게 5만 대군이 백제군의 전략적 요충지 탄현고개를 활시위 한 번 당기지 않고 넘기 시작했다. 결국 흥수의 전략은 탄현고개의 뭉게구름이 되어 사라지고 그 자리에 탐욕의 불꽃만이 타올랐다.

신라군이 코앞에 왔는데 흥수가 혈서로 쓴 전략은 없던 일이 되어버렸다. 요충지인 탄현을 내어주고 황산벌에서 신라군 5만을 5천으로 막으라는 전략은 계백더러 죽으라는 것과 다름이 없었다. 대장군 의직에게 군령장을 받은 계백은 충상과 상영에게 후방을 부탁했다.

"제가 중앙군을 이끌고 선봉에 서겠으니 충상 장군은 황령산성을, 상영 장군은 모촌산성을 공격하는 신라군을 막아주십시오."

충상도 힘을 보탰다.

"장군의 용병술은 삼한의 제일이요. 장군이라면 늙은 김유신 정도는 해장거리요. 아무쪼록 이번 전쟁을 승리로 이끌어 성은에 보답합시다."

"충상 장군의 그 말씀을 뼛속에 새겨두겠소. 중앙군은 결사항전으로 전의를 다지고 있어 승리할 수 있소."

"부족한 상영도 결사항전을 할 것이니 걱정 마시오."

"고맙소. 상영 장군."

계백의 중앙군을 선봉으로, 충상과 상영의 지원군이 사비성문을 나서니 백성들이 성문에 걸려있는 임자의 목에 침을 뱉고 있었다. 흰 무명천에 대역죄인 임자라고 쓴 붉은 글씨가 백성들의 가슴에 불을 질렀다. 충상은 임자의 몰골과 그의 비감한 어조가 생각났다. 조미압이란 이름을 되씹었다. 그가 누군지 알고 싶어졌다.

계백은 임자의 처참한 몰골이 백제군의 사기를 독려하는 것인지, 아니면 신라군의 말발굽 아래 백제가 멸망하기를 기원하는지는 하늘밖에 모르리라, 생각하면서 백성들의 환호에 답했다.

"황산벌을 사수해 폐하와 백성들의 근심을 덜겠소."

"승리하고 돌아오십시오. 계백 장군님."

계백의 충정어린 목소리에 백성들은 열광했다. 이기고 돌아오라고 기원했다. 백성들의 기원이 계백의 기원이었다. 황산벌이 눈앞에 보이자 정찰을 나갔던 척후병이 돌아왔다.

"장군님, 신라군 5만이 탄현고개를 넘어오고 있습니다. 이들의 진군 속도로 보아 내일 새벽이면 황산벌에 당도할 것입니다."

계백이 부장에게 명령했다.

"신라군이 탄현을 넘는다 해도 우리가 황산벌을 지키고 있는 한 쉽게 오지 못할 것이다. 우리 중앙군이 먼저 산직산성에 군영을 설치하겠다. 목책을 세우고 전투 준비를 하여라."

"알겠습니다. 장군님."

"늦으면 안 된다. 지금쯤 김유신도 척후병을 보내 우리 군의 움직임을 염탐하고 있을 것이다."

병사들이 산직산성의 성문 앞에 목책을 세우고 탄현고개를 넘어오는 신라군을 감시하기 시작했다.

4장 / 갯벌

백강 하구는 바닷물과 밀물이 만나는 곳으로 산란철을 맞아 물고기가 알을 낳으려오는 철새 도래지역이다. 백강 하구의 갈대밭은 서쪽에서 불어오는 바닷바람과 날갯짓에 지친 철새들이 쉬어가는 어머니 품속처럼 아늑한 쉼터였다.

이런 풍요로운 백강 하구에 전운이 감돌기 시작했다. 당수군을 유인하기 위해 복신의 수군선 백여 척이 백강 상류에 학익진의 날개를 펼치고 있으니, 대장군 의직은 승리가 눈앞에 온 것처럼 목소리를 높였다.

"우리 군선의 위상을 보시오. 이제 당군선은 백강에서 모두 궤멸될 것이요. 하니 장군은 당군선이 백강 상류를 지나갈 때 화공으로 공격하시오."

지수신의 얼굴이 돌처럼 굳어졌다.

"1천9백 척이나 되는 당군선이 강폭이 좁은 백강 상류로 우리 군선을 따라오겠습니까? 소장의 생각은 당군이 백강 하구로 상륙을 감행할 것입니다. 백강 상류보다는 백강 하구에서 당군과 싸워야만 승산이 있습니다. 대장군."

"당군이 백강 하구로 상륙한다면 그야말로 자살행위요. 저 진흙 밭인 갯벌을 보시오. 우리 아군과 싸우기도 전에 갯벌과 싸워야 할 것이오. 하니 대좌평의 전략을 믿어봅시다."

"아무리 그래도 대좌평의 전략은…"

지수신은 마음 한구석이 빈 것처럼 허전했다. 갯벌인 백강 하구를 방치하다니… 더구나 율까지 따라왔으니 자신의 처지가 난감했다.

“공주님, 병사들 보기가 민망하니 이제 그만 사비성으로 돌아가십시오.”

“전쟁이 시작도 안했는데 돌아가라고, 그걸 말이라고 해요?”

“저는 괜찮지만 공주님이 잘못되면….”

지수신이 말을 잇지 못하자 율이 화를 버럭 냈다.

“쓸데없는 걱정을 계속하면 강물로 뛰어 들어가겠어요.”

결기 서린 율의 눈망울이 강물에 잠긴 달빛처럼 애잔하게 빛을 발했다. 그리고 자맥질하던 물새까지 하늘을 보고 울어대니 지수신의 눈가에도 눈물이 고였다. 이렇게 백강 하구의 밤은 물새 우는 소리 갈대 우는 소리에 깊어가고, 병사들은 당군의 노 젓는 소리가 들리는지 귀를 곤두세우기 시작했다.

소정방은 덕물도에서 보름동안 휴식을 취하고 미녀들의 술시중도 받으니, 마치 무릉도원에 온 것처럼 기분이 상쾌했다. 늙어가는 고목에 새순이 돋듯 거무죽죽하던 양 볼의 피부가 조금씩 없어지고, 생기가 넘치는 피부로 변하고 있다고 신라 장수들이 아첨을 해대었다.

거짓말인지 뻔히 알면서도 못이기는 척. 미녀들에게 몸을 맡겼다. 군막을 들랑날랑하던 장수들도 술독에 빠졌는지 잘 나타지 않고, 병사들도 잘 먹어서인지 얼굴에 개기름이 질질 흘러내렸다. 소정방은 장수들을 소집했다.

"그동안 신라 태자의 융숭한 대접으로 병사들의 사기도 오르고 군마들도 좁은 덕물도를 벗어나 넓고 기름진 땅을 달리고 싶어 날마다 울고 있소. 이제 우리병사는 만 리 여독을 다 풀었소. 부총관은 백강 하구의 지형을 설명해 보시오."

김인문이 백강 하구의 지형을 설명했다.

"1천9백 척의 당군선이 좁은 백강을 통해 사비성까지 갈 수 없습니다. 백제군이 백강 상류에서 화공으로 공격하면 막대한 피해가 예상됩니다."

"그렇다면 상륙지점이 어디가 좋겠소."

"첩보에 의하면 백제군은 우리 당군이 백강 상류로 상륙할 것으로 믿고 있습니다. 하니 백제군의 허점을 이용해 백강 하구로 상륙해야만 합니다."

"갯벌인 백강 하구로 13만이나 되는 병사가 어떻게 상륙하겠다는 거요. 잘못하면 진흙투성인 갯벌에 갇혀 몰살될 수 있소."

소정방이 믿지 못하겠다는 듯이 고개를 갸우뚱거리니 김인문이 신라수군장 양도에게 명령했다.

"장군이 가지고 온 물건을 합하께 설명해보시오."

김인문의 명령이 떨어지자 양도가 돗자리를 탁자 위에 올려놓았다.

"합하, 이것은 버들가지로 만든 돗자리로 갯벌에 깔고 상륙하면 백제군을 힘 안들이고 몰살시킬 수 있습니다."

"하면 양도장군, 우리 대당의 병사가 갯벌로 상륙하려면 수십만 개의 버들가지 돗자리가 필요한데 대체 얼마나 준비했소."

"걱정 마십시오. 합하, 신라군선 백여 척에 두 세 겹으로 깔고도 남을 분량의 돗자리가 실려 있습니다."

양도의 자신만만한 목소리에 소정방이 백제 정벌의 첫 깃발을 올렸다.

"백제를 멸할 시간이 눈앞에 다가왔소. 대총관인 본관이 상륙부대를, 수군은 우군낭장 유인원이 지휘할 것이니 출병할 때까진 덕물도에서 개미새끼 한 마리 나가지 못하게 봉쇄하시오."

"군령을 받들겠습니다. 합하."

소정방의 작전대로 자시(子時)가 되자, 어둠을 밝히는 횃불이 덕물도의 해안을 시뻘겋게 달구었다. 먼저 창검으로 중무장한 보병이 승선하고 활을 든 궁수부대가 뒤따랐다. 마지막으로 소정방이 승선했다.

또한 신라군선 백여 척에 버들가지 돗자리가 산을 이루고, 그 뒤를 따라오는 1천9백 척의 군선이 줄을 맞추어 파도를 헤치기 시작했다. 간혹 물길을 잃은 군선이 있을까? 감시하는 것처럼 탐방선이 분주히 군선의 주위를 맴돌았다. 소정방이 소곤거리듯 작은 목소리로 군령을 내렸다.

"안개가 몰려오고 있다. 백강 하구에 닻을 내릴 때까지 물길을 바로잡고 노를 저어라."

굶주린 이리떼처럼 몰려온 1천9백 척의 군선이 백강 하구에 닻을 내리자 양도가 올빼미 눈을 번뜩이면서 명령했다.

"갯벌에 돗자리를 깔아라. 계림의 형제들아."

양도의 명령이 떨어지자 신라군 병사들이 질퍽거리는 갯벌에 버들가지돗자리를 별자리 수놓듯이 깔았다. 소정방을 하늘이 도와주는지 짙은 안개가 백강 하구를 덮더니 병풍처럼 군선 1천9백 척을 감싸 앉았다. 천금의 기회를 얻은 당군이 백제군의 눈을 피해 상륙을 감행했다. 백제군이 어디에 둔병하고 있는지 알 수 없는 칠흑의 안개였다. 소정방은 혀를 내둘렀다.

"버들가지 돗자리로 이렇게 빨리 상륙할지 몰랐소. 정말 대단하오. 부총관."

"소인도 탄복했습니다. 합하."

마음이 들뜬 소정방이 갯벌을 품고 있는 산능선을 올라갔다. 그런데 동이 튼 새벽인데도 안개가 그칠 줄 모르고 당군이 교두보를 마련할 능선까지 따라왔다. 소정방은 눈앞이 캄캄했다. 안개의 도움으로 상륙을 감행했지만 앞에도 안개요, 뒤에도 안개라 사비성으로 가는 길을 도저히 찾을 수가 없었다. 김인문에게 답답함을 토로했다.

"안개가 걷히지 않으니 사비성의 진격로를 찾을 수 없소. 큰일이 아니오."

"안개에 포위되어 소인도 알 수가 없습니다. 일단 이곳에 둔병을 하여야 할 것 같습니다."

"둔병이라니 그건 안 될 말이요. 백제군에게 전열을 갖출 시간만 줄뿐이요."

"소인의 생각이 짧았습니다. 합하."

소정방은 김인문의 말을 콧등으로 흘렸다. 그리고 안개 속에 갇혀있는 장수들에게 명령했다.

"병사들이 안개 속에 헤매고 있다. 길에 밝은 자를 잡아오라."

"네, 합하."

장수들이 인근 백성들을 찾아 나섰다. 지독한 안개였다. 새벽이라 산에 오른 백성이 눈에 띄지 않았다. 소정방이 발을 동동 구르고 있은데 풍사귀가 칠순쯤 보이는 촌로(村老) 다섯 명을 데리고 나타났다.

약초를 캐러 다니는지 꼴망태를 하나씩 짊어졌다. 머리는 백발에 옷차림은 은백색 모시적삼을 입고 있었다. 이들의 모습이 평범하게 보이나, 하얀 눈썹 밑에 자리 잡은 두 눈이 신선처럼 맑고 깨끗했다. 소정방이 신선을 만난 것처럼 반갑게 물었다.

"그대들은 백제의 백성인가?"

"그럼 그대는 누군가?"

촌로들은 소정방에게 조금도 위축되지 않고 당당히 반문했다.

이를 지켜보고 있던 낭장 풍사귀가 화를 벌컥 냈다.

“이분이 누구신지 알고 함부로 하대를 하느냐? 쳐 죽일 놈아.”

“우리는 이 나라 백성이고 당신들은 이 나라 병사가 아닌 것 같소. 손님을 청하지도 않았는데 불쑥 나타나 반말하니 주인에게 하대하는 불청객과는 더 이상 말을 섞지 않겠소.”

촌로들이 훈계조로 말을 내뱉고 떠나려하자 소정방이 가로막았다.

“나는 무도한 의자를 징벌하러 온 소정방이라 하오. 안개가 온 천지를 덮고 있어 사비성으로 가는 진격로를 알 수가 없소. 백성들의 고혈을 빨아 먹는 의자를 잡아 고통을 해방시켜 주겠으니 사비성으로 가는 진격로를 알려 주시오.”

촌로들의 맑은 눈에 거센 파도가 일었다.

“당나라가 백제를 멸하러 온다는 소문이 무성하더니 결국 도적의 무리가 되어 왔소. 우리는 나이가 먹어 눈과 귀가 어둡고 사물의 흐름을 잘 판단하지 못하나 나라를 팔아먹은 역적질은 하고 싶지 않소. 더 이상 도적의 무도를 탓하면 무엇 하리. 우리 갈 길이나 막지 마시오.”

김인문이 촌로들에게 호통을 쳤다.

“늙은이라 예를 표하며 부탁했거늘 천한 놈들이 거절해? 당장 죽여주마.”

“허허, 김춘추의 아들놈이 도적의 사냥개가 되어 돌아왔구나?

삼한을 한낱 개인적인 원한에 팔아먹다니 정말 가소롭다. 늙은이들의 목이 그렇게 탐난다면 가져가 네놈 아비에게 주어라."

소정방은 하늘을 대신하는 대당의 병사를 도적의 무리라 칭하니 분통이 터졌다.

"이놈들이 나를 욕보이는구나? 좌군낭장은 이놈들의 목을 잘라 날 짐승의 밥이 되게 하라."

촌로들은 소정방의 분노에 눈 한번 깜짝하지 않고 당당히 말했다.

"죽기 전에 폐하께 하직인사를 드리는 게 백성의 도리요. 도적에게 주인이 부탁하는 것이 상하가 전도된 것이나 그대에게 잡혀 있으니 어찌하오. 그래도 도적의 대장이니 의(義)를 조금이라도 알고 있으리라 생각하오. 잘 생각해서 하늘의 노여움을 사지 마오."

촌로들의 기개에 소정방은 마음이 흔들렸다.

"네놈들의 기백이 정말로 당차구나? 백제의 군신이 다 네놈들만 같으면 내가 오지 않았을 것이다. 네놈들의 소원을 들어주마."

"그래도 도적의 대장이라 조금은 의를 아는구려. 하하하."

촌로들이 앙천대소하면서 사비성을 향해 재배를 올리자 유백영이 장검을 빼들었다. 허공에 원을 그리면서 촌로들의 목을 내리치니 붉은 선혈이 쏟아져 나왔다.

소정방은 촌로들의 죽음에 개운할 것 같았던 마음이 달아났다. 촌로 몇 놈을 죽이고 회한에 잠기는 자신이 부담스러워졌다. 촌로에게 죄를 청하듯 병사들에게 명령했다.

"내가 전장에서 잔뼈가 굵었지만 이토록 지조 있고 현량한 백성을 보지 못했다. 이들의 지조를 널리 알려 무도한 의자를 부끄럽게 하고, 이 산을 성인(聖人) 다섯 명이 묻힌 오성산(伍聖山)이라고 명명할 것이니 대당의 병사들은 속히 시행하라."

병사들이 촌로들의 시신을 날짐승이 범하지 못하도록 동굴에 안치하고 입구를 돌로 틀어막았다. 소정방은 짙은 안개가 계속 몰려오자 겁이 덜컥 났다.

"이산은 산신령이 계신 명산이다. 우리가 참살한 촌로는 이산을 지키는 신선일 것이다. 나는 제단을 높이 쌓고 신선을 참살한 죄를 산신령께 빌면서 안개로부터 벗어날 수 있는 방법을 묻겠다. 좌군낭장은 제단과 제물을 준비하라."

"알겠습니다. 합하."

유백영이 산 능선에 제단을 만들고 산신령에게 받칠 제물을 올려놓았다. 소정방이 제단에 절하면서 소원을 빌었다.

"산신령이시여, 무도한 백제를 징벌하기 위해 하늘의 뜻을 받아 13만 당군이 왔나이다. 만약 안개를 거두어 주신다면 천 개의 절을 지어 부처님께 바치겠나이다. 응답하옵소서."

병사들도 산신령께 안개를 벗어나게 해달라고 빌었다. 잘못하면 낙양에 돌아가지 못하고 산귀신이 될 것만 같았다. 소정방의 기원이 산신령께 통했는지 서서히 안개가 걷히기 시작했다. 소정방은 사냥감을 발견한 독수리처럼 백제군의 진영을 조심스럽게 살피면서 말했다.

"안개가 걷히고 있다. 좌군낭장은 저놈들의 병력이 얼마나 되는지 장수는 누구인지 알아보아라. 전쟁은 피를 보지 않고 이기는 것이 가장 좋은 전략이다. 항복을 권하라."

"저 정도 백제군이야, 걱정 마십시오."

유백영이 백기를 들고 백제군의 진영으로 달려갔다. 하늘에 떠 있는 태양이 오성산에 상륙한 당군과 백제군의 첫 만남을 지켜보기 시작했다.

자정부터 안개가 모이기 시작하더니 새벽이 가까이 오자 더욱 기승을 부리면서 백강 하구를 뒤덮었다. 물새들도 안개 탓인지 둥지에서 나오지 않았다. 하늘도 수상하고 거세게 불던 바람도 갈대밭에 숨어버렸다. 병사들은 안개 속에서 움직이는 검은 물체를 발견했지만 가끔 안개에 쌓여 나타나는 신기루로 생각하였다.

지수신도 안개 속을 조심스럽게 살폈다. 하지만 병사들의 생각과는 달리 오성산으로 상륙하는 당군과 갯벌에 닻을 내린 당군선이 눈에 잡혔다. 지수신은 병사들에게 명령했다.

"갯벌로 당군이 상륙하고 있다. 즉시 전투태세를 갖춰라."

"네, 장군님."

병사들은 창검을 움켜잡았지만 전황은 걷잡을 수 없을 만큼 요동쳤다. 갯벌과 오성산이 온통 당군의 깃발로 뒤덮이니 율의 얼굴이 돌처럼 굳어졌다.

"당군이 갯벌로 상륙할 줄이야, 대좌평의 작전이 완전히 실패했어요."

"대좌평을 탓하기에는 너무 늦었습니다. 이곳에서 생사를 걸 수밖에 없습니다. 공주님."

율이 당군을 지휘하고 있는 소정방을 가리켰다.

"음흉한 눈빛으로 바라보는 저자가 소정방인 것 같아요. 빨리 대책을 세워야겠어요."

"걱정 마십시오. 기병과 보병을 선봉으로 적을 막을 겁니다. 공주님은 더 늦기 전에 후미의 대장군의 진영으로 가십시오."

"사형의 우익이 되어 당군과 싸우겠어요. 대장군의 진영으로 절대 가지 않을 테니 그런 줄 알아요."

"하지만 공주님."

지수신은 율을 대장군의 진영으로 보내고 싶었지만 고민은 일순간에 날아가 버렸다. 당군 장수가 백제군의 진영 앞에 나타났다.

"나는 좌군낭장 유백영이고 하늘의 명령으로 무도한 의자를 징벌하러왔다. 적은 병력으로 맞서지 마라. 백제군의 대장은 누군지 속히 말하고 항복하라."

지수신이 유백영의 말을 되받아쳤다.

"나는 백제군 선봉장 지수신이다. 우리 폐하를 무도하다고 하는데 뼛속까지 무도한 놈은 바로 네놈들이다. 풍요롭고 의(義)를 아는 백제를 밤도적 떼가 되어 침범하고 있으니 도적 중에 상 도적놈이 아니냐? 흉악한 말을 내뱉는 네놈의 세치 혀를 이 검으로 잘라주마."

지수신이 큰소리로 외치자 병사들이 북과 꽹과리를 치면서 호응했다.

"당나라 오랑캐야, 죽을 곳이 없어 만 리 길을 왔느냐? 참으로 가소롭구나. 하하하."

유백영이 불같이 화를 냈다.

"하룻강아지 범 무서운 줄 모르는 변방의 장수야, 네놈의 기개는 가상하지만 네놈의 나라 백제는 수명을 다했다. 후회마라."

"헛소리 작작하고 네놈의 목을 뚫기 전에 당나라로 돌아가라. 그것만이 살길이다. 하하하."

지수신이 활시위를 당기자 유백영은 이를 부드득 갈면서 말머리를 돌렸다.

소정방이 빈손으로 돌아온 유백영에게 물었다.

"그래 누구라더냐? 그놈의 답변은 무엇이냐?"

"지수신이라는 젊은 장수로 기개가 넘쳐 보입니다. 죽으면 죽었지 길을 못 비켜준다고 합니다."

유백영의 보고에 소정방은 머뭇거리지 않았다.

"기병과 보병으로 얼마 되지 않는 백제군을 섬멸하고 사비성의 진격로를 열어라. 진격하라."

"네, 합하."

유백영이 말을 타고 백제군의 진영으로 질주했다. 1만의 당군이 함성을 지르면서 유백영을 엄호했다.

"와와, 백제군은 오합지졸이다."

지수신도 지지 않으려는 듯이 말고삐를 잡아당기자 말이 단숨에 목책을 뛰어넘었다.

"형제들아, 나를 엄호하라. 유백영을 잡겠다."

"알겠습니다. 장군님."

적막했던 오성산의 산하가 양군 병사들의 괴성에 신음하고 숲속의 짐승들도 숨을 죽였다. 이제 한치 앞도 가늠할 수 없는 전투가 시작되었다.

"지수신 이놈아, 네놈도 이제 끝이다."

"내가 할 소리를 네놈이, 하하하."

지수신의 장검과 유백영의 창이 맞붙었다가 떨어졌다. 수십 합을 겨루어도 승패가 나지 않았다. 백제군과 당군도 밀고 밀리는 백병전을 거듭했다. 화살이 양군(兩軍)의 병사들의 머리위에 비 오듯이 떨어졌다.

피토하는 병사들의 신음소리, 창에 찔려 넘어지는 말들의 울음소리가 오성산을 뒤덮었다. 당군이 갯벌로 상륙하자 대장군 의직은 눈앞이 캄캄했다. 하지만 머뭇거릴 시간이 없었다.

"당군과 싸우고 있는 우리 형제를 구하자. 공격하라."

"와와, 대장군을 도와 오랑캐를 몰아내자."

대장군 의직이 병사를 인솔하고 나타나니 유백영과 사투를 버리고 있던 지수신은 한숨을 돌렸다.

"고맙습니다. 대장군."

"걱정마라, 좀 더 밀어 붙이면 승리는 우리 것이다."

유백영이 조롱했다.

"지수신 이놈아, 지원군이 왔다고 까불지 마라."

지수신과 유백영의 사투를, 가슴 졸이면서 지켜보고 있던 율이 검을 빼들고 유백영에게 달려갔다. 유백영이 바라보니 남자의 눈빛이 아닌 여인의 눈빛이었다.

"네놈은 누구냐?"

"내 이름을 알아 무엇 하느냐? 오랑캐야."

"대당의 장수를 오랑캐라니 살고 싶지 않는 모양이구나."

유백영이 율을 공격했으나 승세는 백제군으로 기울었다. 의직과 율의 지원으로 사기가 오른 백제군이 당군을 오성산으로 몰아붙였다. 당군과 백제군의 백병전을 지켜보던 소정방이 퇴각명령을 내렸다.

"다시 작전을 세워야겠다. 전군은 진영으로 돌아오라."

유백영과 당군이 썰물처럼 오성산으로 퇴각하자 의직이 지수신의 손을 덥석 잡았다.

"당군이 갯벌로 상륙할 줄은 미처 몰랐소. 대좌평의 작전을 믿은 내 잘못이오."

의직의 자탄에 지수신이 갯벌을 바라보니 당병이 밟고 지나간 버들가지 돗자리가 흉물스럽게 진흙과 뒤엉켜있었다.

"소장도 몰랐습니다. 안개가 백강 하구를 병풍처럼 둘러싸고 있으니 당군이 안개 속에 숨어 있을지 누가 알겠습니까?"

"숙부님, 저도 버들가지를 이용해 당군이 상륙할지는 상상도 못했어요. 하니 너무 자책하지 마셔요."

지수신이 의직에게 화를 풀듯이 율에게 풀었다.

"공주님, 당군의 상륙도 문제지만 전투 중에는 제발 나오지 마십시오. 적의 포로가 되거나 전사하면 대장군과 제가 무슨 낯으로 폐하를 뵙겠습니까?"

"나라가 망하면 다 무슨 소용이 있어요. 제 걱정 말고 소정방을 막을 전략이나 잘 세우세요."

율은 입가에 미소를 지었다. 돌부처 같은 지수신의 마음이 열린 것 같았다. 생사를 가늠할 수 없는 전장이었으나 마음만은 뿌듯했다. 인간들의 병정놀이에 숨을 죽이고 있던 물새들이 하늘높이 날아올랐다.

복신은 안개가 걷히면서 드러나는 당군선의 위용에 한동안 정신을 차릴 수가 없었다. 한마디로 갯벌인 백강 하구가 만조가 되면 1천9백 척의 당군선이 물고기가 물을 만난 냥, 자유자재로 물살을 가르면서 공격할 것을 생각하니 복신은 마음이 급해졌다.

"형제들아, 백강 하구가 만조가 되면 승리를 장담할 수가 없다. 만조가 되기 전에 당군선을 백강 상류로 유인하라."

"네, 장군님."

복신의 명령에 백제수군이 불화살을 쏘았다. 이를 지켜 본 소정방이 궁수부대를 백강 하구로 내려 보내 당군선을 엄호했다. 양군(兩軍)의 북소리와 화살 날아가는 굉음이 백강 하구에 천둥치듯 울려 퍼졌다.

"만조를 기다리는 당군선에 계속 불화살을 쏘아라. 지체할 시간이 없다."

복신의 외침은 절규에 가까웠다. 시뻘건 불꽃을 품고 가는 불화살이 당군선에 떨어졌지만 유인원은 코웃음을 쳤다.

"대당의 병사들아, 백강 상류는 강폭이 좁고 물길이 옅으니 백제군의 유인책에 걸리면 어이없이 당할 수 있다. 만조가 될 때까지 움직이지 마라."

백제수군이 당군선으로 수천 발의 불화살을 쏘아대도 걸려들지 않자 백제수군도 관망하기 시작했다. 결국 복신은 태산처럼 움직이지 않는 당군선을 바라보면서 다음 전략을 구상할 수밖에 없었다.

"형제들아, 이제 다른 길이 없다. 백강 하구가 만조가 될 때까지 긴장의 끈을 놓지 말고 당군선을 감시하라."

"복신장군을 따라 백강을 사수하자. 사비성을 사수하자."

복신의 명령에 병사들이 함성을 지르면서 호응했다. 이렇게 당수군과 백제수군의 일차전은 승패를 가리지 못하고 탐색전으로 끝을 냈다. 하지만 이들은 다시 전략을 세우기 위해 백강의 잔물결소리처럼 소곤거리기 시작했다.

당군 13만이 고작 2만의 백제군에게 발목이 잡혀 한 발짝도 앞으로 나갈 수가 없었다. 대총관의 군막이 찌는 삼복더위인데도 냉기가 서렸다.

"지금까지 전투는 탐색 전이였다고 변명할 수 있지만 앞으로는 절대 용납하지 않겠다."

소정방의 질책에 장수들은 입을 다물었다. 이름도 모르는 미소년이 유백영을 몰아세우는 것을 보았다. 잘못하면 13만 당군이 오성산과 백강 하구에 주저앉을 것만 같았다. 유백영이 소정방의 눈빛을 살피면서 말했다.

"지수신는 비록 적이지만 대단한 장수입니다. 항복을 유도했지만 의기가 대쪽 같고 미소년의 검술도 신기에 가까웠습니다."

낭장 동보량이 유백영의 말꼬리를 잡고 늘어졌다.

"아니 진중에서 하신다는 말씀이 겨우 적장 칭찬인가요. 정신 차리시오."

유백영은 동보량의 비꼬는 말투에 비위가 상했다.

"그자가 우리 편이 된다면 백제 정벌에 큰 도움이 될 것 같은데 그것이 안타까워서 해본 말입니다. 말씀이 좀 과하십니다."

소정방도 미소년의 정체가 내심 궁금했다.

"좌군낭장, 미소년이 누구요. 검술도 검술이지만 미소년의 모습이 계집 같던데…."

"어찌나 당차게 달려드는지 소장도 알 수가 없었습니다. 합하."

"다음번엔 꼭 생포하시오. 제비처럼 날렵하게 검 쓰는 모습에 나도 모르게 매료되어 버렸소. 허허."

이렇게 진중회의를 하고 있는데, 신라수군장 양도가 무슨 큰 일이나 난 것처럼 가쁜 숨을 몰아쉬면서 나타났다.

"합하, 잠시 후면 백강 하구로 밀물이 들어올 것이니 만조가 될 때까지 기다렸다가 일시에 공격하면 손쉽게 백제군을 제압할 수 있습니다."

소정방의 얼굴에 한고비를 넘긴 듯 화색이 돌았다.

"제장들은 들어라. 백강 하구가 만조가 되는 순간 우리 용맹한 대당의 군선이 힘 안들이고 백제수군을 궤멸시킬 것이다. 하늘이 주신 천금 같은 기회를 놓치지 말고 상륙부대와 수군은 사비성의 진격로를 열어라."

"군령을 받들겠습니다. 합하."

장수들은 군례를 하고 대총관의 군막을 나갔다.

소정방은 제갈량이 동남풍을 기다리듯이 백강 하구를 바라보았다. 백강 하구의 물길이 만조가 되면 당군선이 자유로워 질 것이 분명했다. 만조에 주사위를 던졌다.

복신이 전술을 잘 구사해서인지 당군선이 움직이지 않지만, 백강 하구에 둥지를 틀고만 있을 당군선이 아니기에 긴장의 끈을 놓을 수가 없었다. 대장군 의직은 수군의 상황을 연신 보고를 받았지만 전쟁의 매듭이 잘 풀리지 않고 심하게 엉켜만 갔다.

이렇게 반나절이 지나자 갯벌에서 먹이를 찾던 철새 떼가 강물을 치고 날아올랐다. 백강 하구에 잔잔한 물결이 떡잎처럼 두꺼운 층을 이루더니 갯벌을 단숨에 집어삼켜버렸다. 전황이 당수군에게 유리하게 변해갔다.

당군선이 밀물을 타고 백강 상류로 물살을 가르기 시작했다. 당수군의 주력선인 누선과 해골선(海鶻船)에 장착된 박간(狛芉)이 좌충우돌하면서 백제군선을 침몰시켰다.

"우당탕 쾅.. 으윽."

"당군선에 근접하지 말고 화살을 쏘아라."

복신은 목이 터지도록 외쳤지만 백제군선보다 훨씬 큰 특수선이었다. 백제군선이 부평초처럼 힘도 쓰지 못하고 흩어졌다. 당군이 쏜 화살에 병사들이 강물로 떨어지고, 밀물이 더욱 세차게 당군선을 백강 상류로 밀어붙였다. 유인원이 신들린 것처럼 군령을 내렸다.

"몽충선과 해골선으로 백제군선을 모두 수장시켜라. 하늘은 우리 편이다. 하하하."

몽충선(蒙衝船)의 높은 누각에서 백제군선으로 화살을 쏘았다. 밀물을 이용한 당수군의 전략으로 인해 백제수군은 빈사상태가 되었다.

복신은 하늘을 원망했다. 그의 눈에서 눈물이 아닌 점액질 피가 흘러내렸다.

"하늘이 백제를 버렸는가? 백제가 하늘을 버렸는가? 이번에는 내가 패했지만 다음엔 꼭 하늘의 뜻을 물을 것이다."

강물로 떨어지는 병사들의 비명소리가 백제의 멸망을 알리는 진혼곡처럼 복신의 귀를 파고들었다.

"으악. 윽."

"풍덩."

복신이 피토하는 심정으로 군령을 내렸다.

"형제들아, 구르레포구로 퇴각해 다음을 기약하자."

결국 백여 척의 군선 중, 십여 척만 살아남아 사비성의 관문인 구르레포구로 퇴각하고 말았다.

지수신은 밀물에 고전하는 복신의 수군에 애가 타들어갔다. 몽충선의 누각에서 수천 발의 화살이 백제군선으로 날아오자 탄식이 절로 나왔다. 육지에서도 전황은 수군과 다를 것이 없었다.

당군의 창검에 죽어가는 병사들의 시체가 산을 이루었다. 지수신은 마지막 일전을 각오했다. 검으로 피맺힌 한을 풀듯이 유백영의 목을 가격했다. 유백영도 만만치 않았다. 지수신의 검을 날렵하게 피했다.

"지수신 이놈아, 이제 막다른 골목에 몰렸다. 목을 내놓아라."

"내 목이 탐나면 피하지 말고 덤벼라. 하하하."

"죽기를 소원으로 하는 어리석은 놈이구나. 이놈을 산 채로 잡아라."

유백영의 명령에 당군이 지수신을 포위했다. 풍사귀와 혈전을 거듭하고 있던 의직이 지수신의 생사를 건 호투에 피눈물을 흘렸다. 그리고 지수신을 구하고자 말머리를 돌렸다.

"오랑캐들아, 나를 막는 자는 죽음뿐이다. 살고 싶으면 물러서라."

풍사귀가 의직에게 창을 던졌다.

"대장군이란 놈이 채신머리없게 말머리를 돌리다니 하늘이 부끄럽지 않느냐?"

풍사귀의 창이 의직의 목을 스치고 지나갔다. 가까스로 위기를 넘긴 의직이 풍사귀을 검으로 가격했다.

"네놈이 무서워 도망갈 것 같으냐? 내 검이나 받아라."

풍사귀가 의직의 검을 피하면서 비웃었다.

"늙은 놈이 제법이구나. 흐흐흐."

의직과 풍사귀의 혈전 못지않게 백제군과 당군도 생사를 넘나들면서 일전일퇴를 거듭했다. 창으로 찌르고 검 날을 세웠다.

소정방은 일진이 지치면 이진을 내보냈다. 궁수부대로 엄호하면서 삼진을 보냈다. 전세가 당군으로 기울자 동보량이 율을 몰아 붙였다.

"계집처럼 생긴 놈이 전장에는 무엇 하려고 왔느냐? 여기는 네놈이 오는 곳이 아니다."

"오랑캐 주제에 남자라고. 네놈의 목을 잘라 군문에 걸겠다."

동보량과 율의 창검이 부딪치자 마른하늘에 벼락을 치듯 섬광이 번쩍이었다. 하지만 백제군은 지수신과 율의 피 말리는 사투에도 기울어진 전황을 돌이킬 수가 없었다. 유백영이 지수신에게 항복을 권했다.

"항복하면 대당의 장수로 삼겠다고 대총관이 약속했다. 네놈의 용기를 가상히 여기시는 대총관께 감사해라."

"내가 항복할 것 같으냐? 네놈의 목이나 내놓아라."

"네놈의 생각이 그렇다면 할 수 없구나. 대당의 병사들아, 저놈의 퇴로를 차단하라."

유백영의 명령에 당군이 지수신의 퇴로를 차단해 버렸다. 율이 지수신의 위기를 직감했다. 동보량을 따돌리고 지수신에게 달려가니, 동보량이 큰소리를 내질렀다.

"싸우다 말고 어디로 도망치느냐? 계집 같은 놈아."

"네놈과 승패는 잠시 뒤로 미루겠다. 당나라 오랑캐야."

"미루다니 누구 맘대로."

동보량이 율의 뒤를 쫓았지만 율은 동보량에게 관심이 없었다. 지수신의 포위망을 뚫는 것이 목표였다.

"사형, 잠시만 기다리십시오."

지수신이 율을 바라보면서 말했다.

"이곳에 오지 마시오. 위험합니다."

지수신의 항전에 유백영은 혀를 내둘렀다. 더구나 소정방이 눈여겨보라던 미소년까지 달려드니 난감했다. 생포는 고사하고 도리어 잡힐 것 같았다. 유백영이 율의 검을 피하면서 말했다.

"무장이면 떳떳하게 이름을 밝혀라. 졸병과 싸우긴 싫다."

"졸병 좋아하지 마라, 나는 도적과 통성명하지 않는다. 내 검에 죽는 순간 알려주마."

"그래 좋다, 내 검을 받아라."

율과 유백영이 맞붙어 싸우자 대장군 의직의 얼굴색이 급변했다. 해전은 패했다. 이제 남은 것은 지상전인데 화력부족으로 전황이 어두웠다. 그렇다고 항복할 수 없는 일, 지수신에게 군령을 내렸다.

"내가 당군을 막을 테니 공주님을 모시고 퇴각하라."

"대장군이 가십시오. 공주님을 모시고…."

"이놈아, 너는 아직 창창하게 젊어 나라에 충성할 날이 나보다 수백 배 많다. 마지막으로 폐하께 충성하고 죽겠다."

"아니 되옵니다. 숙부님이 가십시오."

율이 눈물을 흘리자 유백영의 입이 크게 벌어졌다.

"네가 의자왕의 딸이구나? 검술 솜씨가 군무를 추는 가인처럼 아름답다. 내가 너를 생포해 대총관께 바치겠다."

"그래 이놈, 어디 한번 잡아봐라."

율이 호통을 치자 지수신이 큰소리로 말했다.

"공주님, 대장군의 명을 따르십시오. 유백영과 싸울 시간이 없습니다."

"숙부님을 두고 가다니…."

율은 말을 채끝내지 못했다. 지수신이 의직에 마지막 군례를 했다,

"대장군, 구천에 가서 뵙겠습니다."

"그래 구천에서 다시 만나자."

지수신은 병사들에게 퇴각 명령을 내렸다.

"피를 나눈 형제들아, 석성산성으로 퇴각하라."

"알겠습니다. 장군님."

지수신과 율이 병사들을 앞세우고 퇴각을 감행했지만 소정방은 아니었다. 대장군 의직이 퇴각하는 백제군의 퇴로를 열어주자 불같이 화를 냈다.

"도망치는 백제군의 퇴로를 막아라. 지수신과 미소년을 잡아라."

하지만 당군은 의직의 눈물겨운 사투에 퇴각하는 백제군을 더 이상 쫓지 못했다. 전황이 꼬이자 소정방은 마음이 급해졌다.

"천금의 상금을 주겠으니 백제군의 퇴로를 열어준 저 늙은 놈을 잡아라. 대당의 병사들아."

"와와! 백제 대장군을 사로잡아 상금을 타자,"

당군이 무리를 지어 달라붙자 의직은 버들가지 돗자리와 뒤엉킨 갯벌을 바라보면서 허탈하게 웃었다.

"내가 어리석은 전략을 택해 나라를 망쳤구나. 하하하."

의직의 결연한 의기에 유백영이 큰소리로 외쳤다.

"이제 대장군밖에 남아 있지 않소. 검을 내려놓고 항복하시오."

"내 어찌 전장에서 죽은 병사와 형님이신 폐하를 배반한단 말인가, 그대도 무장이니 무장으로서 영광스럽게 죽게 내버려두시오."

의직이 장검으로 자신의 목을 전광석화처럼 찔렀다. 유백영은 의직의 행동을 저지하려 했지만 소정방이 눈짓으로 말렸다. 무장으로서 영광스럽게 죽으려는 의직의 기개를 꺾고 싶지 않았다.

“비록 변방의 장수나 주군에 대한 충성심은 가히 손권에게 죽은 관운장에 못지않다. 대장군 의직을 무장의 예로써 장사를 지내줘라.”

전장에서 잔뼈가 굵은 소정방이지만 죽은 의직을 보니 마음이 편치 않았다. 하지만 멈출 수가 없었다.

“우리 수군이 사비성으로 가는 물길을 열었다. 상륙부대도 하루 빨리 사비성에 가야 한다. 비중성과 진현산성에 백제군이 주둔하고 있다는 척후병의 보고는 있지만 염려할 것 없다. 작은 산성에 연연하지 말고 진격 나팔을 불어라.”

당군이 대총관의 깃발을 펄럭이면서 진군을 시작했다. 하지만 소정방은 아쉬움이 남았는지 유백영에게 넌지시 물었다.

“지수신과 같이 도망간 미소년이 누군지 알아보았는가?”

“의자왕의 막내딸이옵니다. 미색과 무예가 출중해 귀족의 자제들이 눈독을 들이고 있다고 합니다.”

유백영은 미소년의 모습을 소상히 설명했다. 소정방의 움푹 파진 눈에 불꽃이 튀었다.

“그런 용모라면 내가 생각해 둔 것이 있다.”

소정방은 그녀의 용모가 더욱 궁금해졌다. 검무를 추는 것처럼 검을 쓰는 그녀에게 여인의 옷을 입혀보면 어떤 모습일까? 머릿속에 상상해 보았다. 결국 백제군은 백강 하구에서 제대로 싸워보지도 못하고 대장군 의직을 비롯한 1만7천의 아까운 병사가 전사했다.

5장 / 황산벌

황산벌을 지키고 있는 백제군의 군영에서 아침밥을 짓는 연기가 푸른 숲속으로 스며들어 늦잠을 자는 노루를 깨웠다. 신록의 계절이 무르익은 황산벌에 인간들의 피 냄새가 진동할 긴 하루가 성큼 다가왔다.

병사들은 무장한 채로 마지막 아침밥이 될지 모를 주먹밥 한 덩이를 입에 쑤셔 넣었다. 밥을 먹는 것이 아니라 자신의 살을 되씹은 것처럼 씹을수록 아프고 가슴이 저렸다.

계백의 마음도 병사들의 마음과 다를 바 없었다. 중앙군이 주둔한 산직산성을 중심으로 우익의 황령산성과 좌익의 모촌산성이 제 역할을 해주어야만 황산벌을 효과적으로 방어할 수 있는데, 두 산성의 수장인 충상과 상영의 속내를 알 길이 없었다.

답답한 마음에 계룡산을 바라보니 척후병이 먹이를 물고 나타났다.

"장군님이 우려하신 대로 신라군이 탄현고개를 넘었습니다."

"보급부대가 어느 지점에 있느냐?"

"전투부대보다 5리 정도 뒤처져 따라오고 있습니다."

척후병의 보고대로 새벽안개가 사라지자 탄현고개를 넘어온 신라군이 성곽을 부수는 벽력거, 당차, 운제를 앞세우고 산직산성을 포위했다. 계백은 신라군의 기세에 위축되지 않고 김유신을 비웃었다.

"늙은 여우 김유신아, 오랑캐의 등에 업힌 네놈은 금수와 다름

없다. 죄 없는 병사들을 사지로 내몰지 말고 냉큼 물러가라, 하하하."

김유신이 들으니 자신을 금수에 비유했다. 백발이 고슴도치처럼 곤두섰다.

"세상물정 모르는 놈이 함부로 지껄이는구나. 네놈의 가죽을 벗겨 내 신발을 만들겠다. 계백을 잡는 자는 천금을 주겠다. 계림의 형제들아, 공격하라."

"대장군이 약속했다. 계백을 잡아 천금을 타자."

신라군이 투석기로 돌덩이를 날리고 당차가 성문을 깨부수니 백제군도 화살을 쏘면서 욕설을 퍼부었다.

"영혼을 팔아먹은 쓸개 빠진 신라놈들아, 이제는 무엇을 팔아먹으려고 황산벌에 왔느냐? 정말 가소롭구나."

"굶주린 네놈들을 구해주려고 왔거늘, 대접은 못할지언정 욕을 왜 하느냐? 어리석은 백제놈들아."

신라군의 엄호부대가 성 안으로 화살을 쏘면서 맞대응하니 밀고 밀리는 공성전이 계속되었다. 김유신이 넋두리처럼 중얼거리면서 퇴각 명령을 내렸다.

"계속 밀어붙이면 아까운 병사만 희생될 뿐이다. 전략을 다시 세워야겠다. 계백은 만만한 놈이 아니다. 어딘가 허점이 있을 것이다. 계림의 형제들아, 진영으로 돌아가자."

"둥둥…."

신라군이 퇴각했으나 백제군의 피해도 컸다. 많은 사상자가 나면서 병사의 수가 눈에 띄게 줄었다. 계백은 앞으로 전개될 전투가 내심 걱정이 되었다.

김유신은 다시 한번 도박을 하고 싶었다. 대장군의 군막으로 매부리코 사내가 들어왔다.

"소인을 찾으셨습니까? 대장군."

"자네가 알고 있는 것처럼 계백의 철벽 수비에 부딪쳐 한 발짝도 앞으로 나갈 수 없다. 이곳에서 지체하면 소정방과 약속한 군기일을 지킬 수 없다."

"대장군의 명령이라면 불 속에도 뛰어 들어가겠습니다. 하명하십시오."

"백제군이 황산벌의 3개 산성에 배수진을 치고 있다. 계백은 수없이 많은 전장에서 겪어 보았지만 죽으면 죽었지 항복하지 않을 무골이다. 조금 전에 끝난 전투만 보아도 계백이 5천의 적은 병력으로 우리 5만 대군을 조롱했다. 그렇지만 황령산성의 충상과 모촌산성의 상영은 이익만 탐하는 위인이다. 자네의 생각은 어떠냐?"

"충상은 임자가 옥사에 갇혀 있을 때 뇌물을 주고 만날 정도로 친한 사이였습니다. 그들 또한 임자처럼 두 마음을 가지고 있는 자라고 감히 말씀 드릴 수 있습니다."

"그래서 자네를 부른 것이다. 내가 친서를 써줄 테니 항복을 권하라. 그들이 항복하면 계백만 남는다. 계백의 양 날개가 부러지면 황산벌은 식은 죽 먹기나 다름없다."

"목숨을 걸고 완수하겠습니다. 대장군."

조미압이 김유신의 친서를 가지고 군막을 나가자마자 좌장군 김흠순이 불만이 가득 찬 얼굴로 나타났다. 그리고 김유신에게 화풀이를 했다.

"조미압 저놈이 좌장군인 나를 소가 닭 보듯이 인사도 않고 나가던데 형님이 혼 좀 내주십시오."

"화가 나겠지만 그럴 만한 이유가 있다."

"이유라뇨, 형님."

"자네도 알다시피 백제군과 일차전은 우리의 완패였다. 이런 식으로 전투를 계속할 수 없다. 나는 조미압을 시켜 충상과 상영의 항복을 유도하겠다."

김흠순은 김유신의 전략이 미심쩍었다.

"조미압이 간다고 그놈들이 항복하겠습니까?"

"그놈들은 임자처럼 두마음을 가진 자다. 하니 걱정마라."

"알겠습니다. 형님."

김흠순은 군령을 받고 돌아갔다. 김유신은 조미압을 충상과 상영에게 보냈지만 안심할 수가 없었다. 다음에 있을지 모를 전략단지를 조심스럽게 만지작거리기 시작했다.

조미압은 황령산성의 성곽에 좁다랗게 파인 수챗구멍을 조심스럽게 살펴보더니, 깡마른 체구를 날렵하게 집어넣었다. 성 안에 들어온 조미압이 병사들의 모습을 훔쳐보았지만, 적과 싸우려는 의지는 찾아볼 수 없고 패잔병처럼 눈빛이 어두웠다. 조미압이 회심의 미소를 지으면서 충상의 막사를 들어가려 하니, 경비병이 쌍심지를 켜고 달려들었다.

"이곳은 충상 장군의 막사다. 네놈은 누구냐?"

"소인은 상영 장군의 집사입니다. 충상 장군을 뵙고자 합니다."

조미압은 허리춤에서 은병을 꺼내 경비병의 손에 쥐어주었다. 귀족만 쓰는 귀한 은병에 경비병은 한순간에 무너졌다.

"잠깐만 기다리시오. 장군께 여쭈어보리다."

경비병이 막사를 들어갔다가 웃는 낯으로 나왔다.

"장군님께 말씀 올렸습니까? 나리."

"들어가 보시오. 장군님이 기다리고 계십니다."

조미압이 막사로 들어갔지만 충상은 눈길 한 번 주지 않고 호통을 쳤다.

"상영 장군이 무슨 일로 보냈느냐? 지금은 전시다. 빨리 전하고 돌아가라."

"소인은 상영 장군의 집사가 아니옵고 상좌평의 집사로 있던 조미압입니다."

조미압이란 말에 충상은 자리를 박차고 일어났다.

"네놈이 상좌평을 간자로 몰아 죽게 한 조미압이구나. 네놈을 죽이겠다."

"김유신의 친서를 보시고 소인의 목을 치든지 마음대로 하십시오."

충상이 조미압으로부터 친서를 빼앗듯 받아 읽기 시작했다.

귀공도 아시겠지만 대총관이 백강 하구에서 승리한 후 사비성을 향해 진격 중이고 이곳 황산벌도 조만간 초토화가 될 것입니다. 무모한 계백만이 항복을 종용해도 항전을 계속하니 계백은 생명을 보전하지 못할 것입니다. 귀공이 신라에 오신다면 대왕께 주청해 공명을 이루도록 하겠습니다.

대장군 김유신.

충상은 친서를 읽어보았지만 조미압의 매부리코를 보자 어쩐지 믿음이 가지 않았다.

"김유신의 친서를 믿어도 되겠는가?"

"옥사에서 상좌평이 말씀하신 백여우가 소인입니다. 잘 살피시어 장군님의 명줄을 보전하십시오."

충상은 백여우란 말에 정신이 번쩍 들었다. 항복만이 살길이었다.

"상좌평을 믿듯 자네를 믿어보겠다. 그리 알고 대장군에게 잘 말씀 드려라."

"소인도 장군님을 상좌평을 모시듯 모시겠습니다. 한데 부탁이 있습니다."

"부탁이라니 말해보게."

"상영 장군께 장군님의 뜻을 써 주십시오."

"써줌세, 상영 장군도 내 뜻에 흔쾌히 따라 주실걸세."

충상은 친서를 써 조미압의 손에 쥐어주었다. 더욱 고마운 것은 경비병을 불러 모촌산성까지 무탈하게 안내해주니 이들의 역심(逆心)은 서서히 본심(本心)으로 바뀌었다.

김유신은 조미압이 임무를 수행하고 돌아오자 총공격을 감행했다.

"산직산성을 함락하고 진격로를 확보하라."

"둥둥…."

신라군이 북소리에 맞추어 수천 발의 화살을 쏘고 성곽을 기어올랐다. 계백의 시선을 따돌리려고, 김흠순과 김품일이 황령산성과 모촌산성 앞에서 무력시위를 시작했다.

"당군이 사비성으로 진격하고 있다. 백제군은 기회를 놓치지 말고 항복하라."

결국 김유신의 전략대로 충상과 상영이 신라군에 백기를 드니, 3군영의 튼튼한 백제군의 요새가 졸지에 양 날개가 부러져버렸다. 신라군을 정탐하러 갔던 척후병이 계백에게 달려왔다.

“황령산성과 모촌산성이 신라군에게 성문을 열었습니다.”

“그게 정말이냐?”

“제 눈으로 직접 보았습니다. 장군님.”

계백은 김유신의 뱀 같은 전술에 혈루가 거꾸로 솟아올랐다. 하늘이 무너지는 것 같았다. 충상과 상영이 황산벌에 오려고 발버둥친 이유를 이제야 알 것 같았다. 하지만 계백은 의연했다.

“형제들이여, 황산벌의 사수는 사비성을 지키느냐 내주느냐 하는 나라의 흥망이 좌우되는 방어전이다. 이곳이 뚫리면 백제의 존망은 장담할 수 없다. 우리 아군이 비록 열세지만 구천이 5천의 군사로 부차의 70만 대군을 격파하고 월나라의 숙원을 풀었다. 우리도 이를 거울삼아 황산벌을 사수하자.”

충상과 상영의 항복에 풀이 죽어있던 병사들이 일어섰다.

“산직산성을 사수해 황산벌을 지키자! 계백 장군 만세!”

병사들은 함성을 지르면서 신라군을 막았으나, 양 날개가 부러진 산직산성의 공성전은 계백의 뜻대로 되지 않았다. 신라군이 끈질기게 당차로 성문을 부수고 투석기로 성곽을 두드리자 성곽 한쪽이 무너졌다. 신라군이 무너진 성곽을 통해 성 안으로 들어오기 시작했다. 그런데 전황이 급변했다. 창검을 든 승병이 무리를 지어 나타났다. 혜오화상과 도침이었다.

“혜오화상님이 살벌한 산직산성에….”

"중놈이 왔으니 걱정 마십시오, 장군."

혜오화상과 승병의 출현으로 병사들의 죽었던 사기가 되살아 났다. 생사를 넘나들면서 신라군과 백병전을 벌였다. 결국 신라군은 승병과 병사들의 항전에 성 안으로 진입하지 못하고 퇴각했다. 한숨을 돌린 계백이 혜오화상의 손을 잡았다,

"나라가 절체절명에 빠질 때마다 혜성처럼 나타나시니 소장 진심으로 감사드립니다."

"나라를 구하는데 중놈의 죽음이 대수겠소, 적을 막을 대책이나 잘 세우십시오."

"소장의 심중을 헤아려 주시니 고맙습니다. 그리고 혜오화상님, 황령산성과 모촌산성이 신라군의 수중에 들어갔습니다, 양 날개가 부러진 산직산성으로는 황산벌을 방어할 수가 없으니 황산벌에 배수진을 칠까합니다."

"승병도 장군의 작전에 따르겠으니 지체 없이 군영을 옮깁시다, 장군,"

계백이 황산벌에 배수진을 치자 황령산성과 모촌산성에서 항복에 동조하지 않은 병사들이 하나둘씩 모여들었다. 부상당한 병사를 빼고도 금세 5천이 되었다. 이 5천의 병사들이 마지막의 삶을 불사르는 최후의 결전만 남겨두었다.

태양이 황산벌을 뜨거운 용광로로 만들어놓았다. 개 혓바닥처

럼 축 늘어진 들풀이 태양의 열기에 녹아나 생기를 잃었다. 싸우는 병사나 잡풀이나 살아있어도 살아있는 것이 아니었다. 김유신은 참고 있던 울화병이 도졌다.

"계백이 황산벌에 배수진을 쳤다. 계백의 병사는 충상이나 상영의 병사처럼 허약한 오합지졸이 아니다. 천등산(부여군 충화면)에서 검술을 연마한 장정이 대다수로 일당백의 기세를 가진 병사들이다. 우리가 산직산성에서 두 번 패한 것도 이들의 기백이 우리 군을 압도했기 때문이다. 이제 우리 군도 계백의 진영 앞에 배수진을 치고 계백과 자웅을 겨루겠다."

김흠순이 쓴웃음을 지었다.

"우리 군은 5만입니다. 상대가 되지 않아요. 더구나 평지에서는 훨씬 유리합니다. 단숨에 계백의 숨통을 끊겠습니다, 형님."

김흠순의 자신만만한 말투에 김유신은 그 옛날 선대(先代) 일을 회상했다. 증조부인 금관가야 구해왕(仇亥王)이 신라 법흥왕에게 나라를 송두리째 빼앗겼다. 통한의 눈물 속에 '내 무덤(경남 산청군 금서면)에 잔디를 심지 말고 모조리 돌로 덮어라.'라는 망국의 유조를 남겼다. 유조에 담긴 숙원을 달성하기 위해 조부 김무력이 관산성의 전투에서 성왕(聖王)을 사로잡고 귀족의 반열에 들어섰다. 부친 김서현(金舒玄)이 성골 출신 만명(萬明)을 유혹해, 김유신을 세상 밖으로 내보냈다. 김유신은 유년 시절부터 증조부의 통한을 되씹으면서 용병술과 책략을 배우고 공명의 길을 찾아다

넜다. 공명이 높아질수록 견제도 심하니 모두가 보이지 않는 적 뿐이었다.

"흠순아, 증조부께서 돌아가신 통한의 유조를 아느냐?"

김흠순은 형의 뜻을 몰라 당황했다.

"형님과 제가 유년을 보낸 곳이 증조부의 돌릉이 아닙니까? 한데 증조부의 유조는?"

"우리의 몸에 김수로왕의 고귀한 피가 흐르고 있지만 증조부 때 망했다. 하나 조부와 부친의 각고의 노력 끝에 우리 가문이 신라 왕족 못지않은 대우를 받고 있다."

"그것을 몰라서 설명하시오? 형님."

"이젠 끝이 보이는 것 같다. 계백을 잡지 못하고 패전만 하고 있으니 가문의 몰락이 눈에 선하구나."

김유신은 자탄했다. 김흠순도 은근히 부담이 되었다.

"아군의 사기도 문제지만 가문을 위해서 비책이라도 만들어야지 않겠습니까? 자객을 보내 계백을 죽이든지 아니면…."

"내가 비책을 생각해 둔 것이 있지만 비책은 살점을 도려내는 것보다 더 큰 아픔이 수반되고 자네 도움이 절실히 필요하다."

"제 도움이라니 빙빙 돌리지 말고 속 시원히 털어놓으십시오."

"15년 전 백제군이 동잠성(桐岑城)을 포위할 때 어떻게 극복했는지 알고 있는가?"

"비령자(丕寧子)가 혈혈단신으로 적진에 들어가 전사했지요. 이를 지켜본 병사들이 사기를 되찾아 동잠성을 구한 것 아닙니까?"

"그때처럼 자네의 아들 반굴(盤屈)을 비령자로 만들고자 한다. 우리 군의 사기 진작을 위해서는 화랑의 피가 필요하다."

김유신은 반굴을 제물로 삼고자 했다. 반굴의 피를 뿌려, 계백에게 잡힌 차꼬를 풀고자 했다. 김흠순의 심장이 거센 파도처럼 널뛰기 시작했다.

"그것을 비책이라 생각하시오? 반굴은 제 아들이기 전에 형님의 사위요. 형님의 딸을 보아서라도 살려주십시오."

"가문의 피를 안 보고 누가 우리 병사의 사기를 높여 무도한 백제를 멸하겠느냐? 가문의 영광을 위해서 우리 손으로 우리의 피를 마셔야 병사들이 믿지, 힘없는 병사들의 피를 마시면 제물의 진정성은 사라지고 사기는 더욱 곤두박질할 것이다."

김흠순은 이번 전쟁에 반굴이 어리고 심약해 참전시키지 않으려 했다. 그런데 형은 가문의 공명과 용병술을 높이는 길은 실전밖에 없다고, 귀에 못이 박히도록 설득했다. 형의 생각에 못 미쳐 허락했지만 금쪽같은 자식이 병사들의 사기에 젯밥이 될 줄은 꿈에도 몰랐다.

"제가 감히 형님의 말씀을 거역할 수 있겠습니까? 죽이든지 살리든지 마음대로 하십시오."

"정말 미안하다. 전쟁이란 비정한 것이구나."

"비정이요? 형님이 다 만든 것 아닙니까?"

"이 형을 용서해라."

김유신은 자리를 피해주려는 듯이 군막을 나갔다. 김흠순은 한동안 넋 놓고 있다가 반굴을 불렀다. 아직 솜털이 가시지 않은 앳된 소년이 나타났다. 하지만 귀공자풍의 화랑도라 그런지 이목구비가 훤칠했다.

"소자를 찾으셨습니까? 아버님."

"그래 할 말이 있어 불렀다. 서있지 말고 옆에 앉아라."

김흠순은 반굴을 바라보았다. 억장이 무너지는 소리를 억제하고 입술을 깨물었다. 아버지의 굳은 시선에 부담을 느낀 반굴이 말했다.

"어려워 마시고 말씀하십시오. 아버님."

"아버지로서가 아니라 무장으로서 부탁할 일이 있다."

"저도 아들로서가 아니라 화랑도로 듣겠습니다. 하명하십시오. 할 수 있는 일이라면 목숨을 바쳐서라도…."

"아비에게 못하는 말이 없구나, 죽는다는 말을 다 하고…."

김흠순은 반굴을 품에 안았다. 반굴의 심장 뛰는 박동 소리가 김흠순의 가슴으로 전위되어 왔다. 하지만 시간이 없었다. 김흠순이 비령자의 전설적인 이야기를 반굴을 품 안에 안은 채했다.

"비령자가 동잠성을 어떻게 구했는지 아느냐? 지금 백제군과 전투 상황이 매우 좋지 않다."

"백성들이 다 알고 있는 비령자를 왜 물으십니까? 아버님."

"우리 가문이 신라의 정통이 아닌 것은 알고 있지 않느냐? 이번 전쟁에서 우리 신라군이 지면, 모든 책임이 우리 가문에 돌아가 지금까지 세운 공명은 아침이슬이 될 것이다. 비령자가 되어 계백을 죽여라."

비령자가 되라는 아버지의 말에 반굴은 흐느꼈다. 반굴의 격한 감정이 그의 온몸을 떨게 했다. 격정의 시간이 지나자 아버지에게 큰절을 올렸다.

"못난 자식이지만 나라에 보은하고 가문의 공명을 만대에 전할 수만 있다면 어찌 이 한 몸 불사르지 않겠습니까? 낳아주신 부모님의 은혜 갚기도 전에 나라의 부름을 받은 불효자, 하직 인사 올립니다."

"아비로서 할 말이 없구나, 정말 미안하다. 반굴아."

반굴은 나라의 부름에 아니 가문의 공명을 위해 출전을 승낙했다. 다시 백제군과 3차전을 벌이기 위해 병사들이 북을 쳤다.

"백제의 들쥐들아, 반굴 화랑이 선봉에 섰다. 싸울 놈은 앞으로 나와 반굴 화랑의 검을 받아라."

병사들의 외침에도 반굴의 표정은 그리 밝지 않았다. 이 길이 무슨 길인지 알고 있었다. 반굴의 시선이 잠시 김흠순에게 머물렀다. 김흠순은 아들의 시선을 애써 외면했다. 반굴의 메마른 볼에 한 가닥 눈물이 흘러내렸다.

그의 헐렁한 갑옷 사이로 하얀 살결이 드러났다가 사라졌다. 반굴이 채찍을 들어 말의 엉덩이를 힘껏 내리쳤다. 뜨거운 열기에 헉헉대던 반굴의 말이 백제군의 진영으로 달려갔다. 이제 숲속의 짐승들도 인간들의 병정놀이에 신물이 났는지 숲속에서 나오지 않았다.

계백과 반굴의 싸움이 북소리에 맞추어 시작되자 양군의 병사들이 긴장된 표정으로 지켜보기 시작했다. 하지만 반굴은 계백의 상대가 아니었다. 천둥 치듯 계백의 창이 하늘에 섬광을 그으면서 반굴의 몸을 관통했다. 반굴의 몸이 허공에 맴돌다가 땅에 떨어졌다. 일합도 못 되는 짧은 순간이었다. 하지만 김유신은 계백을 잡을 기회가 왔다는 듯이 병사들의 사기에 부채질했다.

"좌장군의 어린 아들 반굴이 계백과 싸우다 죽었다. 반굴의 기개를 본받아 백제군을 모조리 죽여라."

"저놈이 반굴을 죽인 계백이다. 죽여라. 와와…."

병사들은 단순했다. 김유신의 작전을 알 수도 없고 알려고도 하지 않았다. 사기가 바닥 쳐 숨이 멎을 것만 같다가도 김유신의 말 한마디에 되살아나는 기현상을 반복했다. 선봉장 김문영이 진영을 박차고 나왔다.

"이놈 계백아, 분수도 모르고 반굴을 죽였으니 네놈의 수급을 놓고 가라."

"네놈들의 군병이 5만이나 되는데 솜털도 가시지 않은 애송이를 내보내는 것이 전략이냐? 김유신도 별수 없구나? 하하하."

"죽을 놈이 큰소리는, 내 검을 받아라."

"하하, 네놈이 나를…."

계백이 김문영을 비웃었으나 후미에서 기회만 엿보고 있던 천돈까지 달려드니, 공격하는 자세에서 방어하는 자세로 전환했다. 계백이 위험에 처하자 혜오화상과 도침이 말을 몰고 나타났다. 천돈이 혜오화상을 조롱했다.

"중놈이 절에서 염불이나 할 것이지 살벌한 전쟁터엔 웬일이냐?"

"네놈을 염라대왕에게 보내라는 부처님의 계시가 있었느니라. 지금이라도 부처님 뜻을 알았으면 회개하고 물러가라."

"중놈이 부처님을 팔아 못하는 소리가 없구나. 지금 죽은 화랑은 원광법사를 스승으로 둔 반굴이다. 네놈 부처님과 우리 부처님이 다르단 말이냐?"

도침이 천돈을 향해 검을 빼들었다.

"네놈이 감히 스승님을 조롱하다니…."

도침의 무용이 황산벌에 우뚝 섰다. 천돈의 목을 단숨에 잘랐다. 반굴의 죽음에 광분했던 신라군의 사기가 도침의 무용에 한풀 꺾이었다. 김유신은 반굴의 죽음에 회심의 미소를 지었지만 천돈의 목을 취한 중놈의 민첩함에 정신이 번쩍 났다.

"흠순아, 저 중놈이 있는 한 우리가 이긴다는 보장이 없다. 일단 저 중놈부터 잡아야겠다. 살려두면 두고두고 우리의 걸림돌이 될 것이다."

"맞습니다. 형님, 저 중놈의 검술이 계백에 못지않습니다. 정말 우환거리가 될 수 있겠습니다."

태양이 서쪽 하늘을 붉게 물들였다. 승기를 잡은 백제군과 승병들이 신라군을 몰아세웠다. 백제군의 투혼 앞에서 김유신의 전략도 잘 먹히지 않았다. 신라군 병사들이 땅바닥에 주저앉았다.

김흠순은 동백나무의 그늘로 들어가 얼굴을 가슴에 파묻었다. 반굴의 검술은 당랑거철(螳螂拒轍)처럼 계백의 상대가 되지 않았다. 일합도 견디지 못하고 목이 떨어졌다. 허공에 치솟다가 땅바닥에 떨어진 아들이 얼마나 아팠겠나 생각하니 혈루가 거꾸로 치솟았다. 김유신이 김흠순의 어깨를 두드렸다.

"반굴을 살려서 가문을 잃는 것보다 반굴을 죽여서 가문이 사는 것이 아비로서 자네가 선택할 몫이다. 반굴도 이를 알고 사지로 들어갔던 것이니 너무 슬퍼하지 마라."

"형님은 정말 대단한 분이오. 아비가 자식을 죽인 것을 당연시하고 계시니 공명이 무엇이오."

"병사는 감성의 노예가 될 수 있지만 장수가 감성의 노예가 되면 전쟁에 승리할 수 없다. 그만큼 인내는 고달프고 쓰다. 아비로서 슬퍼하는 것은 이해하지만 장수로서 피도 눈물도 흘리지 마라."

김유신은 냉철한 판단력이 겸비된 자만이 장수의 재목이라고 생각했다. 울고 있는 동생을 한동안 지켜보다가 뒤돌아섰다.

황산벌의 3차전이 반굴의 제물로 신라군이 승기를 잡은 듯했지만 하늘이 계백의 손을 들어주었다. 그러나 부상당한 병사들의 비명 소리와 초병을 서고 있는 병사의 긴장된 눈빛이 계백의 마음을 어둡게 했다.

"혜오화상님, 오늘 전투는 승병의 도움으로 승리를 하였지만 김유신이 물러설 리 없고 사비성과 연락은 두절되어 내일전투는 장담할 수 없습니다."

혜오화상이 계백을 위로했다.

"지금 이 순간만은 푹 쉽시다. 내일은 내일 걱정해도 늦지 않소. 너무 깊게 생각 말고 새소리 매미 소리나 들으십시오. 이 밤이 참 아름답지 않소?"

계백은 정리할 때가 왔다고 생각했다. 당군이 백강 하구에 상륙한 지 하루도 안 되어 사비성의 코앞까지 왔다. 이미 혜오화상도 승패에 초월한 것처럼 부처님께 자비만 빌었다.

김유신은 마지막 연극무대에 세울 주인공을 찾기 위해 지난밤을 뜬눈으로 지새웠다. 그의 표정은 그리 밝지 않았다. 장수들이 군례를 하는데도 움푹 들어간 눈자위만 깜빡일 뿐 말이 없었다.

김품일을 선두로 김문영과 천존이 자리에 착석하였지만 김흠순은 보이지 않았다.

김품일은 김흠순의 빈자리가 마음이 걸렸다. 자식의 죽음이 얼마나 컸으면 밤새 술독에 빠졌을까 하고 생각하니 비정한 전쟁에 몸서리쳤다. 김유신도 김흠순의 빈자리를 바라보니 가문의 공명이 물거품이 된 것처럼 속이 타들어갔다.

"오늘이 소정방과 약속한 군기일이다. 오늘은 뼈를 깎는 아픔이 있더라도 전두를 끝내야 한다. 작전계획을 말하겠다. 오늘도 어제처럼 계백의 손발과 특히 중놈의 발목을 묶어놓을 작전을 구사할까 한다."

장수들은 김유신의 말이 다시 이어지길 기다렸다. 그만큼 김유신은 어느 누구의 말도 잘 듣지 않았다. 잘못 말했다가는 관철도 못 시키고 무능한 장수라고 낙인찍힐 뿐이었다. 하물며 친동생 김흠순도 말 한 마디 못하고 있는데 하고 곱씹었다. 김유신이 말을 이었다.

"어제 반굴이 전사했지만 결정적인 결과는 만들지 못했다. 오늘도 나는 벼랑 끝 전술을 다시 쓰겠다. 반굴의 정신을 빛낼 화랑을 다시 찾겠다. 단언컨대 오늘 나의 작전대로 전쟁을 하면 승리는 우리 것이 된다. 그러니…."

김유신이 젯밥을 쓸 제물을 찾고자 장수들의 얼굴을 한 사람 한 사람씩 뱁새눈으로 훑어보다가 김품일에게 멈추었다.

"장군의 아들 관창(官昌)이 종군하고 있다면서요. 나이 15세라. 음… 그래요. 장수의 재목될 수 있으니 잘 간수하시길."

김유신의 눈빛을 살피고 있던 김품일이 큰 실수를 하고 말았다.

"이번에는 제 자식 관창을 나라에 바치겠습니다. 용력이 부족한 자식 놈이지만 나이에 비해 무예가 출중하고 병법이 능해 대장군의 뜻에 잘 부합될 것입니다."

"나이가 너무 어려 걱정이 됩니다만 내 장군의 청을 기꺼이 받아들이겠소."

밤새 고심한 덕분인지 김유신은 젯밥에 쓸 제물을 손쉽게 발견했다. 군막은 다시 냉기가 서렸다. 장수들은 김품일이 자리에서 일어나는 것을 보고도 말리지 못했다. 다음 불똥이 자신들에게 떨어질까 봐 김유신을 제대로 바라볼 수 없었다.

김품일이 군마를 돌보고 있는 관창을 불렀다. 관창은 외동아들로 태어나 화랑에 들었다. 미래의 김유신이라고 소문날 정도로 당차고 용맹이 출중한 소년이었다.

"관창아, 대장군이 너를 선봉으로 삼기로 했다. 거절하지 못하고 나온 아비를 용서하라."

관창은 김품일의 손을 잡으면서 눈물을 흘렸다.

"저도 반굴처럼 젯밥이 되겠군요. 하나 아버님이 허락하신 걸 물릴 수 없잖아요. 소자가 출전해 큰아버님(김품석) 원수를 갚겠사옵니다."

"아비의 죄는 죽어서 꼭 갚겠다. 관창아."

"부모님의 살과 피로 15년을 살았으니 다시 거두신다 한들 무슨 원망이 있겠습니까? 어머님께 하직 인사 못하고 떠나는 불효를 용서하옵소서."

관창은 잡고 있던 김품일의 손을 뿌리치고 말 등에 올라타더니 백제군의 진영으로 질주했다. 신라군도 북과 징을 쳐대면서 관창의 뒤를 따라갔다. 계백은 신라군의 장수를 보고 심기가 불편했다. 반굴처럼 애송이가 틀림없다 생각하니 목까지 화가 치밀었다. 부장을 대신 내보내자 관창이 비웃었다.

"나는 화랑 관창이다. 반굴과 큰아버지의 원수를 갚으려 왔다. 계백은 나와 내 검을 받아라."

"네놈 따위가 계백 장군을… 늙은 김유신이나 오라고 해라. 애송이 뒤에 숨어서 여우마냥 조종하지 말고… 하하하."

"대장군을 욕하다니 내 검에 죽어라."

관창이 검으로 부장의 목을 내리쳤지만 부장은 여유롭게 피했다.

"솜털도 가시지 않는 놈이 또 나왔다. 저놈을 생포해 진영으로 끌고 가자. 의로운 형제들아."

부장의 명령에 백제군이 관창을 서서히 압박하면서 포위망을 좁혔다. 신라군은 관창이 포위되자 마음이 급해졌다. 관창을 구하려고 백제군의 뒤를 쫓았다.

“관창을 구하자. 와와….”

“웃기지 마라. 신라놈들아,”

“으악… 악.”

백제군과 신라군의 창검 부딪치는 굉음에 황산벌이 다시 몸살을 앓기 시작했다. 김유신의 기대와는 달리 관창이 백제군의 포위망에 갇혀버리니 부장이 비호처럼 관창의 말 등에 올라탔다. 그리고 관창의 목덜미를 낚아챘다.

“신라군의 선봉장을 생포했다. 군영으로 돌아가자.”

백제군의 함성에 분풀이하듯 김유신이 어금니를 부드득 갈자 어금니 하나가 불쑥 튀어나왔다. 엉겁결에 피 묻은 어금니를 땅바닥에 내뱉었다.

“계백아, 또 보내마. 관창보다 더 어린 젯밥을….”

김유신의 살기 서린 눈빛에 장수들은 몸을 살렸다. 신라군의 사기가 황산벌에 납작 엎드렸다. 숲속의 매미들도 김유신을 비웃듯 시끄럽게 울기 시작했다.

계백은 생포된 포로의 얼굴을 보고 싶었다.

“저놈의 투구를 벗겨라. 내 목을 달라고 왔다면서 그런 배포가 있는 놈인지 어디 한번 자세히 보자.”

“나를 죽이려면 무장답게 빨리 죽여라.”

“저런 맹랑한 놈 봤나, 냉큼 벗겨라.”

병사들이 발버둥 치는 관창의 투구를 강제로 벗겼다. 계백은 참담했다. 전보다 솜털이 더 가시지 않는 미소년이라 자신도 모르게 주먹을 불끈 쥐었다.

"어제보다 어린 애송이구나? 신라에 장수가 이렇게 없더란 말이냐? 아니면 나를 조롱하는 것이냐? 네 이놈, 도대체 누구며 나이는 몇이냐? 어린놈이 겁도 없이 나왔구나."

"장수의 나이를 묻는 것이 예의는 아니나 대답하겠다. 나는15세로 우장군의 아들 화랑 관창이다. 패장은 말이 없다. 어서 죽여라."

계백은 관창의 얼굴을 한동안 응시했다. 막 피려는 꽃망울처럼 관창의 눈에서 아들의 티 없는 눈망울을 발견했다. 계백은 관창의 얼굴을 더 이상 보지 않았다.

"가거라. 다시 오면 너의 명줄은 그것으로 끝이 난다."

"싫다, 나는 가지 않겠다. 죽여라."

관창이 계백의 다리를 잡고 발버둥을 쳤다. 병사들은 관창의 행동에 기가 막힌다는 듯 김유신에게 욕설을 퍼부었다.

"짐승만도 못한 늙은 김유신아. 애송이 뒤에 숨지 말고 직접 나와 싸워라, 으하하하…."

김유신은 백제군의 야유도 얼굴색하나 변하지 않았다. 결국 무장해제가 된 관창이 말 등에 묶여 돌아오자 환영할 것 같았던 병사들이 조롱했다.

"임전무퇴를 신조로 삼는 화랑이 구차한 목숨을 구걸하고 돌아왔구나? 화랑을 망신시킨 관창아, 나가 죽어라."

"반굴은 죽어서도 살았는데 관창은 살아서 아비 얼굴에 똥칠을 하는구나, 후후후…."

관창이 돌아와 보니 자신을 기다리고 있는 것은 비웃음 섞인 돌팔매뿐이었다. 죽지 못하고 살아온 것이 한이 되고 한이 되었다. 아버지도 아들의 어깨 한 번 두드리지 않았다.

"이놈아, 가문에 먹칠을 하려고 살아왔느냐? 죽어도 계백의 검에 죽어야지, 네놈 때문에 아비가 얼굴을 못 들고 다니겠다. 꼴도 보기 싫다."

"아버님. 제가 살고 싶어서 온 것이 아닙니다. 왜 그리 죽을 고비를 넘긴 자식을 윽박지르십니까? 너무 서럽습니다."

아버지까지 관창을 힐책했다. 마치 적진에 온 것처럼 숨 한번 제대로 쉴 수 있는 공간이 없었다. 관창은 살아 돌아온 것이 엄청난 죄라는 것을 아버지와 병사들의 눈빛에서 느꼈다. 서러운 마음에 아버지를 바라보았다. 질책하는 아버지의 눈가에 눈물이 고였다. 관창은 아버지의 질책이 어쩔 수 없는 선택이라고 생각했다. 마지막 작별을 고했다.

"소자가 계백의 목을 취하지 못하고 그 깃발을 꺾지 못한 것이 한이 됩니다. 다시 적진에 돌아가면 성공할 수 있습니다. 이제는 돌아오지 않겠습니다."

관창은 목이 타는지 우물가로 가 물을 한 움큼 들어 마시고 백제군의 진영으로 말을 달렸다. 관창은 선택할 여지가 없었다. 계백의 목을 취하러 가는 것이 아니었다. 자신의 목을 계백에게 헌납하러 가는 것이었다.

방생한 물고기가 다시 광란의 먹이가 되러 오는 것처럼 관창의 요란한 말발굽 소리가 계백의 귓전을 울렸다. 계백은 걷잡을 수 없는 분노에 감정을 억제하지 못했다.

“정녕, 김유신의 전략은 야비하고 더럽다. 나에게 의도된 살인을 하라고 애송이를 보내고, 살려 보냈더니 죽여 달라고 또 보내니 답답하구나? 병사들은 죽고자 오는 애송이를 생포해 와라.”

백제군이 진영을 박차고 나가 관창을 포위했다. 관창은 계백의 검에 죽고 싶었지만 백제군은 강약을 조절하면서 관창이 무력해지길 기다렸다.

“계백 장군의 명령이시다, 항복하면 다시 돌려보내 주겠다고 약속을 하셨다. 개죽음 하지 말고 창을 내려놓아라.”

“나의 명은 하늘에 있지 계백에게 있지 않다. 화랑에게는 항복이란 단어는 없다.”

“화랑 좋아하지 마라. 김유신에게 이용만 당할 뿐이다. 어리석은 관창아.”

관창의 창이 백제군의 토끼몰이 작전에 흐느적거렸다. 결국 관창은 또 한 번 생포되는 굴욕을 당했다.

"나를 죽여라, 계백의 목을 취하지 못하고 죽는 것이 원통하나 하늘의 뜻이 그렇다면 내 어이 하늘을 원망하리."

계백앞에 끌려온 관창이 악을 쓰니 계백은 애석한 표정을 지었다. 아직 전도가 창창한 어린 소년인데 김유신의 공명을 위하여 죽어야 한다는 현실에, 마음속에 걷잡을 수없는 격랑이 일었다.

"관창아, 너를 살려 보내주마. 다시는 잡히지 마라. 나도 괴롭고 너도 괴롭지 않느냐?"

계백의 따듯한 말 한마디에 관창의 얼굴이 눈물로 범벅이 되었다.

"제가 풍월도를 배우면서도 장군님의 명성은 알고 있었습니다. 두 번 살려 보내주는 것은 저를 욕되게 하는 것이니 제발 죽여주십시오. 그것이 저를 진정으로 살려주시는 겁니다."

"꽃다운 나이에 피지도 못하고 죽는 것이 아쉽지 않느냐?"

"장군님이 저를 죽이지 않아도 제 목숨은 제 것이 아닙니다. 더 이상 아버님의 짐이 되고 싶지 않으니 저에게 다시 사는 기회를 주십시오."

계백은 죽는 순간에도 비굴하지 않게 죽어야 하는 이유를 설명하는 관창에게 마음이 흔들렸다.

"관창을 참수해, 수급을 김품일에게 전해주어라."

관창의 수급이 땅에 떨어졌다. 그의 15년 짧은 삶이 광란의 주인공에 의해 작위적으로 이루어졌다.

김품일은 몸통 없이 돌아온 아들의 수급을 매만지면서 통곡했다. 어쩔 수 없이 돌아온 아들을 매질해 적진에 보냈지만 이제 그 아들이 돌아왔다. 얼마나 아팠을까? 피범벅이 된 아들이 우는 것 같았다. 아들의 수급을 매만지던 김품일이 돌변했다. 김유신이 들으라는 듯 병사들에게 큰소리로 외쳤다.

"나의 아들 관창의 눈이 살아있는 것처럼 용맹스럽게 빛이 나고 있다. 아비로서 나는 후회하지 않는다. 관창의 의기를 이어받아 나라에 충성하자."

을씨년스럽던 신라군의 진영이 들쑤셔 놓는 것처럼 웅성웅성하더니 급기야 폭풍전야로 변했다.

"계백은 사람이 아니다. 관창을 죽인 계백은 철면피보다도 낯가죽이 두꺼운 인간 백정이다. 계백을 죽여라."

미풍처럼 가냘프게 불던 바람을, 누가 풀무질을 하고 있는지 신라군의 진영을 폭풍의 도가니로 몰아넣었다. 병사들은 마치 관창의 변신이나 된 것처럼 창검을 높이 들고 백제군의 진영으로 몰아칠 기세였다. 관창의 피로 배부른 병사들은 무서울 것이 없어졌다. 김유신이 기회를 포착했다.

"전군은 백제군의 진영을 쑥대밭으로 만들고 반굴과 관창의 원수를 갚아라. 계백의 수급을 가져오는 병사는 천금의 상을 주겠다."

계백은 관창을 죽이고 후회했다. 그것이 빌미가 되어 신라군의 죽었던 사기가 되살아났다. 계백이 굶주린 늑대처럼 달려오는 신라군과 사투를 시작하니 김품일이 계백의 우측을 파고들었다. 그리고 천존이 동생 천돈의 원수를 갚는다고 계백의 좌측을 공격했다. 계백은 이들의 공격이 가소로웠다.

"네놈들의 대장, 김유신이 들것에 누워 있느냐? 이젠 주둥아리로만 전쟁을 하는구나."

"계백아, 내 아들을 죽이고 쥐새끼처럼 잘도 피했지만 이젠 어림없다. 용맹한 우리 병사를 보아라."

김품일이 관창의 한을 풀듯 창을 던지자 계백이 큰소리로 조롱했다.

"자식 팔아 영화를 누리면 천만 년 갈 것 같으냐? 늙은 여우 김유신에 속은 미련한 놈이 큰소리치는 것을 보니 그나마 가상하다. 하하하."

이들의 혈전 못지않게 혜오화상과 승병들도 신라군과 생사를 넘나들면서 백병전을 거듭하자 황산벌은 피비린내가 진동했다. 김유신의 늙은 사자후가 침과 함께 바람결에 날아갔다.

"조금만 밀어붙이면 황산벌은 우리 것이다. 황산벌에 숨 쉬는 것은 모조리 죽여라."

김유신은 계속 병사를 투입하면서 백제군을 맹렬히 몰아붙였다. 김유신의 소원을 들어주는 것처럼 백제군이 한곳으로 몰리자 계백의 얼굴색이 급변했다.

"신라군이 몰려온다. 죽음으로 황산벌을 사수하라."

"걱정 마십시오. 장군님."

계백의 명령에 백제군과 승병이 신라군을 온몸으로 막았지만 시간이 흐를수록 패색이 짙어졌다. 이리 좋은 호기를 김유신이 가만히 둘 리 만무했다.

"중놈도 힘이 빠졌다. 모두 죽여라."

김유신의 광기에 신라군이 백제군의 중앙을 파고들었다. 결국 백제군이 두 쪽으로 갈라졌다. 김품일과 일전일퇴를 거듭하던 계백이 신라군의 포위망에 갇히자 혜오화상의 얼굴색이 변했다.

"계백 장군, 조금만 기다리시오, 이 중놈이 가겠소.."

"피하십시오. 혜오화상님, 소장 마지막인 것 같습니다."

계백의 비감한 어조가 김품일의 심금(心琴)을 울렸다. 계백에게 무장다운 최후를 맞게 해주고 싶었다,

"계림의 병사들아. 화살로 계백의 숨통을 단숨에 끊어라."

"으악…."

계백이 신라군의 화살을 피하지 못하고 쓰러졌다. 혜오화상이 쓰러진 계백을 감싸 안으면서 말했다,

"장군과 중놈이 속세를 마감할 때가 온 것 같소. 극락에 가서

못다 한을 푸십시오."

"혜오화상님, 고맙습니다. 끝까지 소장을 지켜주셔서…."

금방이라도 숨이 멎을 것 같던 계백이 분연히 일어섰다. 평생을 같이한 수족 같은 검으로 자신의 혼을 불사르듯 신라군과 사투를 시작했다. 김품일은 다시 한번 명령했다.

"계백과 혜오화상에게 화살을 쏴라."

계백과 혜오화상이 우박처럼 쏟아지는 신라군의 화살을 맞고 죽으니 김유신은 신들린 무당처럼 큰소리로 외쳤다.

"계백의 수급을 잘라 백제군에게 보여라. 지체할 시간이 없다. 군기일이 계백 때문에 늦었다."

죽은 계백이, 산 김유신이 명령을 내리는 모습을 지켜보았다. 헛된 공명에 목숨을 거는 김유신에게 연민의 미소를 짓는 것처럼 보였다.

계백이 죽자 얼마 남지 않은 백제군도 신라군의 창검 아래 들꽃처럼 져버렸다. 도침은 김문영과 생사를 건 혈전을 버리다가, 계백과 혜오화상이 죽었다는 신라군의 함성에 말머리를 돌렸다. 김문영이 도망치는 도침을 바라보면서 외쳤다.

"중놈아, 싸우다 말고 어디로 도망치느냐?"

"황산벌이 끝이 아니다. 내 필히 살아남아 혜오화상과 계백의 원수를 갚아주겠다. 그때까지 몸조심하고 있어라."

"부처님의 제자가 삼십육계 줄행랑이라니 네놈의 꼴이 우습도다. 하하하."

김문영의 목소리가 부처님을 비웃는 것처럼 김유신의 귓전을 울렸다. 하지만 김유신은 의식하지 않았다. 군기일이 더 급했다. 계백에게 발목이 잡힌 지 만 이틀이 지났다. 어찌되었건 사비성으로 가는 진격로가 확보되었다.

"계림의 형제들아, 승리는 우리 것이다. 진군하라."

김유신의 명령에 신라군이 진군을 시작했다. 군량을 싣고 가는 우마들이 콧구멍으로 뿌연 김을 내뿜으면서 힘차게 발을 내딛었다. 인간들의 병정놀이가 끝나니 숲속에 숨어있던 짐승들이 황산벌로 내려왔지만, 시체 썩는 냄새에 코를 막고 다시 숲속으로 들어가 버렸다.

백강 하구에서 대장군 의직을 비롯한 병사 1만7천이 전사했다는 소식과 아울러, 복신의 수군이 당수군에게 궤멸되었다는 장계가 어전에 올라왔다. 하지만 계백의 용병술로 신라군 5만의 발목을 잡았다는 낭보에 굳었던 의자의 용안이 밝아졌다. 그러나 전황은 의자의 생각처럼 낙관할 수가 없었다. 황산벌에서 살아남은 병사가 다리를 절룩거리면서 어전에 들어왔다.

"폐하, 계백 장군과 5천 결사대가 전사했사옵니다. 원통하옵니다."

병사의 말 속에 지원군을 보내주지 않은 원망이 묻어나 있었다. 의자는 계백의 죽음이 아쉽고 원통했다.

"얼마나 치열한 전투를 했는지 몸이 말이 아니구나. 군영으로 돌아가서 부상을 치료하라."

"망극하옵니다. 폐하."

어전을 나가는 병사의 다리에서 피가 흘러나오자 의자는 사비성의 수성이 어렵게 느껴졌다.

"대좌평. 실타래 같이 엉킨 이 난국을 어떻게 풀어야 하겠는가? 그대의 생각을 말해보라."

"폐하, 마지막 배수진을 쳐야 하옵니다. 지수신에게 사비성의 관문인 석성산성(부여군 석성면)을 사수케 하옵소서. 다른 한편으로는 소정방에게 사절을 보내 그들의 요구를 알아내옵소서. 이렇게 양면전략을 세우면서 공성전을 유도하면 이 난국을 돌파할 수 있사옵니다."

"대좌평의 계책이 맞도다. 좌평 각가는 소정방을 만나 그의 동태를 살피고 오라, 특히 소정방은 구미호 같은 자니 각별히 조심하고."

"명을 받들겠사옵니다. 폐하."

각가가 사절로 간다지만 소정방의 마음을 예측할 수 없었다. 의자는 목석처럼 침묵만 지키는 중신들을 바라보았다. 결국 더 이상 회의를 주관할 수 없는지 중신들을 모두 물렸다. 이제 태자와 부자지간만 남았다.

"백제의 사직이 짐의 대에서 끊어질 것 같구나. 이 환란의 주범은 바로 짐이다. 일찍이 성충의 전략과 홍수의 진언을 채택했으면 이러한 수모는 당하지 않을 것인데 너무 아쉽구나."

"아바마마, 환란의 주범은 김춘추입니다. 외세를 이용해 삼한의 한 뿌리를 자르려 하는 흉물스런 위인이옵니다. 염려 놓으십시오. 용맹스러운 우리 병사들이 아바마마의 근심을 덜 것이옵니다."

"황산벌이 뚫리고 백강도 뚫렸다. 이제 석성산성과 청마산성이 뚫리면 국운은 예측할 수 없다. 한데 율은 어찌되었느냐? 석성산성에 있다고 들었는데 계집의 몸으로 전장을 누비고 있으니 무엇이 될지 답답하도다."

"율은 여자이기는 하나 아바마마를 닮아 생각이 깊고 무예가 뛰어나옵니다. 심려 마옵소서."

"그래도 걱정이구나. 태자는 석성산성의 방비를 점검하고 율을 입궐시켜라. 짐이 필히 당부할 말이 있도다. 그리고 홍수의 여식 선은 요즘 어찌 지내느냐? 홍수를 생각해 잘 돌봐주어라. 짐이 그에게 많은 빚을 졌도다."

"말씀 안 드렸지만 아바마마, 소자의 자식 문사(文思)가 선을 연모하고 있사옵니다."

"문사가 어린애인 줄 알았는데 많이 컸구나? 하지만 문사가 사리판단이 어둡고 성질이 급하니 그것이 걱정이다."

의자는 정비인 은고의 몸에서 태자 륭(隆) 태(泰) 효(孝) 연(演) 풍(豊)의 다섯 왕자와 늦둥이로 율을 생산했다. 의자가 율을 바라보는 시선은 하늘의 높음에 비길 바가 아니었다. 의자는 다시 왜국에 볼모로 간 막내아들 풍의 안위를 걱정했다.

"너의 동생 풍이 그립구나. 이 난국에 사신을 파견할 수도 없고…."

"풍은 왜국에서 무탈하게 잘 있습니다. 심려를 거두시옵소서. 옥체 미령할까 두렵사옵니다."

신라가 당과 동맹을 맺고 백제를 위협하자 의자는 왜국과 동맹을 맺고 신라를 견제했다.

"알겠노라, 요즈음 짐의 심사가 편치 않다. 그래서 그런지 어린 자식들의 모습이 눈에 선하구나."

의자의 아픔을 부채질하듯 불길한 전황이 멈추지 않고 사비성에 날아들었다. 꽃밭에 날아드는 벌 나비처럼….

6장 / 검일(黔日)

대장군 의직의 투혼으로 율과 지수신의 정병 3천이 석성산성으로 퇴각할 수 있었다. 그날은 안개가 지독했고 백강 하구의 물길도 백제 편이 아니었다. 새벽부터 시작된 전투가 어둠이 몰려올 무렵에 끝이 났다. 지수신과 율은 이날의 악몽에 몸부림쳤지만 석성산성의 하늘은 너무나 맑고 평온했다. 율은 이런 하늘이 얄미웠다. 나라의 존망을 모르는 척하는 것 같았다.

"황산벌마저 위태롭다 하니 어쩌면 좋아요. 사형."

"황산벌은 기대하지 마십시오. 계백 장군의 용병술로 잠시 신라군의 진격을 멈출 뿐 상대가 되지 않는 병력으로 무얼 하겠습니까?"

"저도 이길 수 없다고 생각해요. 의직 숙부님의 죽음도 가슴 아프지만 우리 군사가 1만7천이나 전사했어요. 황산벌까지 뚫리면 나라의 앞날이 어떻게 될지…."

"그런다고 계속 자책만 할 수 없지 않습니까? 이제라도 흩어진 군심을 하나로 모아야 합니다."

"당군의 기세가 하늘을 덮고 있으니 말처럼 쉽게 되겠어요."

율의 눈빛을 살피고 있던 석성산성의 성주 일충이 말했다.

"공주님, 당군의 기세가 하늘을 덮어도 소장과 지수신 장군이 석성산성에서 생사를 걸고 싸울 테니 백강 하구의 패전은 마음에 두지 마십시오."

"성주님의 말씀은 알겠지만…"

내일을 예측할 수 없는 일들이 매 순간마다 연속적으로 일어나자 융의 당찬 모습도 생기발랄하던 목소리도 힘을 잃었다. 이렇게 융이 마음을 추스르지 못하고 있는데 도침이 지휘부에 들어왔다.

"지수신 장군, 소승만 살아와 면목이 없소."

"면목이 없다니요. 잘 오셨습니다, 선사님."

지수신이 도침의 행색을 바라보니, 황산벌의 처절한 전투가 연상될 만큼 도침의 장삼이 핏빛으로 붉게 물들어 있었다. 도침의 행색에 일충도 마음이 착잡했다.

"선사님, 황산벌의 전투 상황을 말씀해 주실 수 있는지요."

"말씀드리죠, 성주님."

그날 그 현장에서 전투에 임했던 도침이 계백과 혜오화상의 죽음을 상세히 설명하자 융이 어깨를 들썩이면서 흐느꼈다.

"선사님, 계백 장군과 혜오화상이 한꺼번에 전사하다니요. 이런 날벼락이 어디 있어요."

"모두 이 중놈의 업보입니다. 공주님."

황산벌의 비보에 지휘부는 무거운 침묵만 흘렀다. 하나 침묵은 그리 오래가지 않았다. 태자 륭이 상기된 표정으로 나타났다.

"저하께서, 석성산성에…."

일충이 자리에서 일어나자 륭이 손사래를 치면서 말했다.
"전쟁 중에 인사는 그만두고, 나도 그대들처럼 계백 장군의 비보를 들었소. 하나 신라군 5만을 이틀씩이나 황산벌에 묶어두었소. 이제 우리가 계백 장군에게 답할 때가 되었소. 말해보시오. 석성산성의 병력은 얼마나 되는가?"

"기 보병 합쳐 5천 정도는 될 것 같사옵니다. 저하."

일충의 복명에 륭이 지수신에게 물었다.

"백강 하구에서 퇴각한 병력은 얼마나 되오."

"3천여 명 정도이옵니다."

"내가 데리고 온 병력을 합치면 1만 정도는 될 것 같소. 석성산성이 뚫리면 바로 사비성이오. 일충 성주와 지수신 장군은 석성산성이 마지막 보루라 생각하고 적을 물리쳐주시오."

"소신, 목숨을 걸고 막겠사옵니다. 저하."

일충의 당찬 목소리에 륭의 얼굴색이 밝아졌다. 하지만 황산벌에서 전투를 치른 도침의 행색을 보니 다시 얼굴색이 어두워졌다.

"혜오화상의 순국. 애통한 마음 금할 수가 없습니다. 부왕을 대신해 다시 한번 애도를 표합니다."

"저하, 스승님도 부처님의 제자이기 전에 백성이옵니다. 백성의 소임을 다했을 뿐입니다. 너무 심려 마옵소서."

"그리 생각해주시니 고맙소. 아무쪼록 이 나라를 구해주십시오."

륭은 도침에게 도움을 청하듯이 두 손 모아 합장을 했다. 그리고 지수신에게 시선을 돌리면서 말했다.

"장군에게 할 말은 아니지만 율 때문에 마음 고생 심했다는 것은 묻지 않아도 알 수 있소. 하니 율을 데리고 사비성으로 돌아가겠소. 부왕의 어명이오."

륭의 뼈 있는 말투에 지수신은 마치 죄인이 된 듯 가슴이 철렁했다.

"소장도 그리 생각하고 있습니다. 모시고 가십시오. 저하."

율은 륭의 시선이 부담스러웠다.

"하면 부왕을 뵙고 다시 오겠어요. 오라버니."

" 다시 오다니 전쟁을 앞두고 있는 장수에게 민망한 짓을 이제 더는 마라."

"내가 무슨 민망한 짓을 했다고 그러셔요. 오라버니."

율이 화를 버럭 내면서 자리를 뜨자 일충이 미소를 지으면서 말했다.

"지수신 장군, 공주님을 따라가 보십시오. 잘못하면 평생 후회할 수 있소."

"성주님의 말씀대로 소장도 잠시…."

지수신도 지휘부를 나가버리니 륭은 속이 부글부글 끓었다. 하지만 지수신을 탓하기엔 시간이 허락하지 않았다. 륭이 자신의 마음을 내색하지 하지 않고 일충에게 말했다.

"가급적 시간을 끌어 적을 지치게 하시오. 그래야만 후방에 있는 우리 아군이 전열을 정비할 수 있소."

"명심하겠습니다. 저하."

륭은 석성산성이 제 몫을 해주길 기원했다. 그것만이 사비성이 살고 나라가 사는 길이라 믿었다. 서쪽에서 불어오는 서풍이 서서히 남풍으로 바뀌었다.

성곽 길을 걷고 있던 율이 팽나무의 그늘로 들어가 얼굴을 가슴에 파묻고 흐느꼈다. 강한 척했던 율의 여심도 시간이 흐를수록 본 모습으로 돌아가 조금만 안타까운 일이 생겨도 금세 눈물이 고였다. 지수신의 눈에도 눈물이 고였다.

"공주님, 살육이 판치는 전장을 두 번씩이나 보여 드리고 싶지 않습니다. 어명을 따르십시오."

"사형만 두고 가기 싫어요. 우리 모든 것 다 잊고 도망쳐요."

"백이숙제가 수양산으로 들어가 고사리를 캐먹고 살다가 죽었지만 이미 천하는 주나라 것이 되었습니다. 나라가 망하면 풀 한 포기 돌 한 조각 모두 적들의 것입니다. 공주님을 나라 없는 떠돌이로 만들고 싶지 않습니다."

율은 체념한 듯이 가슴속에서 조그마한 동경을 꺼내 지수신의 손에 쥐어주었다.

"이 동경을 받으십시오. 제 분신이나 다름없어요."

율의 애틋한 정이 지수신의 가슴속을 파고들었지만 이별의 순간이 성큼 다가왔다.

"동경이 부적처럼 저를 지킬 것입니다. 하니 걱정 말고 가십시오."

"사형, 그럼."

율이 아쉬움을 뒤로하고 사비성으로 떠나자 그 빈자리에 석양이 자리 잡았다. 지수신은 율을 잡지 못한 아쉬움에 몸부림쳤다. 어전에서 검술시범을 하며, 율의 모습을 훔쳐보던 그 어린 시절이 눈에 아른거렸다. 이들의 이별은 무정한 전쟁만큼이나 무정한 이별로 변했다. 지수신이 허탈한 마음으로 지휘부에 들어가자 일충이 의미심장한 어조로 말했다.

"장군을 보니 소장의 젊은 시절이 생각나는군요. 연모란 것이 마치 줄다리기하는 것과 같아요. 강약을 조절해 당겨야지 너무 강하게 당기면 부러지고 맙니다."

지수신은 얼굴을 들 수 없었다.

"잠시 소장이 결례를 했습니다. 성주님."

"결례라니, 아니오. 화초에 물을 주듯 두 분의 인연을 잘 가꾸어 보십시오."

"내일을 장담하지 못하는데 인연에 연연하겠습니까? 이것도 다 전생의 업보인 것 같습니다."

"장군의 말처럼 업보라면 업보지요."

일충의 그늘진 대답에 지수신이 되물었다.

"말씀을 들으니 애달픈 사연이 계신 것 같은데 말씀해 주실 수 있으십니까?"

"아직은 때가 아닙니다. 하하하."

일충은 호탕하게 웃었으나 그의 눈빛은 어두웠다. 자신의 감정을 조절하려는 듯이 지휘부를 나가 적과 싸울 병기를 점검했다.

일충의 세심한 공성전 준비는 한마디로 빈틈이 없어 보였고, 병사들의 손놀림은 신기에 가까웠다. 그러나 서라벌 이야기만 나오면 얼굴에 그늘이 지니 지수신은 그의 속을 알 길이 없었다.

당군 13만이 석성산성의 30리 지점인 황산포구(강경)에 둔병했다. 물길도 원만해 군선이 접안하기 쉬웠으나 생각지도 않은 복병이 소정방을 괴롭혔다. 군기일을 지키겠다던 신라군은 그림자도 보이지 않았다. 13만 당군의 군량이 간당간당해 잘못하면 도적떼가 되던가 아니면 굶어 죽을 판이었다.

긴박하게 돌아가는 전황에 계백이란 장수가 5천의 결사대로 김유신의 5만 대군을 황산벌에 묶어 놓았다 하니, 김유신의 이름이 허명뿐인가 하는 의심이 들 정도로 기가 막혔다. 하지만 다른 방법이 없었다. 황산벌에서 승전보가 이제나 저제나 올까 하고 모기와 씨름하다가 졸음에 빠졌다.

소정방이 꿈속에서 천상의 선녀를 만났다. 그녀의 가지런한 이가 백옥처럼 빛을 발하고 버들가지처럼 가냘픈 허리가 소정방의 눈을 사로잡았다. 그리고 나비처럼 날아와 소정방의 품에 안겼다. 소정방이 그녀의 볼을 만지려 하자 별안간 율로 변해, 단검으로 소정방의 가슴을 찔렀다.

“네놈이 풍요로운 강토를 침범했으니 용서할 수 없다. 죽어라.”

소정방이 율의 호통에 꿈속에서 깨어났다. 그리고 단검 맞은 가슴을 생시인가 하고 살며시 만져보았다. 소정방의 이상한 행동에 김인문이 물었다.

“합하, 흉몽이라도 꾸셨습니까?”

“흉몽은 무슨 흉몽. 한데 의자왕 딸 말이오.”

“혹시 꿈에 의자왕 딸이….”

“그렇소. 꿈속에 나타나 단검으로 내 가슴을 찔렀지만 그런 대담한 미녀는 내 평생에 처음이요.”

김인문이 아첨을 하듯 맞장구를 쳤다.

“그런 미녀는 삼한을 통틀어 보아도 없을 것 같습니다. 그녀의 검술도 천하의 일품이었습니다.”

소정방은 꿈속에서 단검 맞은 가슴도 문제지만 당장 시급한 것은 13만 당군의 군량이었다.

“한데 부총관, 군기를 합친다는 신라군은 오지 않고 군량도 바닥났으니 어찌하면 좋겠소.”

김인문도 소정방처럼 애가 탔지만 김유신이 계백을 물리치고 당군과 군기를 합치기를 기원할 수밖에 없었다. 이렇게 소정방과 김인문이 코를 빠뜨리고 있는데 낭장 풍사귀가 밝은 낮으로 나타났다.

"합하, 신라군이 오고 있습니다. 이제 군량 걱정은 안 해도 될 것 같습니다."

"신라군이 오고 있단 말인가? 그것도 이틀이나 늦게."

신라군이 온다는 소식에 기뻐할 것 같았던 소정방의 얼굴에 냉기가 서렸다. 김인문은 어안이 벙벙했다.

"합하, 김유신이 계백을 잡았는데 기쁘지 않습니까?"

"기쁘다니? 아니오."

소정방은 퉁명스럽게 말을 내뱉고 자리에서 벌떡 일어났다. 그리고 풍사귀와 함께 군문으로 달려갔다. 김인문도 따라 나섰지만 소정방의 속내를 알 길이 없었다. 금쪽같았던 만 이틀을 황산벌에서 죽을 쒔던 김유신은 해방감을 만끽했다. 별 볼일 없는 5천의 백제군에게 5만 대군이 질질 끌려 다녔다. 더구나 병참부대가 거북이걸음을 하고 있으니 5만 대군이 아무리 빨리 간다 해도 군기일이 맞추기가 어려웠다.

결국 만 이틀이 지나서야 당군의 군문을 두드렸다. 김유신의 마음처럼 군문 앞의 들풀도 뜨거운 지열에 날개를 접고 축 늘어져 있었다. 군문에 서 있는 소정방과 김인문의 모습도 들풀과 다름없었다.

"소장 김유신, 합하께 인사를 올립니다. 왕자님도 고생하셨습니다."

김유신이 군례를 했지만 소정방은 달갑지 않는 표정이었다. 마치 소태를 씹은 듯이 얼굴을 잔뜩 찌푸리면서 말했다.

"대장군과 처음 대면이라 예의를 갖추고 맞으려 했지만 신라군의 무능에 책임을 묻고 군기를 합치겠소."

"합하, 그 무슨 말씀을…."

김유신이 머뭇거리자 김인문이 말꼬리를 돌렸다.

"황산벌의 승전을 부왕을 대신해 감사를 드립니다. 대장군."

"정말 예상하지 못한 피 말리는 전쟁이었습니다. 계백의 기백과 전술, 비록 적이지만 놀라웠습니다."

소정방이 김유신을 비비꼬았다.

"계백의 전술이 좋다고 하나 대장군의 전술에 비하겠소. 5천의 백제군에 5만의 신라군이 절절맸다면서요?"

"그런 게 아니고 실은…."

"실은, 무슨 뜻이오? 그 말은 계백의 전술에 밀리니 장수는 뒷전에 있고 어린 화랑인가 무언가 하는 애들을 적진에 보내 이겼단 말이 아닌가요? 변명은 하지 마시오, 대장군."

소정방의 미소는 미소가 아니고 조소였다. 김유신은 소정방의 생각을 간파했다.

"듣기 거북한 말씀만 하시는데 우리 군도 잘 싸웠습니다. 승전을 평가절하 않길 바랍니다. 불쾌합니다."

"불쾌요? 그럼 그렇다 칩시다. 13만 당군의 군량을 책임진다는 신라군이 군령을 위반했소. 더구나 신라 태자께서 군기일을 위반하면 군령에 따라 목을 내놓겠다고 했소. 그렇다고 태자에게 죄를 물을 수 없고 대장군도 신라군의 총사령이니 대신 선봉장 김문영을 참해 군문에 걸겠소."

소정방은 전후 사정을 살피지 않고 오로지 군기일만 가지고 트집을 잡았다. 참고 있던 김유신의 분노가 폭발했다.

"합하의 말씀을 새겨듣고자 했지만 오로지 군기일 늦음만 가지고 선봉장 김문영을 참하려고 하는 것은, 처음부터 무도한 백제를 멸할 생각은 없고 다른 불순한 의도가 있는 것으로 알겠소. 신라군은 이번 기회에 대당과 군기를 합치지 않고 독자적으로 행동하겠소. 한마디로 대당과 일전을 불사할 수도 있소. 알아서 하십시오."

김유신의 백발이 고슴도치처럼 하늘을 찌르고, 서릿발 같은 목소리가 황산포구가 울릴 정도로 우렁찼다. 허리에 찬 보검도 칼집에서 뛰쳐나올 듯이 스스로 울었다. 김유신의 눈빛을 주시하고 있던 동보량이 소정방의 귀에 속삭이었다.

"만약 김문영을 참한다면 그것을 빌미로 병참을 제공하지 않고 백제와 연합해 우리를 공격할 것입니다. 전쟁의 양상이 우리에게 결코 유리할 수 없습니다. 적당한 선에서 양보하는 것이 상책이라 생각하옵니다."

김인문도 모후를 불태워 죽이려 한 김유신의 불같은 성정을 알고 있었다. 잘못하면 일을 그르칠 것만 같았다.

"꼭 군령을 어긴 죄를 물으신다면 소인을 참하십시오. 선봉장 김문영은 백제 정벌에 없어서는 안 될 유능한 장수입니다."

김인문의 호소에 소정방이 한발 물러섰다.

"우리 13만 당군이 당신들의 요청에 의해 출병하였소. 이러한 황제 폐하의 성심을 모르고 구원전쟁에 출병한 당군을 모욕한다면 참을 수 없소. 하나 부총관의 말처럼 군기일이 늦은 이유가 합당하고 군령 받기를 자청하니 이번만은 죄를 묻지 않겠소. 대장군도 그리 아시오."

"합하께서 그리 말씀하시니 소장이 더 부끄럽습니다."

김유신이 마지못해 고개를 숙이자 소정방의 굳었던 얼굴에 화색이 돌았다.

"이제 전략회의를 하러 군막으로 들어갑시다. 대장군."

소정방이 군막으로 들어가 대총관의 자리에 착석하니, 그때서야 신라군과 당군의 합동지휘부가 결성되고 군기일은 겉으로 봉합된 채 백제 정벌에 초점을 맞추기 시작했다. 소정방이 말문을 열었다.

"대장군은 백제 정벌에 많은 공을 들여온 것으로 알고 있소. 대장군의 전략을 듣고 싶소."

김유신은 소정방의 명령을 기다렸다는 것처럼 준비해 온 사비성의 지도를 군막에 걸었다.

"합하, 이곳은 의자가 있는 사비성이고 정면에 있는 산성이 사비성의 관문인 석성산성입니다. 우측에 길게 늘어져 있는 산성이 청마산성입니다. 그 앞에 왕릉원이 자리 잡고 있습니다. 한마디로 우리 나당군이 사비성에 무혈입성하려면 석성산성의 공략이 매우 중요합니다. 우측에 있는 청마산성도 필히 함락시켜야합니다. 의자는 석성산성이 함락되면 부소산성으로 들어가 항전할 것이 분명합니다."

소정방은 김유신의 작전에 고개를 끄덕였다.

"그럼 석성산성과 청마산성의 성주는 도대체 어떤 자요. 대략이나마 우리가 알고 있어야 작전에 반영할 것 아니겠소."

"석성산성주 일충은 의자가 신임하는 장수로 전략과 용맹이 범 같습니다. 백강 하구에서 도망친 지수신 또한 전략과 기개가 넘치는 젊은 장수입니다, 이 두 장수가 석성산성의 성문앞에 사도제진(四道齊振, 4개의 진)을 치고 있으니 만만히 볼일이 아닙니다. 청마산성주 곡례는 문관 출신으로 공략하기에는 별 어려움이 없겠지만 가볍게 생각하면 도리어 당할 수가 있습니다."

소정방은 지수신이란 말에 감았던 두 눈을 부릅떴다.

"지수신 말이요. 대체 어떤 인물이요? 대장군."

"계백의 다음 세대를 이끌 장수감으로 소문이 나있습니다. 현재 부마도위까지 물망에 오른 젊은 장수입니다."

"그자가 부마도위까지 물망에 올랐단 말이오. 그럼 백강 하구에서 선머슴처럼 설친 공주의 남편감으로…."

"그렇습니다. 합하."

"백강 하구에서 그녀의 용모와 무예를 내 눈으로 똑똑히 보았소. 용모는 조비연에 못지않은 절세가인이고 무예 또한 일품이니 내 어찌 쉽게 잊어버리겠소."

소정방이 조비연의 용모에 못지않은 가인이라 했다. 율을 한 번도 보지 못한 신라 장수들은 얼마나 대단한 미색이라 대총관의 입이 크게 벌어지는지 자못 궁금해졌다. 김유신이 소정방의 의중을 넌지시 떠보았다.

"혹시 합하께서…."

"황제 폐하께 진상하고 싶은 마음에서 그런 거지, 나는 여색하고는 거리가 먼 사람이요."

김유신은 소정방의 대답에 머쓱했다. 하나 이 정도에 멈출 김유신이 아니었다.

"그런 뜻이 계신다면 소장이 책임지고 공주를 잡아드리겠습니다. 걱정 마십시오, 합하."

김유신의 세치 혀에 소정방은 회심의 미소를 지었다. 마치 김유신의 속내를 들여다보는 것 같아 기분이 한결 좋아졌다.

"대장군, 백제군의 전략은 대부분 파악했소. 내일 아침을 기해 석성산성을 공략하고자 하오. 선봉은 우리 당군이 맡겠소."

"아닙니다. 선봉은 신라군이 맡겠습니다. 석성산성이 함락되면 도망치는 백제군의 퇴로를 차단해 주시고 청마산성을 공략해 주십시오."

"선봉을 뺏기지 않으려는 대장군의 심정은 알겠소. 하나 당군도 물러설 수 없으니 당군과 신라군이 동시에 공략합시다. 청마산성은 당군이 초토화시키겠소. 공성전은 가급적 피하고 성 밖에서 백제군의 숨통을 끊어야하오."

"잘 알겠습니다. 합하."

백제를 정벌할 전략회의가 마무리되자 김인문이 군막을 나오면서 김유신의 손을 덥석 잡았다.

"외숙이 소정방의 속내를 꿰뚫고 있으니 이제 걱정은 안 해도 될 것 같습니다."

"걱정을 안 하다니요. 소정방은 중원의 맹장으로 가볍게 보아서는 안 됩니다, 전쟁이 끝날 때까지 소정방이 허튼 짓하지 못하도록 긴장의 끈을 놓지 말아야합니다."

"외숙의 말씀을 알겠지만 소정방보다도 더 급한 것이 있습니다. 부왕께 가장 큰 근심을 덩어리를 안겨준 역적놈은 어찌 되었습니까? 억울하게 죽은 매형과 누님의 원한을 갚으려면 그놈들부터 잡아야 합니다."

김인문의 매형인 대야성주 김품석과 누님 고타소가 검일과 모척의 배신으로 참혹하게 죽었다. 부왕이 하루 종일 눈을 깜박하지 않고 사람이나 동물이 지나가도 모르고, 아아, 내가 대장부로 태어나서 어찌 백제를 멸하지 못하겠는가 하면서 원수 갚기를 다짐했다. 이번 전쟁의 서막은 여기부터였다.

"걱정 마십시오. 검일과 모척은 폐하의 성심을 어지럽힌 대역죄인입니다. 꼭 잡아 폐하께 바치겠습니다."

"부탁합니다. 외숙."

김인문은 김유신에게 전술과 무예를 익혔다. 처음에는 김유신이 부왕보다 무서웠지만 세월이 흘러가면서 진면목을 알 수 있었다. 선덕여왕 재위시절 비담(毗曇)의 난(亂)으로 나라가 혼란에 빠졌을 때, 비담을 잡아 죽이고 나라를 반석 위에 올려놓는 김유신의 호기에 매료되었다.

소정방은 우물가로 나왔다. 더위를 견디다 못해 웃통을 벗어 던졌다. 칠순을 바라보는 나이라 군데군데 갈비뼈가 계곡을 이루듯 앙상한 능선이 가로지르고 있으니, 대총관의 위엄이 찜통더위에 증발되어 버렸다.

소정방은 메마른 등짝을 병사에게 맡긴 채 김유신의 불쾌한 언행을 되씹었다. 소정방은 반평생을 전장에 살면서 허명만 있고 지략이 낙엽처럼 가벼운 용렬한 장수들을 수없이 겪어 보았다. 김유신을 보니 담력이 크고 위나라를 세운 조조만큼이나 꾀주머니와 술수가 넘쳐났다.

그의 범상치 않은 얼굴이 난세에는 효웅(梟雄)이 될 상이지만 태평성대에는 조정을 어지럽히는 간신이 될 상이었다. 복잡한 소정방의 속내를 모르는지 등을 밀던 병사가 냉기가 꽉 찬 물을 등가죽에 쏟아 부었다.

"이놈아, 살살 부어야지 그렇게 부으면 심장이 얼어붙겠다."

"용서해주십시오. 합하."

소정방은 병사로부터 면포를 받아 등가죽을 닦았지만 날씨가 워낙 더워 등목을 해도 더위가 가지지 않았다. 소정방이 더위 사냥을 하고 있는데 유백영이 나타났다.

"백제의 사신, 각가(覺伽)가 대총관 뵙기를 청하고 있습니다."

"전쟁 막바지에 무슨 염치로 보냈단 말이냐? 하나 무슨 말을 하는지 들어나 보자."

소정방의 대답을 기다렸다는 듯이 각가가 많은 음식과 재물을 가지고 왔다. 낙양에서도 구경하지 못한 맛깔스러운 산해진미와 사비성의 재물을 다 가지고 왔는지 귀한 보물이 수레에 넘쳐흘렀다.

"소인 각가, 의자왕을 대신해 죄를 청하옵니다."

"우리 당군의 창검이 사비성의 하늘을 덮을 것이다. 전할 말이 있으면 빨리 전하고 돌아가라."

각가는 소정방의 비위를 맞추려 연신 허리를 굽실거렸다.

"합하의 노독을 풀어 드리고자 약간의 음식과 재물을 마련했사옵니다. 더불어 의자왕의 친서를 올리옵니다."

소정방은 각가가 가지고 온 산해진미와 재물을 바라보았다.

산해진미에서 풍기는 기름진 냄새가 코를 찔렀다.

"의자가 무어라고 변명했는지 내 한 번 보겠다."

친서를 받은 소정방의 얼굴이 마치 의자의 멱살을 잡고 흔드는 것처럼 글자의 형상에 따라 변했다.

대총관 합하, 죄인 의자가 신라와 형제국으로 지내라는 황제 폐하의 명을 거역했사옵니다. 다시 한번 소인의 죄를 고하니 용서하옵소서. 그리고 보잘것없는 음식과 재물이지만 대국의 병사를 위로하고자 보내옵니다. 받으시고 병사들을 위로하소서. 의자 배상

소정방도 이번 전쟁에 큰 의미를 두지 않았다. 물길 만 리라 점령해도 직접 다스리기 쉽지 않고 신라에 주자니 잘못하면 신라의 기만 살려줄 것 같았다. 의자가 진실로 뉘우친다면 손해 볼 것이 없다고 생각했다. 실리에 밝은 소정방이 내색하지 안했으나 멈추기에는 너무 늦었다.

"내일 아침을 기해 공격을 하겠다. 재물과 음식은 돌려보내려 했으나 그나마 뉘우치는 것 같아 받아두겠다. 물러가라."

"다시 한번 부탁드리옵니다. 합하."

소정방은 각가가 돌아가고 난 뒤 오장이 뒤틀렸다. 어떻게 알고 왔는지 김인문과 김유신이 대총관을 뵙기를 청했다. 이들의 생각을 아는지라 내치고 싶었지만 또 무슨 오해가 생길까 봐 불러

들였다.

"무슨 일이오. 두 분?"

"백제 사신이 왔다면서요. 당장 목을 칠 것이지 왜 돌려보내셨습니까? 동맹관계인 우리에겐 연락도 않고…"

김유신의 공박에 소정방의 눈에서 불꽃이 튀었다.

"그걸 말이라고 하는 거요? 우리 대당에서는 적국의 사신이 오면 죽이는 법이 없소. 또한 나는 동맹군의 수장이고 당신들은 우리 폐하의 신하요. 수장이 적의 사신을 접견한 것이 그렇게 잘못되었소? 나를 죄인 다루듯 하니 그대의 인품을 알 수 있소."

소정방은 못 볼 것을 본 것처럼 김유신의 시선을 외면했다. 일이 생각지 않게 꼬이자 김인문이 나섰다.

"오해가 발생하면 양국의 동맹에 금이 갈까 봐 신중을 기하자는 뜻에서 대장군이 말씀드린 것이옵니다."

김인문이 사과를 거듭하자 소정방은 굳었던 얼굴을 풀었다. 그리고 의자의 친서를 김유신에게 내던지듯 주면서 말했다.

"다시 내 심기를 거스른다면 대장군의 말처럼 우리 당군도 화살을 신라로 돌리겠소."

김유신은 친서를 읽고 또 읽어보았지만 특별한 내용이 없었다. 얼굴색을 고치고 소정방에게 말했다.

"소장이 잠시 오해했나봅니다. 합하."

"두 분 다 볼일 보았으면 물러들 가시오."

소정방의 일침에 김인문과 김유신은 자신들의 의사를 제대로 전달하지 못하고 발길을 돌릴 수밖에 없었다.

사택천복과 중신들, 태자를 비롯한 왕실 가족이 각가의 입을 주시했다. 기울어가는 나라를 붙들기에는 의자의 심신이 바닥을 쳤다. 가벼운 미풍만 불어도 쓰러질 것 같은데, 그래도 목소리만은 뚜렷했다.

"소정방이 무어라고 하더냐?"

"내일 아침까지 항복하지 않으면 석성산성을 공략하겠다고 했사옵니다."

"친서를 보고 철군할 생각이 보이지 않더냐?"

"철군하고 싶어도 김유신에게 발목이 잡혀 자유롭지 못한 것 같았고, 다 이긴 전쟁에 승패는 끝났다고 생각하는 것 같았사옵니다."

"당군의 사기는 어떠하더냐?"

"고구려와 전쟁을 해본 병사들이라 사기가 높아 보였나이다."

"그들의 기세가 만만치 않다니 나라의 앞날이 심히 염려스럽도다."

태자 륭이 부왕을 위로했다.

"아직은 희망이 없는 것이 아닙니다. 용맹한 우리 군 1만이 석성산성에 진을 치고 당나라놈과 신라놈을 기다리고 있나이다. 심려 마옵소서."

율이 부왕의 눈빛을 살피면서 말했다.

"아바마마, 불효 여식이 석성산성으로 가겠사옵니다. 출전을 허락하옵소서."

륭이 화를 버럭 냈다.

"부왕과 모후의 옥체를 보살펴야 하는 막중한 책임이 너에게 있다. 출전은 더 이상 꺼내지 마라."

의자가 륭을 다독거렸다.

"태자도 알겠지만 율의 심정은 아비처럼 복잡할 것이니 너무 야단치지 마라."

"그러하오나, 아바마마."

륭의 기세가 한풀 꺾이자 의자는 다시 사택천복에게 명령을 내렸다.

"대좌평은 소정방과 친분이 있으니 이번에도 많은 재물과 음식을 가지고 가서 철병을 요청하라."

"소신, 명을 받들겠사옵니다. 폐하."

십중팔구 소용없는 짓이라는 것을 의자도 알고 있지만 마지막 끈을 놓고 싶지 않았다.

태자와 설전을 벌인 율이 모후가 계신 왕후궁으로 발길을 돌렸다. 그런데 왕후궁은 옛 젊음과 영화는 다 어디로 갔는지 늙은 궁녀 한두 명만 보였다. 율이 눈물로 모후인 은고에게 문후를 올렸다.

"어마마마, 불효 여식 율이 왔사옵니다."

"네가 전장에 나갔다는 말을 듣고 어미가 얼마나 걱정했는지 아느냐? 앞으로는 절대 그런 짓 하지 마라."

"돌아왔잖아요. 그런데 용체가 안 좋으신 것 같아요. 그 많던 궁녀들은 다 어디 갔어요?"

"너도 알다시피 나라가 망하면 죽어나는 것은 백성들이다. 특히 젊은 아녀자는 오랑캐의 노리개가 될 것이 뻔한데 국모로서 어찌 본단 말이냐? 그래서 모두 부모 곁으로 보내고 어미 곁에는 늙고 병든 궁녀뿐이란다. 아니 한 사람 더 있다. 홍수의 여식 선이다."

은고가 그동안 참았던 서러움을 율에게 털어놓았다. 어린 나이에 모후(母后)를 잃은 의자는 계후(繼后)를 친 모후 이상 받들었다. 조석 문안을 하루도 거르지 않으면서 효를 근본으로 삼고 실천하니 의자를 탐탁하게 여기지 않던 계후도 마음의 문을 열었다. 비로소 자식으로 인정했다.

백성들도 근초고왕 못지않은 성군감이 나타났다고 격양가를 불렀다. 격양가가 백강의 물길을 따라 당나라까지 들어가니 당나라 사람들도 효를, 충의 근본으로 삼은 공자의 제자 증자가 환생한 것처럼 의자를 해동증자(海東曾子)라 칭했다. 당 황제도 의자가 왕위에 오르자 대방군왕으로 봉했다. 이런 기대에 어긋나지 않게 의자는 등극 후 국정과 국방을 튼튼히 하고 신라와 전쟁에서 많은 성을 공취했다. 이와는 달리 신라는 의자의 위세에 눌려 고구려와 견원지간(犬猿之間)인 당나라에 신하되기를 간청하고 많은 미인과 제물을 받쳤다.

뇌물을 받은 당 황제는 신라로부터 뺏은 성과 포로를 돌려주라고 신물 나게 내정간섭을 시작하더니, 그동안 해동증자라 칭했던 말을 바꾸고 음황(淫荒)과 탐락(耽樂)을 일삼는 패역무도한 자라고 매도했다. 자신도 의자의 눈과 귀를 가린 요녀로 둔갑시켰다하면서 은고가 눈물을 흘렸다. 율은 거칠어진 은고의 손을 잡았다.

"어마마마의 여윈 손을 만져보니 얼마나 외롭고 쓸쓸히 침전을 지키시었는지 이제야 알 것 같사옵니다. 더욱 황감한 일은 그토록 어마마마가 의지했던 임자가 반역을 했으니, 어마마마의 위치가 늙은 궁녀만치도 못하게 된 것이 참으로 한스러워요."

"어미는 공주가 더 걱정이다. 탐스러운 볼이 이렇게 핼쑥해졌으니…."

은고가 율의 얼굴을 매만지면서 한숨을 내쉬고 있는데 선이 침전문을 열고 들어왔다.

"공주님이 소정방의 간담을 서늘케 했다는 소문이 자자해요."

"헛소문을 믿지 마, 소정방도 이제 칠순이 다된 늙은이라 입으로만 전쟁을 해."

선을 바라보는 은고의 눈빛이 애틋했다.

"선이 없었다면 어미는 벌써 죽었을 것이다. 공주는 잊지 말고 은혜를 갚아라."

"왕후마마께서 전쟁이 일어나면 부녀자가 제일 먼저 겁탈당한다고 하시며, 젊은 궁녀를 부모 곁으로 보내주었어요. 왕후마마의 덕화에 하찮은 미물들도 감동했는데 사람인 제가 그만 못해서야 되겠어요. 저는 사람의 도리를 하고자 했을 뿐이에요."

"그 마음 언니가 평생 간직할게, 정말 비단 같은 마음씨야."

율이 선의 손을 잡았다. 스승님의 고결한 인품이 덧보였다. 은고가 불쑥 손자인 문사를 입에 올렸다.

"선아, 요즘은 문사가 귀찮게 굴지 않느냐? 너에게 마음을 빼앗긴 모양이다."

율이 선의 눈빛을 조심스럽게 살피면서 말했다.

"동생의 마음을 잘 모르지만 잘 되었으면 좋겠어, 문사는 활달하고 지혜가 남다르게 총명하지만 동생의 마음이 무엇보다 중요하지."

"저는 왕실의 가족이 되기에는 턱없이 부족해요. 그 말씀은 거두어 주셔요."

율은 스승님의 생사가 확인되지 않은 터라 물어보지 않았지만, 지수신에게 연정을 키울 수 있는 여지가 있어 보였다.

"어마마마, 지수신이 석성산성에 진을 치고 있어요. 그가 죽으면

저도 죽을 수밖에 없어요. 부왕께 말씀드려 출전하게 해주셔요."

"어쩔 수 없는 일 아니냐? 전쟁이 시작되기 전에 혼례를 올려 주고 싶었지만 이미 엎질러진 물이 되었다. 적병이 물러간 후에나 생각해보자."

율은 은고의 위로에 별 관심을 두지 않았다. 지수신이란 말에, 얼굴을 붉히는 선을 바라보면서 자신의 생각이 틀리길 바랄 뿐이었다.

석성산성에 선비풍의 젊은 장수가 5백의 기병을 대동하고 나타났다. 긴장된 표정으로 성곽을 지키고 있던 병사들의 얼굴이 지원군이 왔다는 소식에 밝아졌다. 지수신의 얼굴도 병사들처럼 밝아졌다.

"별부성에서 헤어진 뒤 소식을 몰랐는데 정말 반갑소. 사타상여 장군."

"오랑캐가 폐하를 능멸하고 있는데, 내 어찌 후방에서 공자만 찾고 있겠소. 장군이 내 죽을 곳을 마련해 준다면 더없는 영광이 아니겠소."

"잘 오셨습니다. 사타상여 장군."

석성산성주 일충도 반기자 사타상여는 정신이 번쩍 들었다. 어디서 본 듯한 얼굴이었다.

"성주님, 소장을 기억하지 못하시겠습니까?"

"대관절 그 무슨 말씀이오? 혹시 생각나는 것이 있소."

사타상여는 일충의 심기를 건드리고 싶지 않았으나 그냥 넘기에는 그날의 기억이 머릿속에서 떠나지 않았다.

"말씀드려도 되는지요. 성주님."

"말을 꺼내놓고 왜 그렇게 뜸을 들이십니까? 말씀해 보시오. 내 탓하지 않겠소."

사타상여는 누에가 실을 뽑듯이 옛 기억을 회상했다.

"소장이 어릴 적에 윤충 장군 댁에 간 적이 있었습니다. 그때가 바로 대야성을 함락시킨 직후였지요. 노복의 안내로 거실에 들어서니 젊은 장수가 눈물을 흘리면서 윤충 장군님께 거듭 감사를 드리는 것이었습니다. 그분의 눈빛이 너무나 애처로워 지금도 생생히 기억이 납니다. 성주님의 얼굴에서 그분의 모습이 발견되니, 혹시 그분의 형제분이 아니면 그 분일 거라는 생각이 드는군요."

일충은 이립(而立)이 될직한 젊은 장수가 아버지뻘 되는 자신을 알아보는 것을 보고, 의구심이 들었지만 한편으로는 대견스러웠다.

"그 장수가 바로 접니다. 바로 보셨소."

"소장의 기억이 틀리지 않았군요. 그런데 무슨 사연이 있어서…?"

"말 나온 김에 말하리다. 제 아내는 대야성에서 견줄 처자가 없을 정도로 미인이었습니다. 이런 미인과 결혼한 저는 마치 꿈을 꾸듯 행복했지만 행복도 잠시 저에게 재앙이 몰려왔습니다."

일충은 부인을 생각하듯이 잠시 말을 멈추자 사타상여가 재촉했다.

"재앙이라뇨. 성주님?"

"재앙도 아주 큰 재앙이었습니다. 오랫동안 저를 보살펴주시던 성주님이 서라벌로 승차되고, 후임으로 김춘추 사위 김품석과 부인 고타소가 오면서 재앙은 시작되었습니다. 그 뒤의 이야기를 들어서 아시겠지만 제가 성 밖으로 나간 사이에 김품석이 아내를 능욕했습니다. 저는 김품석을 죽이기로 맹세했지요. 하늘이 저의 소원을 들어주는지 때마침 윤충 장군이 대야성을 공략했습니다.

결국 윤충 장군의 도움으로 그놈을 죽였지만 그게 끝이 아니었어요. 김춘추가 사위의 원수를 갚겠다고 자객을 보내 죽이려 하자 윤충 장군이 저를 의제로 삼고 이름도 일충이라고 지어 주었습니다. 제가 바로 김춘추가 찾는 검일(黔日)입니다."

일충으로 변성명했던 검일은 품 안에서 벌 나비가 수놓아진 보자기를 꺼내 탁자위에 펼쳐놓았다. 그날의 생생한 비극이 연상되듯 부인의 피맺힌 유서가 이들의 눈길을 사로잡았다.

서방님, 승냥이 같은 성주놈에게 더럽힌 몸으로 서방님을 모실 수가 없어 먼저 이승을 하직합니다. 소첩의 죄는 서방님이 저승에 오시는 날 갚겠으니 원수를 갚아 주옵소서.

유서에 떨어진 부인의 눈물이 조각구름처럼 흩어져 있었다. 지수신은 검일을 바라보았다. 그가 살아온 세월만큼이나 아픔도 큰 것처럼 그의 얼굴에 파인 골이 깊고 깊었다. 더구나 사위의 잘못은 조금도 인정하지 않고 오직 검일의 처사만 나쁘다고 한 김춘추의 속내가 궁금했다. 검일의 애달픈 사연에 사타상여도 마음이 착잡했다.

"아픈 상처를 건드려서, 용서하십시오. 성주님."

"별 말씀을, 이날이 올 걸 예상하고 있었소."

지수신은 어려운 여건에도 부인을 가슴에 품고 있는 검일이 부러웠다. 사람의 정이 이렇게 크고 깊은지 이제야 알 것 같았다. 율의 마음을 제대로 헤아리지 못한 자신이 부끄러워졌다. 율에게 용서를 구하듯이 검일을 위로했다.

"너무 걱정하지 마십시오. 우리가 승리하면 모든 것이 제자리로 돌아올 수 있습니다. 성주님."

"제 걱정은 마시고 공주님이나 위로해 주십시오. 인연은 살아있을 적에 감미로운 것이지 이승을 떠나면 무슨 소용이 있겠습니까? 저는 장군이 너무 부럽습니다. 그 부러움을 끝까지 가지고 가십시오."

지수신은 율을 보내놓고 울적한 심정을 달래지 못했다. 발걸음이 떨어지지 않은 듯 뒤를 돌아보지 않고 떠난 율의 모습이 머릿속에 맴돌았다. 그러나 이런 생각도 잠시 풍달산성의 병사가 지수신을 찾아왔다.

“흑치상지 장군의 친서를 가지고 왔습니다. 장군님.”

“친서라니….”

“보십시오. 장군님.”

풍달산성의 병사가 친서를 품 안에서 꺼내주었다. 지수신은 친서를 보고 얼굴색이 밝아졌다.

“흑치상지와 복신 장군이 구르레포구에 진을 치고 당수군을 섬멸하겠다하오. 친서를 보시오. 사타상여 장군.”

사타상여도 흑치상지의 친서를 보고 흥분했다. 흑치상지와 동문수학한 의형제로 군무가 바빠 수년간 만나지 못했다. 친서로나마 흑치상지의 온기를 느낀 듯했다.

“지수신 장군, 흑치상지가 출병했다 하니 폐하가 계신 사비궁은 무탈할 것 같소.”

“맞는 말씀이오. 복신 장군과 흑치상지라면….”

지수신은 한쪽 날개가 부러진 것처럼 마음 한구석이 허전했으나, 그 빈 구석을 복신과 흑치상지가 채워줄 줄이야 꿈에도 상상하지 못했다.

흑치상지의 친서에 고무된 장수들은 사도제진을 점검했다. 이와는 반대로 석성산성을 지나 당 군영으로 가는 밀사의 행렬이 별빛에 반사되어, 마치 혜성의 꼬리별처럼 반짝이다가 사라졌다.

660년 7월 12일, 새벽안개가 걷히자 황산포구에 정박해있던 당군선이 일제히 닻을 올리고 신라와 당나라의 연합군인 나당군이 중무장을 하고 군령을 기다리니, 김유신은 벅차오르는 희열을 감출수가 없었다. 긴장된 표정으로 김품일에게 물었다.

"오늘이 무슨 날인지 아는가?"

"우리의 원수 의자를 잡는 날입니다. 대장군."

"그건 하나만 알고 둘을 모르는 소리다. 오늘이야말로 나라를 배반한 검일과 모척을 잡는 날이다. 절대 실수하지 마라."

"소장도 그놈들의 오장을 씹어 먹고 싶은 심정입니다. 꼭 두 놈을 생포해 소장의 한을 풀겠습니다."

김품일은 대야성에서 죽은 형님과 형수의 모습이 떠올랐다. 이번만은 놓치지 않겠다고 마음속으로 다짐했다.

"알면 되었다. 하니 철저히 준비하고 작전에 임하라."

"명심하겠습니다. 대장군."

김유신이 김품일에게 작전을 하달하고 대총관의 군막에 들어서니 소정방이 자리에서 벌떡 일어났다.

"의자가 항복한다는 소식이 없소. 더 이상 기다릴 수 없으니 진격 명령을 내리겠소. 대장군."

"의자는 쉽게 항복할 놈이 아닙니다. 합하를 농락한 것에 지나지 않습니다."

"내가 농락당할 사람 같소. 대장군이 사람을 잘못 본 것 같소."

"소장이 그런 뜻으로 말한 것이 아닙니다. 합하."

"내가 대장군의 속내를 모를 것 같소. 하나 적이 코앞에 있으니 더 이상 탓하지 않겠소."

소정방의 가시 돋친 말이 끝나자마자 김문영이 겁먹은 표정으로 나타났다.

"합하, 사도제진의 기세가 하늘을 찌릅니다. 백제군을 쉽게 생각하면 안 될 것 같습니다."

"선봉장이 그렇게 겁이 많았으니 황산벌에서 5천의 백제군에 절절맨 것 아닌가? 우리 대당의 병사는 그렇지 않다."

"그렇지만 합하."

소정방은 김유신을 비웃듯이 진격 명령을 내렸다.

"백제군은 1만도 되지 않는다. 모두 죽이고 의자를 잡아라."

"둥둥… 챙챙… 와아…."

고수(鼓手)부대가 북과 꽹과리를 쳤다. 기병이 선봉에, 보병이 뒤쫓아 가니 아침이슬을 머금고 있던 황산포구가 전율하기 시작했다. 소정방은 낭장 방효태에게 명령했다.

"군병 2만으로 청마산성을 초토화시켜라."

"군령을 받들겠습니다. 합하."

청마산성으로 가는 투석기 당차 운제를 비롯한 공성 병기가 가히 하늘에 닿을 듯이 지축을 흔들고, 수군장 유인원도 화답했다.

“물길을 거슬러 올라가 사비성에 숨어 있는 의자왕을 잡아라. 백제 수군은 모두 궤멸되었다.”

몽충선과 해골선을 선봉으로 당군선이 물살을 가르자 나당군의 주력부대는 둘로 갈라졌다. 유인원의 수군은 사비궁의 관문인 구르레포구로, 상륙부대인 보병은 석성산성으로 진격하고 있는데 소정방의 얼굴이 돌변했다.

“저놈들의 작전이 수상하다. 잠시 진격을 멈추어라.”

김유신은 소정방의 속내를 알 수 없었다.

“백제군은 기껏해야 1만 정도입니다. 왜 진격을 멈추십니까?”

“저걸 보시오. 대장군.”

소정방은 하늘을 가리켰다. 김유신이 바라보니 석성산성에서 새 한 마리가 날아와 소정방의 머리 위로 날아오르고 있었다. 소정방은 김유신의 따가운 눈빛을 외면하면서 군사참모 이의부에게 물었다.

“석성산성에서 날아온 새 한마리가 내 머리 위에서 맴돌고 있다. 불길하구나. 참모는 말해 보라. 왜 불길한 예감이 드는지.”

이의부가 소정방의 마음을 알아챘다.

“진격을 계속하면 합하께서 위험에 처해질 수 있으니 천기를 보아 진격하심이 좋을 것 같습니다.”

“천기를 보아 진격하라고, 군사참모?”

김유신은 분통이 터졌다.

"합하, 어찌 하늘에 날고 있는 새의 괴이함만 믿고 하늘의 뜻에 반(反)하려 하십니까? 소장이 저 새의 괴이함을 응징하고 죄가 있다면 달게 받겠으니 진격 명령을 내리십시오."

김유신이 허리에 찬 보검으로 하늘을 갈랐다. 소정방의 머리 위에서 맴돌던 새가 두 쪽이나 소정방의 발아래 떨어졌다. 김유신의 분노에 소정방은 자신의 행동이 민망했는지, 이의부를 심하게 질책하고 진격 명령을 다시 내렸다.

"용맹한 나당군의 병사들아. 석성산성의 백제군을 물리치고 하늘의 뜻을 거역한 의자왕을 잡아라."

백제군의 진영도 만만치 않았다. 지수신과 검일, 사타상여와 도침이 석성산성의 성문 앞에 사도제진을 치고 소정방을 기다렸다. 이제 양군의 백병전이 초읽기에 들어갔다. 지수신이 먼저 소정방에게 포문을 열었다.

"백강 하구에서 네놈에게 패했지만 석성산성은 어림없다. 병졸 숫자만 믿고 전장에 나온 늙은 네놈을 보니 지나가는 소도 웃겠다, 더러운 오랑캐야."

소정방이 되받아쳤다.

"지수신 이놈아, 항복하면 대당의 장수로 삼겠다. 내가 권할 때 항복하라."

"나보고 항복하라고, 오랑캐가 주접을 떠는구나. 하하하."

지수신이 소정방에게 창을 던지자 유백영이 큰소리로 꾸짖었다.

"감히 대총관에게 창을, 제 분수도 모르는 놈이구나? 네놈을 따라다니는 계집은 어디 갔느냐? 유백영이 잡으러 왔다고 전하라."

"네놈이 함부로 부를 이름이 아니니다. 입조심 해라."

지수신과 유백영, 사타상여와 동보량이 한 조가 되어 싸우고 백제군도 나당군의 기병을 향해 화살을 쏘아붙였다. 화살에 맞은 말들이 괴성을 지르면서 쓰러졌다. 불제자인 도침도 혜오화상의 원수를 갚듯 검을 불같이 쓰니 신라군은 괴걸스런 중놈이라고 달아났지만 당군은 도침의 용맹을 알지 못하고 계속 달라붙었다.

"소정방 이놈아, 나는 도침이다. 부처님의 나라를 침략해온 네놈을 용서하지 않겠다. 살아 돌아가고 싶으면 지금 당장 말머리를 돌려라."

소정방은 도침의 괴력에 혀를 내둘렀다. 부처님을 믿지 않지만 승려들을 경원하지 않았다. 두렵지만 도침의 내력이 궁금했다.

"도침이라고 하는데 도대체 어떤 자요. 중놈치고는 무예가 범 같소. 대장군은 알고 있소?"

"황산벌에서 우리 신라군의 발목을 잡았던 중놈입니다. 저 중놈은 꼭 죽여야 합니다. 살려두면 두고두고 속 썩일 중놈입니다."

"부처님의 제자가 저렇게 살생을 잘하니 저 중놈의 본생이 염라대왕 같소. 죽이지 말고 살리시오."

"합하. 중놈은 부처님의 제자이기 전에 적장입니다. 후회할 일은 만들지 마십시오."

김유신의 대답이 마음에 부담이 되었는지 소정방은 시선을 사타상여에게 옮겼다. 사타상여의 모습이 풍류를 즐기는 선비 같은데, 그의 가느다란 팔에서 품어 나오는 검기가 소정방의 눈을 사로잡았다. 풍사귀와 동보량이 사타상여를 공격하고 있지만 좀처럼 밀리는 기색이 없었다. 그의 허리가 마치 능수버들처럼 유연했다. 소정방의 입에서 감탄사가 절로 나왔다.

"죽이기에는 너무 아깝다. 살려서 긴히 쓰면 좋은 제목이 될 것 같다. 생포해라."

소정방의 명령에 동보량과 풍사귀가 사타상여에게 근접하지 않고 간헐적으로 몰아붙이면서 항복을 권했다.

"합하의 명령이시다. 항복하라. 사타상여."

"어리석은 오랑캐야, 내가 항복할 것 같으냐? 하하하."

사타상여의 검이 동보량과 풍사귀의 공격에도 흔들리지 않고 섬광을 토했다. 김품일도 김품석의 한을 풀듯 성난 들소처럼 씩씩거리면서 검일의 뒤를 쫓았다.

"백제는 멸망했다. 항복하든지 목을 내놓아라."

"네놈의 형이 부하의 처를 겁탈하다가 개죽음을 당하더니 이제 네놈 차례구나. 하하하."

"내 형님을 욕하다니 살고 싶지 않은 놈이로구나. 네놈의 주둥이를 찢어주마."

김품일과 검일의 창검이 부딪쳤다. 이렇게 백제군과 나당군의 공방전이 지루하게 계속되니 소정방은 몸이 달았다. 대총관의 깃발을 높이 들고 군령을 반복해서 내렸다.

"멈추지 말고 공격하라, 조금만 밀어붙이면 석성산성은 우리 것이다."

지수신은 벌떼처럼 달려드는 나당군을 보고 정신이 아득했다. 죽음을 각오하고 전쟁에 임했건만 하나둘씩 병사들의 빈자리가 생겨났다. 김품일과 사투를 벌이고 있는 검일에게 말했다.

"우리 군의 전열이 흐트러지고 있소. 석성산성으로 퇴각해 공성전을 벌이는 것이 좋을 것 같소."

"나도 그리 생각합니다. 사타상여와 도침선사의 진, 모두 궤멸되었소."

검일이 고개를 끄덕이자 지수신은 퇴각 명령을 내렸다.

"나당군의 공격을 공성전으로 유도 할 것이다. 성 안으로 퇴각하라."

지수신과 검일이 백제군을 인솔하고 석성산성으로 들어가 버리자 소정방은 속이 뒤집혔다.

"지수신과 석성산성주은 놓쳤지만 사타상여와 도침은 안 된다. 석성산성에 들어가지 못하게 막아라."

"합하, 걱정 마십시오. 소장이 저놈들을 사로잡겠습니다."

동보량이 보병을 앞세워 석성산성으로 들어가는 사타상여와 도침의 퇴로를 차단했다. 앞뒤가 콱 막힌 사타상여와 도침은 석성산성에 들어갈 수 없고, 옥쇄 아니면 포로가 될 수밖에 없는 딱한 처지로 변했다. 그러나 사타상여와 도침은 당황하지 않고 나당군을 매섭게 공격했다. 소정방이 탄성을 질렀다.

"범 같은 용장이로다. 무조건 사로잡아라. 죽이지 말라. 중놈도 마찬가지다."

백제군의 사기는 사타상여와 도침의 사투에도 돌이키지 못하였다. 포위망이 좁혀오자 사타상여가 도침에게 말했다.

"소장이 퇴로를 열 테니 선사님이 후일을 도모하십시오."

"중놈이 살아 무엇 하겠소? 장군이나 후일을 도모하시오."

"아니오. 선사님, 어서 빨리."

사타상여의 다급한 목소리에 도침은 할 말을 잃어버렸다. 포위망을 뚫은 사타상여의 비장함이 미륵불이 환생한 것처럼 보였다. 도침이 왕릉원이 있는 능산으로 말머리를 돌리자 소정방이 주문 외듯 큰소리로 외쳤다.

"중놈은 잡아도 부처님의 제자라 죽일 수 없고 재수가 없으니 도망치게 놓아두고 저승사자처럼 날뛰는 사타상여나 잡아라."

"네, 합하."

동보량이 도침의 퇴로를 열어준 사타상여를 마치 독수리가 먹이를 채듯 그물로 낚아채니, 전쟁은 다시 공성전으로 이어졌다.

석성산성으로 들어간 백제군이 공성전준비에 심혈을 기울이고 있는데, 낭장 풍사귀가 성문앞에 나타나더니 소리를 고래고래 내질렀다.

"청마산성이 함락되었다. 성안에 숨 쉬고 있는 생명체는 모두 다 도륙했다. 항복하지 않으면 청마산성처럼 도륙하겠다. 기회를 놓치지 말고 항복하라."

청마산성을 도륙했다는 풍사귀의 외침에 병사들의 사기가 곤두박질쳤다.

"정말로 나라가 망하는 것 아닌가?"

"우리 가족은 어찌하누? 저놈들이 다 죽일 텐데…."

"설마 청마산성이 함락되었을까? 소정방이 술수 쓰는 것 아닌가?"

병사들의 걱정이 산처럼 쌓여갔지만 지수신은 멈출 수가 없었다. 병사들에게 호소했다.

"석성산성을 내주면 우리의 식솔은 모두 나당군의 창검에 난도질을 당할 것이다. 창검을 바로 잡고 석성산성을 사수하자."

병사들의 얼어붙은 마음이 조금씩 움직이기 시작했다.

"석성산성을 사수하지 못하면 사비성은 함락되고 우리 부모 형제는 나당군의 칼날에 죽게 된다. 죽더라도 싸우자."

"나도 누이동생이 있다. 나당군을 물리치자."

병사들은 두려움에서 깨어났다. 아니 두려움을 사기로 승화시켰다. 하늘을 날던 새들도 날갯짓을 멈추고 병사들의 결연한 의기를 지켜보았다. 군령을 내리지 않았는데도 자발적으로 북과 꽹과리를 치면서 소정방과 김유신을 조롱했다.

"청마산성이 당했다고 우리도 당할 것 같으냐?어디 한번 공격해 봐라. 당나라 오랑캐야."

"추잡한 김유신아, 도적의 앞잡이가 된 네놈의 심보는 소정방보다도 나쁘구나, 하하하."

소정방은 백제군이 결의를 다지는 것을 보고 진격 명령을 내렸다.

"당차부대는 성문을 일거에 부숴라. 궁수부대는 화살로 엄호하라. 운제를 동원하여 성곽을 넘어라. 깡그리 섬멸해 나당군의 기상을 보여라."

투석기로 집채만 한 돌덩이를 석성산성에 쏘아 올리자 성곽이 한순간도 견디지 못하고 무너졌다. 병사들이 돌과 아름드리 소나무로 무너진 성곽을 막았지만 나당군의 화력 앞에서 역부족이었다.

"석성산성을 죽음으로 사수하라, 형제들아."

지수신의 호소에도 하늘은 무심했다. 당차로 성문을 때리는 신라군의 끈질김에, 성문이 걸레처럼 나가떨어졌다. 김품일이 큰 소리로 외쳤다,

"계림의 깃발을 성곽에 꽂아라. 석성산성은 우리 것이다. 백제군의 씨를 말려라. 계림의 형제들아,"

신라군이 성 안으로 들어오자 지수신이 검을 빼들었다.

"죽고 싶으면 어서 오라 . 오랑캐의 사냥개야."

김품일은 계속 몰아붙였다.

"저놈의 주둥이가 아직도 살았구나? 계림의 형제들아, 지수신을 죽여라."

"네놈들은 내 상대가 아니다. 내 앞을 가로막는 자는 죽음뿐이다."

신라군의 포위망에서 지수신은 검무를 추었다. 그의 온몸이 핏빛으로 물들었다. 지수신의 사투에 검일의 얼굴색이 급변했다.

"어서 피하십시오. 내가 이놈들을 막겠소."

"저는 괜찮으니 성주님이 후일을 도모하시오."

"내가 죽을 곳을 찾았는데 어찌 궁색하게 살길 바라겠소. 장군은 공주가 있지 않소. 나는 연모하는 사람을 지키지 못해 평생 한이 되었지만 장군은 그러지 마시오. 김품일을 따돌릴 것이니 석성산성을 빠져나가시오."

"안 되오. 내 어찌 성주님을 담보로 살겠다고 하겠소."

검일이 화를 버럭 냈다.

"웬 말이 그리 많소? 어서 빨리 가시오."

검일은 지수신의 손을 뿌리치고 달려드는 신라군을 유인했다.

"내가 누군지 아느냐? 네놈들이 찾는 검일이다. 내 목에 수천 금의 상금이 걸려 있다. 으하하하."

검일이 탄 말이 무너진 성곽을 뛰어넘었다. 김품일은 지수신을 잡으려고 총력을 기울이고 있었는데, 석성산성주가 자신이 검일이라고 조롱하듯 외쳤다. 김품일의 얼굴에 화색이 감돌았다.

"계림의 형제들아, 저놈을 잡아라, 대왕의 원수이고 나의 원수다."

김품일이 검일을 잡으려고 방향을 틀자 지수신은 비로소 검일의 마음을 알아챘다. 율을 지키고 싶었다. 지수신의 마음속에는 오직 율뿐이었다. 지수신이 말 등에 올라타니 말이 주인의 생각을 알아챘다는 듯이 단숨에 성곽을 뛰어넘었다.

검일은 지수신이 눈앞에서 사라지자 하늘을 보고 호탕하게 웃었다.

"하하하, 부인 이제 내가 가오. 그동안 얼마나 적적했소."

"이놈아, 어디다 대고 헛소리야? 네놈은 이제 죽은 목숨이다."

"그래, 네놈의 소원대로 해주마."

검일이 단검으로 자신의 가슴을 찔렀건만 뜻대로 되지 않았다. 김품일이 검일의 단검을 낚아챘다.

"네놈 마음대로 죽을 줄 알았냐? 어리석은 검일아."

김품일은 검일을 생포했다. 죽지 않게 재갈을 물려 개처럼 끌고 갔다. 검일을 잡았다는 낭보에, 김유신은 십 년 묵은 체증이 내려간 것처럼 큰소리로 껄껄거리면서 김품일에게 명령했다.

"이제 모척만 남았다. 검일을 폐하가 오실 때까지 죽지 않게 하라, 후후후."

주름살투성인 김유신의 얼굴이 할미꽃처럼 활짝 피었다. 전쟁이 할퀴고 간 석성산성에 양군 병사들의 시체 썩는 냄새가 진동하니, 쉬파리 떼들이 윙윙거리면서 달려들었다. 이렇게 사비성의 관문인 석성산성이 하루도 못 버티고 무너졌다.

복신은 당수군이 나타나기를 기다렸다. 강물을 가로지르는 부표(浮漂)가 물결이 철석거릴 적마다 힘이 드는지 강물 속에 잠겨다가 다시 솟아올랐다.

묘시(卯時, 5~7시)가 되었다. 유인원이 몽충선과 해골선을 선봉에 세웠다는 첩보가 들었다. 놈들의 전투력을 백강 하구에서 맛보았기 때문에, 해전보다는 구르레포구로 유인해 몽충선과 해골선을 수장시키고 싶었다.

흑치상지는 복신과 달리 당수군과 전투를 처음 해보는 터라 강물을 불안한 눈빛으로 지켜보았다. 탐방선이 빠른 속도로 백강을 거슬러 올라왔다. 당군선이 보인다는 신호였다. 복신의 명령이 떨어졌다.

"당군선 백여 척이 몰려오고 있다. 전투 준비를 하라."

"둥둥…."

병사들도 북을 치면서 복신의 명령에 호응했다. 드디어 당수군의 선봉선인 몽충선과 해골선의 모습을 보이기 시작했다. 백강하구에서 살아남은 백제군선 십여 척이 물속에 박아 둔 부표로 유인하기 위해 화살을 쏘았지만 유인원은 비웃었다.

"저놈들의 군선을 따라 가지 마라. 잘못하면 부표에 걸려 수장될 수 있으니 구르레포구로 상륙해 백제군을 참살하라. 사비궁이 코앞에 있다."

유인원의 명령에 몽충선이 전속력으로 물살을 갈랐다. 후미에서 관망하고 있던 당군선이 화살로 몽충선을 엄호했다. 하지만 흑치상지는 당황하지 않았다. 장검으로 관우가 청룡도를 휘두르듯이 구르레포구로 상륙하는 당군을 저지하니 유인원이 괴성을 내질렀다.

"다른 놈들은 별것 없고 저 키 큰 놈을 집중적으로 공격하라."

하늘이 유인원의 소원을 들어주는 것처럼 백의종군하고 있던 유인궤가 나타났다.

"제가 저놈하고 자웅을 한번 겨루어보고 싶습니다. 허락해 주십시오."

"합하께서 자숙하라고 하셨잖소. 더구나 장군은 환갑이 넘었는데 저놈의 검술은 뱀처럼 요사스럽소."

유인궤는 물러서지 않았다.

"적과 싸우는데 나이가 많고 적음이 무슨 이유가 되겠소. 이번 기회에 공을 세워 백의종군을 풀고 싶소."

유인원이 마지못해 승낙했다.

"장군의 뜻이 그렇다면 말리지는 않겠소만 조심하시오. 저놈은 보통 놈이 아니오."

"고맙소. 이 은혜는 평생 잊지 않겠습니다."

유인궤는 해골선에 올라탔다. 해골선은 전속력으로 상륙부대의 뒤를 따라 구르레포구에 접안했다. 또한 강물 속에 박아놓은 부표 때문에 당군선이 멈추어 서니, 몽충선이 화풀이하듯 구르레포구로 불화살을 쏘아댔다. 마치 은하수 별똥처럼 백제군의 진영에 떨어졌다. 일진이 쏘고 나면, 이진 삼진이 계속 수레바퀴가 돌듯이 불화살을 쏘았다.

몽충선의 위력은 상상을 초월했지만 흑치상지는 멈추지 않았다. 칠 척 장신에 걸맞게 장검으로 벌떼처럼 달려드는 당군의 목을 잘랐다. 그러나 전황은 흑치상지의 생각처럼 되지 않았다. 목책을 빼앗기는 긴급 상황이 벌어졌다. 해골선을 타고 온 유인궤가 큰소리로 외쳤다.

"병사들아, 저 키 큰 놈을 생포하라. 저놈은 우리 당나라에서도 보기 드문 장수감이다."

당군이 무리를 지어 흑치상지에게 달려들자 복신이 큰소리로 말했다.

"흑치상지 장군, 당군의 공세가 만만치 않으니 조심하시오."

"제 걱정은 마시고 장군이나 조심하시오."

흑치상지가 혼신의 힘을 다해 당군을 몰아붙이자 대장선에서 관망하고 있던 유인원이 명령했다.

"키 큰 놈은 유인궤 장군에게 맡기고 백강 하구에서 도망친 복신을 잡아라. 수백금의 상금을 약속하겠다."

"복신을 잡아 상금을 타자. 와와…."

당군이 함성을 지르면서 복신을 포위하고 있는데, 생각하지도 않던 고란사(皐蘭寺) 주지와 승병들이 나타났다. 이들의 손에 죽창과 도끼, 그리고 병기가 될 만한 물건이 쥐어져 있었다. 복신은 주지에게 명령하듯 말했다.

"고란사에 계시지 않고 전장에 왜 오십니까? 돌아가십시오."

"아니오, 피할 사람은 장군이오. 우리가 이놈들을 막을 테니 장군은 살아남아 후일을 도모하시오. 어서 빨리…."

"흑치상지 장군이 위기에 처했소. 내가 구해주지 않고 어디를 간단 말이요."

"장군이 죽으면 누가 나라를 다시 일으키겠소? 흑치상지 장군은 걱정 말고 어서 피하시오."

복신은 피눈물로 약속했다.

"주지의 그 마음, 가슴 깊이 새기겠습니다."

"소승은 장군만 믿겠소. 나무아비타불."

복신이 눈앞에서 사라지자 유인원은 분통이 터졌다.

"병기를 잡은 중놈은 부처님의 제자라 생각 말고 모두 죽여라. 부처님이 죄를 묻은 다면 내가 대신 받겠다."

"중놈을 죽여라. 와와…."

변변치 않은 병기를 든 승병들이 하나둘씩 당군의 창검에 쓰러졌다. 마지막으로 주지가 쓰러지자 고란사의 독경 소리는 당군의 칼바람에 묻혀버렸다.

흑치상지와 공방전을 거듭하고 있던 유인궤의 얼굴색이 밝아졌다.

"복신이 도망치고 네놈만 남았다. 살려거든 검을 내려놓아라."

"그런다고 내가 오랑캐에게 항복할 것 같으냐?"

흑치상지가 유인궤를 장검으로 내리쳤지만 전세는 돌이킬 수가 없었다. 유인궤의 창이 흑치상지의 목젖까지 다가오자 칠 척 거한도 힘없이 주저앉고 말았다.

유인원이 유인궤의 손을 덥석 잡았다.

"백제의 살아있는 관우를 사로잡았구려, 수고했소."

"관우와 비길 수는 없지만 매우 쓸 만한 장수감 같습니다. 회유해서 쓰시면…."

"대총관의 눈이 보통 눈이오. 알아서 할 것이니 걱정 마시오."

구르레포구를 평정한 유인원은 마치 의자를 잡은 것처럼 마음이 들뜨기 시작했다. 유인궤도 유인원처럼 마음이 들떴다. 흑치상지를 사로잡은 공이 백의종군의 족쇄를 풀어줄 것만 같았다. 유인원이 사비궁을 바라보니 주인은 간 곳 없고 찬바람만 을씨년스럽게 불어대었다.

"쥐새끼처럼 의자왕이 도망친 것 같소."

"도망치면 몇 족이나 가겠습니까? 부소산성에서 숨죽이고 있을 것이니 지금 당장 쫓아가 잡으면…."

"그것은 합하의 몫이오. 더 이상 앞서나가는 것은 몸에 해롭소. 우리는 이곳에서 합하를 기다리면 족하오. 알겠소."

"장군의 깊은 뜻을, 이제야 알 것 같습니다."

"깊은 뜻이라… 하하하."

유인원이 유인궤를 바라보면서 큰소리로 웃기 시작했다.

7장 / 낙화(落花)

소정방은 백제의 도성인 사비성에 입성했다. 비록 의자가 부소산성으로 도망쳤지만 개의치 않았다. 더구나 우군낭장 유인원의 승전보까지 들어오니 소정방은 김유신의 속내를 떠보듯이 목소리를 높였다.

"유인원이 구르레포구의 백제군을 소탕하고 흑치상지를 사로잡았다 하오. 신라군도 용맹한 장수가 많은 것 같으나 아직 이렇다 할 공명을 세운 것을 보지 못했소. 빨리 공명을 세워 황은에 보답하여야 할 것이오. 아니 그렇소, 대장군?"

김유신은 소정방의 말투에 십 년 묵은 음식을 토할 것만 같았다. 김흠순이 손을 잡아당기면서 말렸지만 도저히 참을 수가 없었다.

"우리 신라군은 백제를 멸망시키는 것이 목표지 개인의 공명 따위는 관심 없습니다. 공명 따위는 합하나 가지십시오."

소정방은 김유신이 입에 거품을 물고 달려들자 한발 물러섰다. 그리고 시선을 김품일에게 돌렸다.

"생포한 검일이란 장수가 그렇게 비중 있는 장수요? 생각건대 인물됨이 그렇지 않은 것 같은데…."

"검일은 우리 대왕의 사위와 딸을 죽게 만든 역적입니다. 대왕의 따님이 소장의 형수님이기도 합니다."

소정방은 검일의 내력이 궁금했다. 씩씩거리고 있는 김유신에게 다시 물었다.

"신라군 장수가 사비성의 관문을 지키는 성주로 있다면 의자도 그 내용을 알고 있을 터, 왜 그런 자를 성주로 임명했는지 모르겠소. 내가 좀 더 알면 안 되겠소?"

김유신은 소정방이 알고 하는 소리인지 모르고 하는 소리인지, 그의 검은 속내를 알 수 없었다. 오장을 뒤틀리게 했다.

"쥐새끼처럼 부소산성에 숨어 있는 의자를 잡을 생각은 하지 않고 신라 내정에만 신경을 쓰시니 참으로 딱하십니다."

"대장군의 생각이 그렇다면 더 이상 묻지 않겠소."

소정방과 김유신이 기 싸움을 하고 있는데 군막을 지키고 있던 병사가 들어왔다.

"합하, 백제의 사신 사택천복이 뵙기를 청합니다."

"무슨 일로 왔다더냐?"

"자세한 내막은 알 수 없고 많은 재물을 가지고 왔습니다. 어찌하오리까?"

병사의 재촉에 소정방은 잠시 눈을 감았다. 그리고 감았던 눈을 뜨더니 김유신에게 물었다.

"대장군은 어찌 생각하시오? 사택천복이 할 말이 있어 온 모양인데…."

"다 이긴 전쟁에 사신은 무슨, 돌려보내십시오."

"돌려보내다니 그 무슨 말이오. 그는 우리 대당에 조공 사절로 온 적이 있어 나하고 친분이 있소. 내 어찌 궁하게 찾아온 옛 벗을 외면하리오. 대장군답게 사태 추이를 지켜보시오."

소정방의 손짓에 사택천복이 군막으로 들어왔다. 그리고 황제에게 부복하듯이 소정방에게 무릎을 꿇었다.

"합하께 사택천복이 인사를 올립니다."

"그대가 진상품으로 가지고 온 명광개 갑옷을 보고 선황제(李世民)께서 얼마나 기뻐하셨는지 그때의 일을 기억하시오?"

"소인이 선황제의 옥음을 어찌 기억하지 못하오리까?"

"기억하고 있다니 그나마 다행이오, 그런데 무슨 일이오?"

"전쟁에 대한 배상을 백제가 물겠사오니 철병을 요청하옵니다."

김유신이 벌떡 일어나 사택천복에게 삿대질했다.

"이놈아, 항복하려면 의자가 직접 와야지 패망을 방조한 신하를 보내 철병을 청하다니 정말 가소롭구나. 의자에게 냉큼 전해라. 직접 오라고."

김유신의 욕설에도 사택천복은 뜻을 굽히지 않았다.

"합하, 철병만이 대당을 위하는 길입니다. 속이 검은 신라를 믿지 마십시오."

"철병은 함부로 결정할 수 없소. 안타까운 일이지만 그대의 군주에게 강산을 보존하려면 무조건 항복하라고 전하시오."

소정방은 옛 벗의 소원을 들어주지 못해 마음이 아픈지 사택천복의 눈을 피해 군막을 나가버렸다. 소정방이 자리를 뜨자 사택천복도 군막을 나올 수밖에 없었다.

당군의 철병을 관철시키지 못하면 돌아오지 않겠다고 어지를 받들었는데, 소정방의 알 수 없는 대답과 김유신의 욕설에 사택천복의 늙은 육신이 축 늘어졌다. 마치 중죄인처럼 어전에 들어서자 의자가 물었다.

"그래, 소정방의 반응이 어떻소. 대좌평?"

"철병을 성사시키지 못하고 돌아왔사옵니다. 죽여주옵소서."

"큰 기대를 안 했는데 결과도 마찬가지니 괜찮소. 그래 다른 소식은 없소?"

"사타상여와 흑치상지가 생포되고 지수신은 검일의 도움으로 몸을 피했다고 하옵니다."

율이 사택천복의 눈빛을 살피면서 물었다.

"그럼 지수신은 어디로 갔나요. 혹시 알고 계시는지?"

"소신은 그것밖에 모르옵니다. 그것도 당 군영에 떠도는 소문으로 확실하지 않습니다."

율은 팽나무의 그늘에서 이별했던 그 순간이 가슴속에서 지워지지 않았다. 율의 어두운 마음처럼 나라의 존망은 예측할 수 없게 변했다. 부소산성을 에워싼 나당군의 창검이 하늘을 찌르고 뜨던 달도 구름 속에 숨어버렸다. 퇴로가 막힌 의자의 용안에 수심이 가득했다. 이런 스산한 분위기를 반전시키듯 율의 머릿속에

한 줄기 서광이 비쳤다.

"웅진성에 아바마마가 아끼는 예식진(禰寔進)이 방령으로 있사옵니다. 웅진성에서 군사를 모아 나당군을 물리치는 것이 어떻겠사옵니까?"

륭의 얼굴에 생기가 돌았다. 예식진이라면 용맹과 지략이 넘치는 장수다. 부왕이 웅진성을 맡기지 않았던가.

"아바마마, 웅진성으로 몽진해 후일을 준비하심이 좋을 것 같나이다."

태자까지 간청하니 의자의 시선이 사택천복에게 옮겨갔다.

"공주가 웅진성으로 몽진하라는데 대좌평의 생각은 어떠하오?"

산전수전 다 겪은 중신들도 생각하지 못한 몽진을 율이 생각해냈다. 사택천복은 율이 대견스럽게 보였다.

"폐하, 예식진은 용병술이 출중한 장수입니다. 웅진성으로 몽진하시어 후일을 도모하옵소서."

"그럼 이곳 부소산성은 누가 지키면 좋겠소."

의자의 말에 왕자 태가 눈물로 간청했다.

"아바마마, 능력이 부족하지만 소자가 부소산성을 지키겠사오니 걱정 마옵소서."

의자가 태의 주청에 반신반의 했다.

"대좌평, 견문이 짧은 태가 부소산성을 지킨다 하는데 감당할 수 있는지 모르겠소."

"심려 놓으십시오. 폐하, 소신이 태왕자를 보좌하겠나이다."

사택천복의 말에게 의자의 용안이 밝아졌다.

"오늘밤 축시(丑時, 밤 1~3시)를 기해 몽진하겠으니 대좌평은 차질 없이 준비하시오."

"망극하옵니다. 폐하."

사택천복은 몽진이 소문나지 않게 내관들의 입단속을 시키고, 고란사 나루에 나룻배 한 척을 준비했다. 칠흑의 밤은 계속되고 먹이를 찾던 부엉이도 닥쳐올 사비성의 비극을 아는지 숲속에서 나오지 않았다.

융은 부왕의 몽진길이 마지막이 될지 모른다는 생각에 모후가 계신 침전으로 발길을 옮겼다. 하지만 은고는 융을 전처럼 반기지 않았다.

"나당군이 코앞까지 왔다고 궁녀들이 수군거리는데 늦은 밤에 웬일이냐?"

"어마마마의 용체가 어떠신지 궁금해서요."

"어미는 환갑이 넘어 살 만큼 살았다. 어미 걱정은 하지 말고, 하고 싶은 말이 있으면 빨리 하고 가라."

침전을 밝히는 등불이 은고의 병색처럼 가냘프게 깜박거렸다.

"사비궁의 출입문인 구드레까지 나당군의 수중에 들어갔어요. 이제 부소산성을 공격할 기세여요. 불효 여식이 웅진성으로 몽진을 주청했어요."

은고는 예상 외로 담담했다.

"나당군이 부소산성을 유린할 텐데 부왕이 여기에 계시면 그 치욕을 어찌 다 감당하겠느냐? 예식진은 내가 자식처럼 보살펴 준 자다. 수행하는 사람은 몇 명이나 된다더냐?"

"태자 오라버니와 소녀, 내신좌평 국변성, 손등이 부왕을 보좌키로 했사옵니다. 어마마마를 모시지 못하는 불효를 용서하옵소서."

"어미는 늙고 병들어 침전 뜰도 나가지 못하니 짐만 될 것이다. 다만 선을 데리고 가라. 부소산성이 함락되면 필경 나당군의 노리개가 될 것이니."

선의 얼굴색이 변했다.

"소녀가 가면 누가 왕후마마의 시중을 들겠습니까? 분부를 거두어 주십시오."

"늙은 궁녀가 돌봐줄 것이다. 공주는 두 말 말고 선을 데리고 부왕의 몽진을 도와라."

"어마마마…."

율이 흐느끼자 선도 늙은 궁녀도 참고 있던 울음보를 터뜨렸다. 생기 잃은 부소산성은 만지기만 해도 터질 것처럼 긴장감에 휩싸였다. 은고가 율의 얼굴을 어루만지면서 말했다.

"네가 마음 아플까 봐 묻지 않았지만 지수신은 어찌 되었느냐? 석성산성이 함락되었다고 하니 죽었는지도 모르겠구나. 이 난국에 너희들 인연이 한 줌 구름이 될까 두렵도다."

"검일의 기지로 나당군의 포위망을 뚫었다 하옵니다. 심려 마옵소서."

"지수신이 죽으면 공주의 마음이 오죽이나 아플까? 어미가 얼마나 걱정했는지 아느냐? 이제 한 시름 놓았다."

은고는 두 손을 모아 부처님께 빌고 빌었다.

"걱정 마셔요. 지수신과 인연은 그렇게 쉽게 끝나지 않아요. 제 성격 아시잖아요."

"그래 잘 안다. 하나 인연이라는 것이 사람 마음대로 되지 않으니 그게 걱정이다."

모녀는 인연이란 매듭이 언제 풀릴지 몰라 마음을 졸였지만 다가온 현실을 되돌릴 수 없었다. 은고는 자신의 비통한 모습을 딸에게 보여주기 싫었다. 아니 딸의 모습도 보기 싫었다. 침전을 밝히고 있는 등불을 끄라고 늙은 궁녀에게 지시했다.

축시가 되었다. 몽진을 준비한 사택천복이 어전에 들어와 보니 의자의 모습은 군왕의 모습이 아니었다. 행색이 촌로처럼 초라했다. 사택천복은 목이 메어 말을 제대로 잇지 못했다.

"폐하, 떠나야 할 시간이옵니다. 통촉하옵소서."

"잠시 기다리시오. 대좌평."

의자가 어전을 둘러보니 옥좌와 자신의 손길이 닿던 물건들이 낯설고 어전을 밝히는 등불도 낯설어 보였다. 마치 정을 떼는 것처럼 보였지만 멈출 수가 없었다. 의자가 고란사 나루로 발걸음을 옮기기 시작했다.

태자 륭을 비롯한 중신들 그리고 율과 선이 뒤따랐으나, 이들의 발걸음은 마치 살얼음판을 걷는 것처럼 위태위태했다. 의자는 감회에 젖은 듯이 백화정을 한번 돌아본 후 바윗길을 내려가자 고란사에서 예불 소리가 구슬프게 들려왔다.

"폐하, 고란사 나루에 다 왔사옵니다. 웅진성까지는 한 식경정도 걸릴 것이옵니다."

사택천복는 어린애처럼 훌쩍거렸다. 어둠 속에서도 눈물이 보일 정도로 흘러내리자 의자도 마음이 편치 않았다.

"그대가 눈물을 흘리니 짐이 웅진성으로 떠날 수 있겠소. 눈물을 거두고 후일을 기약합시다."

"폐하, 나룻배에 오르십시오. 오늘따라 달빛이 보이지 않사옵니다."

"다시 한번 부소산성을 부탁하겠소. 대좌평."

의자가 나룻배에 승선하자 뱃사공이 노를 젓기 시작했다. 사택천복은 나룻배가 눈앞에서 보이지 않자 구슬프게 시 한 수를 읊었다.

소슬바람 불어와 역수는 차가운데
風蕭蕭兮易水寒

장사가 한 번 떠나면 두 번 다시 돌아오지 못하리

壯士一去兮不復還

호랑이 굴을 찾아 이무기 궁으로 들어가네

探虎穴兮入蛟宮

하늘을 우러러 외침이여, 흰 무지개 이루었네

仰天嘘氣成白虹

형가(荊軻, 진시황을 암살하려 했던 자객)가 역수(易水) 강가에서 부르던 이별의 시음(詩吟)이었다. 의자는 가슴이 뭉클해 뱃길을 멈추려 했으나 뱃사공은 계속 노를 저었다. 율도 역수강의 그날처럼 억장이 무너져 내렸다.

지수신은 석성산성을 빠져나왔지만 검일의 애달픈 눈빛과 개처럼 끌려가는 모습에 두 손으로 가슴을 쳤다. 그리고 검일이 부인을 그리워하듯 율이 주고 간 동경을 가슴속에서 꺼내, 율의 모습을 찾아보았다. 그러나 율은 보이지 않고 전쟁에 지친 자신의 모습만 보였다.

지수신은 동경을 가슴속에 집어넣고 부소산성을 바라보니 백강은 어둠에 싸여있고, 고란사를 밝히는 연등만 꺼질 듯이 깜박거렸다. 지수신은 연등의 불빛을 따라 고란사로 걸어갔다. 그리고 대웅전을 조심스럽게 엿보자 승려의 투박한 목소리가 귓전을 울렸다.

"도둑고양이처럼 대웅전을 엿보고 계시는 보살님은 누구신지? 이왕 오셨으면 들어오시오."

지수신이 대웅전의 문을 열면서 말했다.

"스님의 예불 소리에 잠시 발길을 멈추었습니다. 용서하십시오."

그런데 생각지도 않은 도침이 지수신을 반갑게 맞았다.

"잘 오셨소. 장군."

"이 한적한 고란사에 선사님이 어떻게…."

"장군도 알고 있는 것처럼 도망자 신세가 되어 이곳까지 왔소."

"소장도 검일의 도움으로 석성산성을 빠져나왔지만 도망자입니다."

"장군이나 이 중놈이나 도망자라니, 하하하."

도침은 어이가 없다는 듯이 크게 웃었다.

"웃을 일이 아닙니다, 무장으로서 부끄럽습니다. 선사님."

"아니오, 이 모두 부처님이 시킨 것이오. 하니 지난 전쟁에 집착하지 말고 도적놈들을 내쫓을 방법이나 강구합시다."

"맞는 말씀이지만 소장을 살린 검일은 분명 죽을 겁니다. 그것도 아주 처참하게."

도침이 지수신을 위로했다.

"검일은 장군의 모습에서 자신의 모습을, 공주의 모습에서 부인의 모습을 본 것 같습니다. 그가 원하는 것은 하루 빨리 이승의 끈을 놓고 부인을 만나는 것이겠지요."

"그리 말씀하시니 조금이나마 마음이 놓입니다만 이곳 고란사 주지는 어디 가셨는지요."

"구르레포구에서 복신 장군의 퇴로를 열어주다가 그만…."

"결국 고란사 주지까지 당했군요."

"그렇습니다. 고란사 승려 모두 부처님 곁으로 갔습니다."

지수신과 도침이 망연자실 하고 있는데 대웅전의 문틈 사이로 애잔한 시 한 수가 들려왔다.

"이 칠흑의 밤에 형가의 시를 읊는 사람이 누구일까요? 한 번 가보아야겠습니다, 선사님."

"그럼, 소승도."

도침과 지수신이 대웅전을 나서자 백강이 신음하듯 음산하게 울고, 둥지를 찾지 못한 물새들이 절벽으로 날아들었다.

지수신이 타사암을 바라보니 어디서 본 듯한 촌로가 통곡을 하고 있었다.

"폐하를 잘못 보필해 나라가 멸망의 지경에 이르렀도다. 더 참담한 꼴을 보기 전에 이승 끈을 놓는 것이 더 낫지 않겠는가? 누가 사택천복의 통분을 알겠는가? 잘 있어라. 타사암아."

지수신은 큰소리로 외쳤다.

"지수신입니다. 잠시 멈추십시오."

"지수신이라니 내가 잘못 들은 것 아닌가?"

"맞습니다. 대좌평."

"죽는 것도 마음대로 되지 않는구나? 장군이 석성산성에서 몸을 피했다는 것을 알고 있었지만 어둠 속에서 나타나 이승을 떠나려는 나를 막다니 하늘의 뜻은 알 수가 없도다."

"소장도 하늘의 뜻을 가늠할 수가 없습니다. 전장에서 죽지 않고 도망쳐 왔으니 대좌평 뵙기 민망합니다."

사택천복도 지수신 보기 민망했다. 조롱 속의 닭을 잡는다는 전략을 세워 신라군에게 탄현을 내주고 백강의 물길을 열어 당군을 상륙시켰다.

"그런 말 마시게, 흥수의 전략을 쓰지 않았는데 지는 것이 당연한 것 아닌가. 내가 패전의 주범일세."

"소장도 당군이 갯벌로 상륙할지 꿈에도 몰랐습니다. 대좌평의 죄가 아닙니다. 너무 자책하지 마십시오. 한데 형가의 시를 읊으신 이유를 물어보아도 되겠습니까?"

"특별한 이유는 없소. 다만 폐하의 몽진을 배웅하고 나니 마음이 울적해서 그랬소."

지수신은 가슴이 철렁했다. 그도 그럴 것이 군왕이 없는 부소산성은 빈 성이나 다를 것이 없었다.

"폐하가 몽진하신 것을 알면 백성들이 들고 일어날 것이니 이제 나당군보다 백성들이 더 걱정입니다."

도침도 분기를 참지 못했다.

"대좌평이란 분이 그렇게 한심할 수 있소? 몽진을 동조하고 배웅하다니 백성들보기가 창피하지 않소? 그리고 죽으러 가는 형가의 시가 마음에 들지 않소. 호랑이 굴에 이무기 궁이라니 대체 무슨 뜻이오?"

"선사님, 백강이 뚫렸고 석성산성도 함락되었소. 이제 남은 것은 부소산성뿐이니 무엇으로 나당군을 막겠다는 것이오? 공주님이 몽진을 주청하기에 나는 쌍수를 들고 찬성했소."

"그런다고 내용이 불길한 형가의 시를…."

도침이 사택천복을 탓했으나 현실은 급했다. 이무기란 글귀를 가지고 물고 늘어질 시간이 없었다. 지수신도 이무기란 글귀가 마음에 들지 안했지만 웅진방령 예식진은 백제의 촉망받는 장수였다.

"공주님도 웅진성에 가셨나요?"

"장군이 가장 궁금한 것을 말하지 않았군요. 몽진에 동행했소."

"그러면 소장도 웅진성으로…."

사택천복이 지수신의 말꼬리를 잡고 늘어졌다.

"웅진성보다 부소산성이 더 급하오. 폐하께서 둘째 왕자 태에게 수성을 맡겼지만 태 왕자는 지략이 없고 휘하 장수들도 부소산성을 사수할 만한 위인이 못 되오. 내가 장군을 추천하겠소. 두 말 말고 부소산성으로 갑시다."

"태 왕자는 소장을 좋게 보지 않았습니다. 특히 소장을 왕실 가족으로 받아들이는 것을 가장 많이 반대한 분입니다.”

“장군이 말한 것은 사적인 일이고 이것은 공적인 일이오. 태 왕자도 속이 좁은 분이 아니니니 내 청을 받아주실 거요.”

“죽은 자를 탓할 수 없지만 임자를 비롯한 명문거족은 소장을 사람 취급하지 않았습니다. 그런 소장에게 부소산성을 맡기겠습니까?”

지수신의 거절에도 사택천복이 계속 매달렸다.

“내가 있지 않소. 하니 너무 걱정하지 마시오.”

“이 중놈도 도울 테니 마음을 돌리시오. 장군.”

도침까지 거들자 지수신은 더 이상 거절하지 못 했다.

“소장의 생각이 짧았습니다. 대좌평.”

지수신이 사택천복의 청을 승낙하니 새벽을 알리는 수탉들이 붉은 벼슬을 자랑하면서 울어대었다.

부소산성의 수성을 위임받은 태는 나당군의 군세가 두려웠지만, 한편으로는 자신의 웅지를 실험할 좋은 기회라고 생각했다. 한 어머니의 몸에서 태어났으나 태자에게 모든 것을 양보했다.

태는 이런 아쉬움을 뒤로 하고 마치 백제의 주인이 된 것처럼 성곽을 지키는 병사들을 위무하면서 어전으로 들어갔다. 하지만 어전은 부왕이 몽진해서 그런지, 어전이 아닌 것처럼 낯설었다. 중신들과 왕자들의 눈빛도 매끄럽지 않았다. 어전의 음산한 분위기에 활기를 불어넣는 것처럼 사택천복이 지수신과 도침을 대동하고 들어가니 태의 얼굴색이 급변했다.

"지수신 장군, 나당군의 포위망을 어떻게 뚫고 들어왔소?"

"그것은, 왕자마마."

지수신이 말끝을 흐리자 사택천복이 전후 사정을 상세히 설명을 하면서 간곡히 주청했다.

"지금 부소산성에는 나당군과 싸워본 장수가 없습니다. 부소산성의 수성을 지수신에게 맡기십시오."

왕자 연은 태의 마음을 헤아렸다.

"형님, 지수신은 소정방에게 사비성의 문을 열어준 패장입니다. 부소산성의 수성을 맡기기에는 적절치 않고 전장에서 싸워온 피로가 누적되어 있어 능력이 있다고 해도 잘못하면 실패하기 십상입니다."

태자의 아들 문사가 반박했다.

"연 숙부님의 말씀이 틀린 것은 아니나 지금 당장 나당군과 대적할 만한 장수가 어디 있습니까? 전쟁에서 죽거나 부상당한 장수밖에 눈에 띄지 않으니 잘 판단하십시오. 소질은 지수신이 적임자라고 생각합니다. 태 숙부님."

문사가 나서자 연은 불쾌했다.

"문사는 아직 어려 잘 모릅니다. 형님을 보필하고 있는 자간 장군이 좋을 것 같습니다. 먼 데서 찾지 마십시오."

태도 자간에게 마음이 가 있었다.

"동생 말처럼 지수신은 지략이 출중하나 전쟁으로 인한 피로가 누적되어 있다. 당분간 쉬고 자간을 부소산성의 수비대장으로 임명하겠다."

사택천복의 얼굴이 돌처럼 굳어졌다.

"왕자마마, 지수신이 전쟁에서 패하였다고 하지만 전술이 부족해서 진 것이 아니옵니다. 수비대장은 지수신이 되어야 합니다."

태는 사택천복의 반대에도 불구하고 자간을 선택했다.

"대좌평은 본 왕자의 결정에 이의를 달지 마시오. 결정은 번복할 수 없소."

태의 결정은 한마디로 도박하는 것과 같았다. 자간이 무장이라고 하나 윗전의 눈빛만 살피는 소인배였다. 더욱 가관은 무수(武守)의 요언이었다.

"나당군과 격전을 벌이는데 지존이신 군왕이 없으니 백성들이 동요할 것은 자명하옵니다. 제일 급한 것은 군왕을 다시 세우는 것입니다. 웅진성으로 몽진 하신 폐하가 태 왕자에게 선위했다고 공표하면, 나당군은 새로 등극하신 군왕의 위엄에 스스로 물러갈 것입니다."

"무슨 잠꼬대 같은 소리냐? 태 왕자를 세 치 혀로 꼬드겨 만고의 역적으로 만들려 하느냐? 무수 이놈아."

사택천복이 호통을 치자 무수가 욕설을 퍼부었다.

"늙은 놈이 감히. 왕자마마, 사택천복을 내치십시오."

사택천복이 어전 바닥에 주저앉아 통곡을 했다.

"나라가 망하게 생겼다. 무수 저놈의 사지를 찢어 백성들의 본보기로 삼아야 한다. 왕자마마, 저놈을 능지처참하옵소서."

지수신도 울분을 토했다.

"후세에 지탄받을 일을 하지 마십시오. 왕자마마."

수비대장으로 임명된 자간이 무수의 주청에 동조했다.

"왕자마마, 무수의 주청도 일리가 있나이다. 군왕이 없는 부소산성을 누가 지키겠습니까? 나당군도 군왕이 없는 부소산성을 깔보고 달려들 것이니 속히 군왕이 되시어 백성들의 소요를 막으시옵소서."

연도 태의 욕망에 부채질을 했다.

"형님, 수비대장 자간의 주청이 맞습니다. 지금 당장 왕위에 오르십시오."

태는 무수와 자간이 왕위에 오르라고 선동하니 내심 흡족했다.

"내 비록 아둔하나 적들이 눈앞에 있으니 중신들의 주청을 받아들여 왕위에 오르겠소."

태를 지지한 연과 무수의 무리들이 만세 삼창을 어전이 울리도록 외쳤다.

"만세 만만세. 태왕 폐하 만만세!"

무수의 요언으로 태가 왕위에 오르는 촌극이 벌어졌다. 부소산성을 수성하고자 모여든 중신들이 태의 등극에 입을 닫아버렸다. 사택천복을 비롯한 지수신과 도침 그리고 효와 문사가 어전을 박차고 나가니, 어전은 그들만의 세상이 되어버렸다. 사택천복이 지수신과 도침에게 권했다.

"소인배의 세 치 혀로 경망한 태가 멋도 모르고 왕위에 올랐소. 나당군에게 절호의 기회를 주었으니 나라의 앞날은 웅진성에 기댈 수밖에 없소. 더 험할 꼴을 보기 전에 웅진성으로 가시오. 나는 여기서 부소산성의 최후를 지켜보겠소."

지수신은 사택천복의 손을 잡아끌었다.

"그래도 같이 가시는 것이."

"나를 괴롭히지 말고 두 분이나 이곳을 빠져나가시오."

도침이 사택천복에게 합장을 했다.

"부처님의 가호가 있기를 빕니다. 대좌평."

"두 분 잘 가시오. 부처님의 뜻이 있다면 다시 만날 것이오."

사택천복은 지수신과 도침이 눈앞에서 사라지자 다시 어전으로 발길을 돌렸다. 하지만 들어가는 것도 말처럼 쉽지 않았다. 어전을 수비하는 병사들이 창검으로 막았다.

"자간 장군의 명령입니다. 들어갈 수 없습니다."

"이놈들이 태를 허수아비로 만들더니 중신들의 출입까지 막는구나? 정말 가소롭다."

사택천복이 호통을 쳤지만 병사들은 자간의 수족이었다. 결국 사택천복은 은고의 침전으로 발길을 돌릴 수밖에 없었다. 왕위를 찬탈한 태의 조서가 저잣거리와 성곽에 붙었지만 상황은 녹록치 않았다. 귀족과 백성들이 동요하기 시작했다. 그러나 자간은 귀족과 백성들의 동요에도 믿는 구석이 있는지, 얼굴색 하나 변하지 않고 수족처럼 따라다니는 병사에게 명령했다.

"김유신에게 밀서를 갖다 주어라, 시간이 없다."

"걱정 마십시오. 장군님."

병사는 뱁새눈으로 주변을 살피더니 성곽을 다람쥐처럼 날렵하게 넘었다. 자간은 병사의 뒷모습을 지켜보면서 읊조렸다.

"수명이 다한 백제에 목숨을 걸 수 없다. 이제라도 공을 세워 목숨이라도 부지하는 것이 최상의 선택이다."

이처럼 장수들이 제 살 길을 도모하니 백제의 앞날에 그늘이 지기 시작했다. 그리고 왕자 태는 하루 한 나절도 안 되는 용상 때문에 부왕과 백성들에게 씻지 못할 치욕을 안겨주었다. 부소산성의 함락은 이제 초읽기에 들어갔다.

태자의 아들 문사가 부소산성의 저잣거리를 돌아다니면서 백성들을 선동했다.

"태 숙부가 간신배의 세 치 혀로 왕위에 올랐으니 만약 소정방이 물러가면 우리도 반역의 무리가 될 것이다."

백성들의 분노가 폭발했다. 용상을 훔친 태를 공격했다. 태는 들끓는 소요를 막으려 혼신의 힘을 다했지만 역부족이었다. 분노에 찬 백성들이 성곽을 넘어 도망쳤다. 문사가 효에게 눈물로 호소했다.

"태 숙부님이 반역을 저질렀으니 임존성으로 가는 것이 좋을 것 같습니다."

"내가 임존성에 간들 무슨 도움이 되겠느냐? 하니 내 걱정은 말고 떠나라."

"알겠습니다. 숙부님."

문사는 곧바로 부소산성의 성곽을 넘었다. 효는 어린 조카를 떠나보내고 나자 어머니 은고의 용태가 궁금했다.

자간의 밀서를 받아본 김유신은 마치 부소산성이 손안에 들어 온 것처럼 두 주먹을 불끈 쥐었다.

소장과 달솔 무수가 부소산성의 수비를 위임받고 왕자 태를 선동해 왕위에 올려놓았습니다. 이로 인해 백성들과 병사들이 사기를 잃고 자중지란에 빠졌습니다. 부소산성의 성문을 정오에 맞추어 열겠으니 진군하소서.

자간 배상.

김유신은 대총관의 군막으로 들어갔다. 그리고 자간의 밀서를 소정방에게 보여주니 소정방의 동광이 먹이를 발견한 독수리처럼 빛을 발했다.

"대장군의 계략이 천하의 으뜸이요. 하하하."

"무슨 그런 말씀을, 모두 합하의 공이지요. 이제 합하의 손짓 하나면 백제의 명운은 끝납니다."

"아니오, 태는 말만 왕이지 반역자에 지나지 않소. 의자가 도망친 부소산성은 큰 의미가 없소."

소정방은 부소산성의 함락에 큰 의미를 부여하지 않았다. 하지만 와해 직전인 부소산성을 굴러온 떡이라고 생각했다. 부소산성의 성루에 대당의 깃발을 꽂으라고 풍사귀에게 은밀히 지시하면서 공격 명령을 내렸다.

"약속한 정오가 다 되었다. 부소산성을 함락시켜라."

나당군이 날을 세우면서 부소산성을 물어뜯기 시작했다. 태는 나당군의 공격에 정신을 차릴 수 없었지만 자간에게 일말의 희망을 걸었다. 성곽을 지키는 병사에게 명령했다.

"이놈들아, 수비대장 자간을 찾아라."

"조금 전에 성문으로 갔는데 지금은 어디 계신지 알 수가 없사옵니다."

"그것을 말이라고 하느냐? 병사들의 사기가 말이 아니니 짐이라도 나서야겠다."

태의 명령에도 자간은 나타나지 않았다. 군왕의 위엄은 말이 아니었다. 이때 연이 눈에 잡혔다.

"네놈이 나를 부추겨 왕위에 올려놓고 이렇게 뒤흔들 수가 있느냐? 나당군이 코앞에 있는데 수비대장이란 놈은 보이지 않고 백성들과 중신들이 성곽을 넘고 있다. 너라도 병사를 지휘해 나당군을 막아라."

"형님, 이게 다 자간의 농간인 것 같습니다. 이놈들이 임자의 주변에 얼씬거릴 적부터 알아봐야 했는데…."

"이제 와서 그걸 말이라고 하느냐? 이놈아."

태의 말이 끝나자마자 성문에서 비명 소리가 들렸다. 연이 바라보니 자간이 수문장을 참살하고 성문을 열고 있었다.

"너 이놈 자간아, 무슨 짓이냐? 만고의 역적이 되려느냐? 냉큼 성문을 닫고 적을 막아라."

"백제는 멸망했소. 왕자님도 소장을 따라 항복하시오, 하하하."

자간이 도리어 항복을 권하자 연은 갈피를 잡을 수 없었다.

"형님, 피하십시오. 성문으로 신라군이 들어오고 남쪽성곽과 서쪽성곽은 당군이 점령했소."

"우리 병사는 모두 다 어디로 갔단 말이냐?"

"성곽을 넘어 도망치거나 신라군에 투항했소. 빨리 피하십시오."

"내가 자간의 세 치 혀에 나라를 그르쳤구나. 도망간다면 어디로 간단 말이야? 하늘 아래 나를 반겨줄 곳은 한 곳도 없다. 대좌평을 찾아라. 항복 사절은 대좌평이 해야 한다."

결국 태는 왕위에 오른 지 반 나절도 안 되어 두 손을 들고 말았다.

사택천복은 태가 왕위에 올랐다는 사실을 은고에게 고하지 못하고 애만 태웠다. 하지만 은고는 태의 반역을 알고 있었다.

"대좌평, 태가 대역죄를 저질러 부탁하기 민망하지만 나당군이 부소산성을 유린하고 있으니 어찌하겠소. 어리석은 태를 용서하고 이 난국을 수습해 주시오."

"소신이 태 왕자의 성품을 모르겠사옵니까? 자간 무리의 충동에 참담한 사태를 만들었지만 인품은 나무랄 데 없는 분이십니다. 심려 마옵소서."

효도 은고의 야윈 손을 잡고 흐느꼈다. 아들로서 아무 역할도 하지 못하는 자신이 부끄러웠다.

"어마마마, 소자를 용서하옵소서."

"효야, 네 마음은 어미가 잘 알고 있다. 부왕이 예식진의 보좌로 사비성의 탈환을 바랄 뿐이지만 이도 하늘의 뜻이니 알 수 없구나. 그리고 지수신의 행방을 알아보았느냐?"

은고는 율의 모습이 눈에 선했다. 지수신의 행방을 효에게 물었다. 효가 은고의 눈빛을 살피면서 머뭇거리자 사택천복이 고했다.

"지난밤에 소신과 만났습니다. 지수신이 부소산성을 방어하고자 했지만 패장이란 이유로 임명되지 못했사옵니다. 해서 소신이 웅진성으로 가라고 했으니 마음을 편히 가지옵소서."

"웅진성으로 갔다하니 정말 잘되었군요. 자, 그럼 빨리 태에게 가보십시오."

은고는 사택천복에게 손짓했다. 그리고 늙은 궁녀를 불렀다.

"궁녀는 어디 있느냐? 피곤하구나."

침전 밖에 대기하고 있던 늙은 궁녀가 은고의 부름에 나타났다. 그리고 은고를 부축해 금침에 눕혔다.

사택천복과 효가 은고의 침전을 나오니 나당군의 병사들이 항복한 병사들을 한 곳에 모아놓고 물고기의 내장을 꺼내듯 난도질해 참혹하게 죽이고 있었다. 이렇게 살육판이 벌어지고 있는 가운데 어린 궁녀 하나가 타사암으로 달아났다.

계집에 환장한 나당군의 병사들이 음탕한 웃음을 지으면서 어린 궁녀를 쫓아갔다. 사지(死地)에 몰린 어린 궁녀가 백강으로 낙화하면서 용왕님께 빌고 빌었다.

"도적에게 몸을 더럽히느니 물고기 밥이 되는 게 더 낫다. 용왕님이시여, 저의 몸을 받으시옵소서."

어린 궁녀가 백강으로 낙화했다는 소문이 돌면서 사비성의 꽃다운 처녀들이 타사암으로 몰려왔다. 이들도 어린 궁녀처럼 낙화를 했다.

백강의 용왕이 처녀들의 낙화에 놀랐는지, 물 울음소리를 천둥치듯이 내면서 검푸른 물보라로 용암바위[龍嵓, 조룡대]를 내리쳤다. 그래도 노기가 안 풀렸는지 발톱으로 할퀴면서 입으로 검

붉은 불꽃을 내뿜었다. 용왕의 노기에 소정방은 두려웠다. 백마를 잡아 제물로 바치자 용왕의 노기도 서서히 가라앉았다.

소정방과 달리 김법민과 김유신은 날아갈 듯이 기뻤다. 십여 년간 전쟁준비를 했던 결과가 빛을 보기 시작했다. 이들의 기쁨을 충족시켜주듯이 왕위를 찬탈했던 태와 왕자들, 그리고 사택천복이 몸에 밧줄을 감고 어전 뜰에 부복했다.

"백제의 노신, 사택천복이 의자왕의 아들과 더불어 합하께 항복하옵니다. 황제의 덕치가 뼛속까지 미칠 수 있도록 은혜를 베풀어 주십시오."

사택천복의 초라한 모습을 보니 소정방도 마음이 아팠다.

"그대를 보니 지난 일이 생각나 마음이 아프도다. 부소산성에는 또 누가 있는가?"

"부처님을 믿은 선량한 백성과 왕후 은고가 있으나 노환으로 궁녀가 시중을 들어야 할 정도입니다. 왕후 은고와 공포에 떨고 있는 백성을 위무해 주십시오."

"걱정 마라, 이 시간 이후로 백성을 괴롭히는 병사는 내가 참할 것이다."

소정방은 김법민에게 시선을 돌렸다. 소정방의 차가운 시선에 김법민이 고개를 숙였다.

"신라군도 합하의 명령을 따르겠사옵니다."

김범민은 고통을 감내하면서 백제를 멸망시키기 위해 기다려

왔던 긴 세월이 너무 아깝다고 생각했다. 황제의 눈에 들고자 많은 미인과 재물을 보냈는데 승리의 대가가 너무 초라한 것 같았다. 독오른 독사처럼 독을 숨기고 있던 김법민이 왕자들의 얼굴에 침을 뱉었다.

"지난날 네놈들의 아비가 내 누님과 매형을 원통하게 죽이고 옥중에 묻어, 20년 동안 내 마음을 아프게 하였다. 이제 네 놈들의 목숨은 내 손에 달렸구나, 하하하."

김법민의 경망한 행동에 왕자들은 숨소리도 내지 못했지만 사택천복은 아니었다.

"아무리 승전국 태자라 하나 도에 어긋난 행동을 망나니처럼 하니 심히 유감스럽사옵니다. 합하께서 신라 태자의 한을 풀어주기 위해 온 것인지 알려주옵소서."

김법민이 사택천복에게 호통을 쳤다.

"나라를 위태롭게 한 신하가 무슨 할 말 있다고 지껄이느냐? 의자를 잡기 전에 네놈의 몸을 난도질해 백강에 던지겠다."

사택천복은 망국의 신하가 되었고 김범민은 승자가 되었다. 아무리 옳은 말을 한들 망국의 신하는 승전국의 개돼지보다 못했다. 사택천복은 허탈하게 웃었다.

"김법민 이놈아, 나는 망국의 신하니 죽이든지 살리든지 마음대로 하라. 우리의 목숨이 네놈의 손에 달려 있으니…."

사택천복의 대쪽 같은 기개가 소정방의 가슴을 매섭게 때렸다.

"나는 황제의 덕화가 만천하에 미치기 위해 출병했다. 사택천복은 너무 이의를 달지 마라. 저하도 참으시오. 어차피 의자만 잡으면 부왕의 한이 풀리지 않겠소."

"합하, 소인이 좀 앞서 나간 것 같습니다."

김법민이 고개를 숙이자 소정방의 얼굴색이 밝아졌다. 그런데 한 가지 부족한 것이 있었다. 소정방의 시선이 유백영에게 멈추었다.

"공주가 보이지 않으니 어찌 된 일인가?"

"부소산성과 은고의 침전을 모두 뒤졌으나 보이지 않습니다. 의자를 따라 웅진성으로 도망친 것이 확실합니다."

"그렇다면 내가 생각해 둔 바가 있다. 이번만은 내 손 안을 벗어나지 못할 것이다."

"그렇게 말씀하실 일이 아닙니다. 그녀의 검술은 신기에 가깝습니다."

"신기? 그렇지. 좌군낭장도 그녀에게 쩔쩔맸지, 하하하."

소정방의 조롱 섞인 말투에 유백영의 얼굴색이 백지장처럼 변했다. 하지만 소정방은 유백영의 얼굴색을 의식하지 않고 명령했다.

"좌군낭장은 의자를 생포할 때까지 항복한 포로를 사비궁에 연금시켜라."

김유신은 펄쩍 뛰었다.

“포로에게 인정을 베풀 필요가 없습니다. 잡범을 가두는 지하옥사가 제격입니다.”

“아무리 그래도 백제의 중신들과 왕자들이 아니오. 지하옥사는 너무하지 않소.”

“합하의 마음을 알겠습니다만 참수하지 않는 것만 해도 감사해야 할 일입니다.”

소정방은 마음이 내키지 않았으나 김유신과 신경전만 계속할 수 없었다.

“내 이번만은 양보하겠소. 좌군낭장은 대장군의 말씀대로 시행하라.”

“알겠습니다. 합하.”

유백영이 사택천복을 비롯한 포로를 지하옥사로 끌고 가니 욕설과 피 냄새가 진동했던 부소산성이 찬물을 끼얹은 것처럼 조용해졌다. 하지만 부소산성의 성루에 나부끼는 나당군의 깃발은 석양빛에 어울려 붉게 타올랐다.

8장 / 점풍(占風)

의자를 태운 나룻배가 새벽녘이 다 되어 고마나루에 접안했다. 웅진강의 새벽녘은 노련한 사공도 길을 잃을 정도로 물안개가 자욱했다. 부소산성에서 따라온 둥지 잃은 갈매기가 나룻배를 한 번 돌고 이별하듯 사라졌다. 의자가 나룻배에서 내리자 웅진 방령 예식진이 부복했다.

"폐하, 나당군의 침략으로 얼마나 성심이 괴로웠습니까? 옛 도성에 오셨으니 성심을 바로 하옵소서."

"방령은 앞장서라. 짐이 소정방에게 당한 굴욕을 웅진성에서 풀겠다."

"망극하옵니다. 폐하."

륭은 웅진성으로 들어가는 부왕을 바라보았다. 칠순이 다 된 보령에 도망치듯 웅진성으로 몽진해 왔다. 지는 달그림자도 미워지고 떠오르는 태양도 달갑지 않았다. 이런 착잡한 심정에 륭의 발걸음도 점점 무거워졌다. 의자가 옛 궁궐의 숨결이 남아있는 별궁에 들어가자 예식진이 머리를 조아렸다.

"폐하, 다소 불편하겠지만 별궁에서 만기를 친람하옵소서."

"짐의 거처가 문제가 아니라 나랏일이 걱정이다. 웅진성의 병사는 얼마나 되느냐?"

"5천에 지나지 않지만 폐하가 몽진하신 것을 알면 인근 산성에서 병사들이 구름처럼 몰려올 것이옵니다."

국변성도 예식진이 믿음직스럽게 보였다.

"이제 안심하옵소서. 충성스러운 장수가 폐하의 곁에 있는데 소정방인들 두렵지 않겠나이까?"

손등이 예식진의 선친을 거론했다.

"방령의 선친인 사선공은 나라를 부강하게 만든 선왕(武王)의 장자방이었사옵니다. 방령도 선친에 못지않은 명신의 자질을 가지고 있사옵니다. 방령의 지략을 한번 믿어보옵소서."

"경들의 충언을 알겠다. 예식진을 방위군장으로 임명해 나당군를 몰아내겠다. 예식진은 짐의 뜻을 백성들에게 전하라."

의자가 어명을 내리자 예식진은 월성산성(月城山城)과 양화산성(陽化山城) 성주에게 파발을 보내고 봉화대에 봉화도 올렸다. 급한대로 방어책을 마련한 륭과 예식진이 웅진강의 물길로 이어지는 성곽에 올라갔다.

"이제 믿을 장수는 방령밖에 없소. 웅진성의 지세와 백성의 민심을 누구보다도 잘 알고 있는 방령이 중흥의 초석이 되길 바라겠소."

"웅진성은 문주왕이 천도한 이래 적의 침략을 한 번도 받지 않은 난공불락의 요새입니다. 소장이 웅진성에 배수진을 칠 것입니다."

"방령의 작전대로 된다면 얼마나 좋겠소, 정말 고맙소,"

륭이 말하면서 성곽을 살펴보니 성곽 틈 사이로 핀 앙증맞은 들꽃이 륭을 반겼다.

"어머 들꽃이 피었네, 참 예쁘기도 해라."

언제 따라왔는지 율의 목소리였다.

"인기척 소리라도 내야지 소리 없이 다가와 놀라게 하느냐?"

"아바마마가 침수 드시는데 별궁에 있으면 무엇 합니까? 그런데 두 분 무슨 밀담이라도? 제 흉을 보다가 들킨 것처럼 수상합니다."

"누가 공주님의 흉을 봅니까? 백제의 최고의 미인을, 절대 그런 일은 없을 것이니 안심하십시오. 소장은 부럽습니다. 지수신이…."

"부럽다니요, 부인께서 아시면 그 수염이 남아나겠어요? 농담도 잘 하시네."

율이 말하면서 예식진의 구레나룻 수염을 조심스럽게 살펴보았다. 하지만 구레나룻에 감추어진 그의 속내는 알 길이 없었다.

"공주님이 너무 아름다워 질투가 날 뿐이지 절대 아닙니다."

"아직 전사했다는 소문은 없으니 방령이 도와주십시오. 아바마마를 두고 찾아 나설 수도 없고…."

율의 시선이 상념에 잠긴 듯 웅진강으로 옮겨가니 강물속에서 지수신의 환영이 율의 손을 잡을 것처럼 다가왔다가 사라졌다. 마치 지수신을 본 것처럼 율의 눈빛이 애잔하게 발했다. 륭은 율의 눈빛이 마음에 들지 않았다.

"부소산성이 함락 직전에 놓여있는데 지수신만 생각하는 너를 보고 방령이 무어라고 생각하겠느냐?”

예식진이 륭의 가슴에 불을 질렀다.

“저하, 공주님의 용모가 소정방의 귀에까지 들어갔다는 소문이 웅진성에 자자합니다. 이를 어떻게 받아들여야 할지….”

“소정방이 어찌 율을 안단 말이요. 율아, 방령의 말이 사실이냐?”

“알긴 어떻게 알아요. 방령이 헛소문을 들은 겁니다. 오라버니.”

율이 예식진에게 화를 풀 듯 륭에게 풀고 성곽을 내려가 버리자 륭은 예식진보기 민망했다.

“공주가 저리 철이 없으니 내가 방령에게 얼굴을 들 수 없소. 정말 미안하오.”

“저하, 백강 하구에서 당군과 싸운 것만 보십시오. 공주님은 생각이 없으신 분이 아닙니다.”

”방령이 그리 생각해주니 정말 고맙소.”

륭이 화답하면서 경계를 서고 있는 병사를 바라보았다. 하지만 병사는 륭의 시선을 의식하지 않았다. 병사의 귓가엔, 당군의 말발굽 소리만 환청이 되어 들려왔다. 병사가 두려움에 떨고 있으나 륭과 예식진이 할 수 있는 방법은 아무 것도 없었다.

오로지 인근 성의 장수들이 거병하길 바랄 뿐이었다. 겁먹은 병사를 뒤로하고 지휘부에 들어가니 내신좌평 국변성이 수심이 가득 찬 목소리로 물었다.

"웅진방령, 부소산성의 소식을 들었소? 알면 말씀해주시오."

"부소산성이 함락되었다면 봉화가 올라오든가, 소장이 보낸 척후병이 전갈을 보낼 것인데 아직 아무 소식이 없으니 오늘은 별일 없는 것 같습니다."

"그리 쉽게 장담할 일이 아니오. 저하도 알고 계신 것처럼 나당군의 군세가 하늘을 찌르고 있소. 그리고 몽진 길에 들렀던 시 한 수가 머릿속에서 맴돌고 있으니 말이오."

"시 한 수라니요, 대체 무슨 말씀입니까?"

"몽진을 주선하신 대좌평이 백강을 바라보면서 형가의 시를 읊었소. 폐하의 상심이 어찌나 크신지, 방령은 그때 그 심정을 모를 것이오."

국변성은 이무기란 글귀가 마음에 걸렸다. 마치 예식진이 이무기처럼 음흉스럽게 보였다. 륭도 국변성의 마음을 모르지 않지만 지금 당장 기댈 장수는 예식진밖에 없었다.

"나당군과 싸울 생각은 하지 않고 불길한 형가의 시만 입에 담다니 방령에게 부끄럽지 않소. 내신좌평."

"저하, 조만간 좋은 소식이 있을 것입니다. 하니 너무 서두르지 마십시오. 소장 듣기 거북합니다."

예식진이 륭을 바라보니 태자로서 근엄한 모습은 사라지고 먹을 것을 달라고 보채는 어린아이처럼 보였다. 예식진이 한숨을 내

쉬고 있는데 성문을 지키는 병사가 들어왔다.

"지수신 장군이 왔습니다. 어찌하올까요. 방령님?"

"어찌하긴 지체 없이 들여보내라. 아니, 내가 가겠다."

예식진은 친위군장의 자리를 두고 지수신과 소원해진 적이 있었지만 그런 감정을 내색하지 않았다. 더구나 태자가 자신의 속내를 떠보고 있으니 지수신을 함부로 대할 수가 없었다. 지휘부를 나선 예식진이 금서루(錦西樓)로 올라갔다.

"수문장은 지수신 장군을 모셔라. 지금 당장."

"네, 방령님."

수문장의 안내로 지수신이 성 안으로 들어왔다. 그런데 입고 있는 갑옷은 너덜너덜해져 걸레처럼 보이고 얼굴은 며칠을 굶었는지 양 볼과 눈자위가 쑥 들어갔다. 지수신은 자신의 초라한 행색이 민망했는지 예식진에게 목소리를 낮추었다.

"승전을 한 번도 하지 못하고 패장으로 돌아와 면목이 없습니다."

"적은 병력으로 어떻게 승전을 기대한 말이오. 그 정도 했으면 할 만큼 했으니 폐하가 계신 별궁으로 갑시다."

"말씀만이라도 고맙습니다."

지수신이 예식진의 뒤를 따라 별궁에 들어가니 율이 자리에서 벌떡 일어났다. 하지만 지수신의 초라한 행색에 그만 눈시울이 뜨거워졌다.

"사형 이 모습은…."

율은 말을 잇지 못했다. 또한 알게 모르게 지수신을 지켜보는 눈길이 있었다. 선이었다. 그녀의 가슴속에 숨은 여심이 반짝거렸다. 지수신이 부복했다.

"폐하, 두 번씩이나 막중한 책임을 맡기셨는데 한 번도 완수 못하였사옵니다. 죽여주옵소서."

의자가 지수신을 위로했다.

"지난 전쟁에 미련을 둔다고 해서 다시 되돌릴 수 없다. 이제라도 방령을 도와 나당군을 물리쳐라."

"망극하옵니다. 폐하."

의자는 부소산성이 궁금했다. 아니 별궁에 있는 중신들, 모두 부소산성의 근황을 알고 싶었다.

"부소산성은 어떻게 되었는가? 태가 잘 방어를 하고 있는지 아는 대로 말하라."

"아뢰옵기 황송하오나 자간과 무수가 태 왕자를 왕위에 올려놓는 반역 사건이 있었사옵니다. 이로 인해 부소산성의 민심이 극도로 나빠져 세손을 비롯한 백성들의 탈출 행렬이 줄을 이었습니다. 결국 역적 도당에 의해 부소산성의 성문이 열리면서 나당군이 무혈 입성했사옵니다."

의자가 대노했다.

"짐이 수성을 잘하라고 그렇게 당부하였거늘, 자간 무리에게 속아 왕을 칭하고 부소산성에 나당군을 무혈 입성시켰다. 그런 놈에게 부소산성을 맡긴 짐의 잘못이 제일 크다. 왕후와 백성들은 어찌되었는지 아느냐?"

"나당군의 약탈과 살육, 부녀자의 능욕이 판을 치고 왕후마마는 침전에 구금되었사옵니다."

"짐만 살자고 몽진했으니 백성들의 고단함을 말로 표현할 수 있으리오. 짐이 죄인이로다."

융도 목이 메었다. 모후가 침전에 구금되었다지만 죄인의 신분으로 견딜 수 있을지 염려스러웠다.

"아바마마, 빼앗긴 것은 다시 찾으면 되고 역적은 토벌해 백성의 근본으로 삼으면 되옵니다. 미령하신 옥체 상할까 두렵사옵니다."

융의 위로에도 의자의 아픔은 쉽게 가시지 않았다. 마치 웅진강의 물결처럼 거세게 출렁거렸다.

륭도 답답했다. 소심하고 결단력 없는 태에게 막중한 책임을 맡긴 것부터 잘못이었다. 다만 문사가 태에게 반기를 들고 부소산성을 탈출했다 하니 그 뒷일이 궁금했다.

"지수신 장군, 문사는 어찌 되었소."

"그 이후로는 아는 바가 없나이다."

"그럼 도침선사는 어디로 갔소."

"승병을 모집하기엔 정림사(定林寺)가 좋다고 하면서 소장과 헤어졌습니다."

륭은 도침의 행적에 힘을 얻었다. 곧바로 의자에게 아뢰었다.

"아바마마, 조만간 도침 선사가 승병을 모집해 나타날 것입니다. 성심을 바로 하옵소서."

"짐도 도침의 범 같은 기상을 알고 있다. 하나 그리 쉽게 될시 모르겠구나."

등극 초부터 기개가 넘쳤던 의자가 이렇게 쉽게 무너질 줄은 그 누구도 예상하지 못했다. 삼한이라는 좁은 틀을 깨보자 했던 의자의 웅지가 당나라 등에 업힌 김춘추에 의해 물거품이 되었다. 하지만 빛이 보였다. 인근 산성에 어지를 보낸 것이 효과가 났는지 수문장이 별궁에 들어왔다.

"월성산성과 양화산성의 성주가 성문 밖에 와있습니다. 방령님."

예식진은 자신의 전략대로 되었다는 듯이 목청을 높였다,

"폐하, 월성산성과 양화산성의 성주는 충성심이 깊은 장수들입니다. 이제 웅진성의 수성은 큰 어려움이 없을 것 같사옵니다."

장수들의 거병에 침울하던 별궁의 분위기가 반전되었다.

"이제야 백성들을 볼 면목이 서는 것 같다. 태자와 방령은 이들의 충성심을 헛되지 않게 전략을 잘 세워라."

"알겠사옵니다. 아바마마."

륭과 예식진이 월성산성과 양화산성의 성주를 맞으러 별궁을

나가자 율이 의자를 위로했다.

"아바마마, 실전 경험이 풍부한 지수신이 방령의 한 팔이 되어 나당군을 방어할 것이옵니다. 너무 조급하게 생각 마옵소서."

"한 시름 놓았으니 물러가라, 피곤하구나."

별궁을 나선 율과 지수신이 만하루(挽河樓)로 발길을 옮기기 시작했다. 선도 따라 나섰다가 돌아섰다. 율이 한 치 오차도 없이 지수신에게 바짝 붙어 있어, 반갑다는 인사도 제대로 할 수 없었다. 율의 시선이 부담스러운 지수신은 차마 선의 손을 잡을 수가 없었다.

"사매의 핼쑥한 얼굴을 보니 마음고생이 얼마나 심했는지 알 만하다. 오라비로서 정말 미안하다."

"그런 말씀 마시고 공주님이나 위로해주셔요. 오라버니 때문에 얼마나 마음 아파하셨는지 모르실 거예요. 저는 폐하가 계신 별궁으로 가겠어요."

선은 발길을 돌렸지만 발길이 떨어지지 않는지 가끔 뒤를 돌아보았다. 하지만 율은 지수신이 살아왔다는 사실만으로도 족했다.

"검일 성주는 어떻게 되었습니까? 궁금해요."

"검일은 공주님의 모습에서 부인의 모습을 발견하고 부인에게 속죄하듯 신라군에 몸을 던졌습니다."

지수신은 검일만 생각하면 가슴이 아팠다. 율도 가슴이 아프지만 그 연모가 검일이 변치 않는 한 영원할 것 같아 한편으로는 부럽기도 했다.

"사형, 검일 성주가 생포된 것을 너무 자책하지 마셔요. 그것도 그가 선택한 몫이잖아요."

율은 지수신의 손을 잡고 만하루에 올라갔다. 나라의 전황은 어두운데 만하루에서 바라보는 강물은 도도히 흐르고 있었다. 그런데 시간이 지나면서 도도히 흐르던 강물이 출렁거리기 시작했다. 마치 지수신과 인연의 끈을 놓지 않으려는 율의 마음처럼….

을씨년스럽던 웅진성이 시끌벅적했다. 월성산성의 병사 1천을 웅진강의 성곽에, 양화산성의 병사 1천을 남문에 배치했다. 륭은 생사를 걸고 거병해 준 월성산성주 인수와 양화산성주 문갑의 손을 꼭 잡았다.

"고맙소. 오랑캐를 물리치고 난 뒤에 그대들의 공을 높이 사겠소."

문갑이 거병의 뜻을 밝혔다.

"어찌 나라의 위급함에 공명을 먼저 생각하오리까? 그런 말씀 거두어주십시오, 저하."

"이제 나당군은 소장들에게 맡겨 주십시오. 신명을 다해 나라를 지키겠습니다."

문갑에 이어 인수까지 충성을 맹세하자 륭은 흡족한 표정을 지었다. 그리고 예식진의 눈빛을 살피면서 물었다.

"나당군을 막을 방책을 세워야 할 것 같소. 혹시 세워둔 방책이 있으면 말해보시오."

"지세를 이용한 공성전으로, 한마디로 결사대를 만들어 벌집을 헤집듯 나당군의 심장을 찾아 숨통을 끊는 것입니다. 하나 실전을 경험한 장수가 없어 그것이 걱정이옵니다."

"실전을 경험한 장수라면 지수신이 있지 않소. 왜 먼 데서 찾으려 하시오."

"지수신은 실전 경험이 많지만 공주님이 그림자처럼 따라 다니고 있어 부탁할 수가 없습니다."

"그런 이유라면 내가 직접 지수신에게 말하겠소."

"소장, 저하만 믿겠습니다."

륭과 헤어진 예식진이 성곽을 지키는 병사들의 사기를 점검했다. 병사들은 비에 젖어 철벅거리는 성곽 길에 가마니를 깔고 물기를 흡수시켰다. 그리고 고인 물을 퍼내자 성곽 길이 한결 부드러워졌다.

또한 월성산성과 양화산성의 병사들이 주둔하고 난 뒤부터 웅진성의 음산한 분위기도 조금씩 바뀌어갔다. 이런 분위기에 고무된 예식진이 금서루로 가고 있는데 인수가 앞을 가로막았다.

"소장이 드릴 말씀이 있소. 잠깐 귀를 빌려주십시오."

"귀를 빌리다니 무슨 말씀입니까? 속 시원히 말씀해 주시오."

인수의 말투가 자못 심각했다.

"옛날이야기를 먼저 하겠소. 방령의 선친이신 사선공과 소장의 부친과는 호형호제 사이였고, 방령과 소장은 피를 나눈 형세보다도 더 가까웠소. 소장의 말이 틀렸다면 말씀해 주시오."

"새삼스럽게 무슨 말씀이오? 듣기 거북하오."

"그럼 말하겠소, 이번 전쟁이 승산이 있다고 보시오? 그것부터 묻겠소."

"사실 승산이 없소, 월성산성과 양화산성의 병력을 모두 합쳐야 7천이 조금 넘소. 좋은 전략이라도 생각해냈소?"

"전략이라면 전략이죠, 무조건 항복합시다."

"항복이라뇨, 나보고 역적질을 하라는 것이요. 못 들은 것으로 할 테니 마음을 돌리시오."

인수는 단념하지 않았다.

"소장의 말을 들어보고 항복을 하든지 항전을 하든지 마음대로 하시오. 선왕 때에는 방령의 조부님과 선친 모두 나라의 내정을 튼튼하게 하였소. 소장의 집안도 외교의 초석을 만들었소. 그런데 폐하는 친위군장에 미친한 지수신을 임명하셨소. 그래서 방령도 친위군장에서 밀려난 것 아닙니까? 소장도 월성산성의 봉수대나 지키고 있고 말이오."

예식진도 의자에게 서운함이 없지 않았다. 지수신이 친위군장으로 임명된 후, 웅진성에서 한 발짝도 나가지 않고 사비성에 그림자도 비추지 않았다.

"잠시 말미를 주시오. 내 깊이 생각해 보겠소."

"한 가지 더 말씀드리자면 소정방이 공주를 눈여겨보고 있다 합니다. 기억해 두십시오. 미인계로 써먹을 때가올지 모르니…."

인수는 예식진의 가슴에 불을 지르고 사라졌다. 예식진도 소정방이 율에게 마음을 빼앗겼다는 소문을 들었으나, 전쟁 중에 소문만 무성해 귓전으로 흘렸다. 그런데 인수가 말하는 것을 보면 헛소문이 아닌 것 같았다. 자신도 모르게 별궁에 와보니 율이 반겼다.

"어디 아프십니까? 얼굴색이 안 되어 보입니다."

"전략을 세우다가 밤잠을 설쳐 그만…."

"방령의 몸이 백제의 몸이니 잘 간수하셔야 해요. 방령이 힘들면 부왕도 힘들어져요."

"한데 공주님, 지수신 장군은 어디 갔습니까? 안 보이니…."

예식진이 말하면서 율의 모습을 훔쳐보았다. 인수가 말한 대로 별빛에 서린 눈망울은 제왕을 매혹시키고 남을 정도로 신비스럽게 반짝거렸다.

"방령, 무얼 골몰히 생각하십니까?"

예식진이 소리 나는 곳을 바라보았다. 지수신이었다.

"장군을 찾는 중이었소, 결사대를 만들어 오랑캐를 공격할까 하오. 혹시 저하께 말씀 안 들었소?"

"조금 전에 연락받았습니다만 무슨 문제라도."

"장군이 나서준다면야 무슨 문제가 있겠소. 그럼 승낙한 것으로 믿고 지휘부로 돌아가겠소."

예식진은 지수신을 보러 온 것이 아니었다. 율의 용모를 확인하고 싶었다. 율은 예식진이 도망치듯 눈앞에서 사라지자 기분이 매우 언짢았다.

"예식진의 표정이 좀 어색하지 않습니까? 무엇인가 잔뜩 숨기고 있는 것 같아요. 저를 아래위로 훑어보는 눈빛도 그렇고…."

"예식진은 충성심이 남다른 장수입니다. 그런 생각 마십시오."

"그래도 수상해요. 결사대를 맡으라는 이상한 소리까지를 하던데 무슨 함정이 있어요."

지수신의 머릿속에 이무기가 떠올랐지만 내색하지 않았다.

"공주님은 다 좋은데 남을 의심하는 게 탈입니다. 잊어버리십시오."

"그래도 불길한 예감이…."

율은 예식진의 음흉한 눈빛이 마음에 걸렸지만 나라 일이 먼저였다. 마음을 다잡고 지수신의 뒤를 따라 별궁으로 들어갔다.

예식진은 마지막 패를 만지작거렸다. 의자를 생포해 항복한다는 것은 보통 어려운 일이 아니었다. 하지만 멈추기에는 너무 늦었다. 웅진성을 나온 예식진이 고마나루의 주변을 조심스럽게 살피면서 점(占)집에 들어가자, 산신(山神) 웅신(熊神)의 목각상이 예식진에게 손짓했다.

예식진의 가문은 대대로 왕릉의 제사를 관장했다. 이로 인해 예식진의 조부는 귀족반열에 들어섰지만, 아직도 일가 중에는 귀족의 제사를 주관하고 점을 쳐주면서 가문의 전통을 이어온 친척들이 도처에 자리 잡고 있었다. 나이가 칠순이 넘을까 말까하는 점쟁이 노인이 예식진의 손을 반갑게 잡았다.

"집안 대소사에 잘 나타나지 않는 자네가 무슨 일로 왔는가?"

"숙부님, 나당군이 웅진성으로 진군하고 있습니다. 웅진성의 적은 병력으로 막을 수 있는지 점괘(占卦)를 한 번 보아주십시오."

"요즈음 천기가 자주 변하고 있어 속세인이 어찌 천기를 짐작하리오. 내가 천기를 누설해 염라대왕에게 잡혀갈지라도 자네를 위해, 아니 우리 가문을 위해 점을 쳐줌세."

점쟁이 노인이 수십 개의 나무 원판을 죽통에 집어넣고 신들린 것처럼 예식진의 주위를 빙빙 돌면서 허공에 던지니, 나무 원판이 허공에 맴돌다가 떨어졌다. 점쟁이노인이 방바닥에 떨어진 여덟 개의 나무 원판을 바라보면서 말했다.

"어디 한번 읽어보시게."

占風異域 就日長安

"점풍이역 취일장안, 불길한 점괘인 것 같습니다."

"불길하다니, 다시 한번 보시게. 여덟 자를 풀이하자면 '이역을 보고 점을 치니 바람은 마침내 장안으로 분다'가 되네. 장안은 곧 천자를 뜻하고 백제는 망한다는 것일세. 이런 점괘가 나왔으니 자네가 알아서 판단하게나."

"항복하라는 점괘 같은데 당분간 비밀을 지켜주십시오. 숙부님."

"내가 자네 부탁을 들어주었으니 자네가 내 부탁도 들어주게."

"말씀하십시오. 제가 할 수 있는 거라면…."

"자네의 검으로 내 수급을 잘라 웅진강에 버리게."

"숙부님을? 절대 안 됩니다."

"들어보시게. 내가 이승에서 머무는 마지막 시간이 바로 오늘이고 천기를 누설했으니 더 할 말이 있겠나, 내가 살아있으면 하늘의 뜻과 다르게 천기가 역할 수가 있다네. 어렵겠지만 내 부탁을 들어 주게나…."

점쟁이 노인은 예식진에게 무릎을 꿇고 절을 하였다. 엉겁결에 예식진도 맞절을 했다. 결국 예식진은 피 묻은 검을 들고 점집을 나왔다.

비구름 속에서 웅크리고 있던 태양이 웅진강을 바라보니 점쟁이 노인의 수급이 하늘을 한 번 우러러보고 검푸른 강물 속으로 사라졌다.

웅진성에 들어온 예식진이 점괘에 나타난 점풍의 의미를 되씹으면서 인수의 군막으로 들어갔다.

"늦은 시각에 소장을 찾아온 것을 보면 결정하신 것 같은데 맞습니까?"

"그렇소. 웅진강에 바람을 일으키고자 하오. 가르침을 받겠소."

"잘 생각하셨습니다. 결정하기는 쉽지 않지만 결정하고 나면 거센 폭풍을 지체 없이 일으켜야 합니다."

"잘못하면 악풍이 될 수 있소. 믿어도 되겠소?"

"조금도 걱정할 필요가 없습니다. 바람을 일으킬 소정방의 밀사가 진중에 와 있습니다. 만나보시면 흡족하실 것입니다."

인수가 군막을 지키는 병사에게 손짓하자 소정방의 밀사가 밝은 낯으로 들어왔다. 밀사의 모습에 예식진의 동광이 커졌다.

"충상장군이 아니십니까? 이곳에 어쩐 일로…."

"소정방의 부탁으로 방령을 회유하러 온 것이오. 이것이 소정방이 쓴 친필 서한이오."

"소정방이 친필 서한을… 이리 주십시오."

예식진은 소정방의 친서를 받아 마치 먹잇감을 발견한 독수리처럼 매섭게 읽어 내려갔다.

웅진방령, 본관이 많은 인재를 황제께 주청하여 등용시켰소. 방령도 나의 뜻을 헤아린다면 이번에 큰 바람을 일으켜 황제의 기대에 부응하길 바라오. 그대의 가슴속에 숨어 있는 바람을 일으킬 수 있도록 풀무 역할을 하리다. 대총관 소정방.

소정방이 풀무 역할까지 해준다고 다짐했다. 예식진은 더 이상 바랄 것이 없었다.

"소정방에게 바람이 되겠다고 전해주십시오. 충상장군."

"방령의 결정에 소정방도 크게 기뻐하실 거요. 잘 생각하셨소."

"충상 장군, 소장은 이만."

예식진이 인수의 군막을 나오자 마치 예식진을 조롱하는 것처럼 숲속의 개구리가 시끄럽게 울어댔다.

율과 선은 마지막이 될지 모르는 웅진강의 물결을 보기 위해 만하루로 올라갔다. 선은 자신이 밤하늘에 날고 있는 외기러기 같다고 생각했다. 이보다도 더 선을 외롭게 하는 것은 지수신을 넘볼까 봐, 주변 단속을 칼처럼 하는 율의 여심이었다. 하지만 웅진강의 물결은 선의 마음을 모르는지 티 없이 맑았다.

"공주님, 달빛에 비친 물결이 마치 거울처럼 투명해요. 비 오고 난 뒤 웅진강의 밤하늘은 정말 아름다워요."

"이런 때 사형은 어디 있담. 동생과 같이 웅진강의 밤 풍경을 구경하면 얼마나 좋겠어. 기회를 줘도 나타나지 않으니…."

"공주님, 제가 남의 떡을 탐낼 사람으로 보여요? 농담도 잘 하시네요."

율이 선의 속내를 떠보듯이 말했다.

"동생의 마음을 모를까 봐? 동생이 가슴속에 품고 있는 사람이나 내가 품고 있는 사람이나 같은 사람 아닐까?"

"공주님, 전 아닙니다. 잘못 짚었어요."

선이 퉁명스럽게 대답하고 웅진강 하류로 시선을 돌리니 수백 척의 당군선이 진군의 북소리도 죽인 채 물살을 가르고 있었다.

"공주님, 저것 보셔요. 당군선이 도둑고양이처럼 몰려오고 있어요."

"그래, 저놈들이 웅진강까지…."

율과 선은 뒤를 돌아볼 틈도 없이 별궁으로 달려갔지만, 별궁은 이미 예식진 수하들의 세상이 되어 있었다.

"이게 무슨 짓이냐? 폐하가 계신 별궁을 창검으로 겨누고 있다니 반역을 할 참이냐?"

율이 큰소리로 꾸짖자 수비부장이 나섰다.

"공주님, 불순한 무리들이 폐하를 범하려 하니 방령께서 별궁을 통제하라 명령하셨습니다."

"별궁에 병력을 동원하는 것이 부왕의 안위를 생각한단 것이냐? 너희들의 상관 예식진은 어디 있느냐?"

율의 호통이 끝나자마자 당사자인 예식진이 나타났다.

"공주님, 소장에게 하실 말씀이라도…."

"나당군이 코앞에 왔는데 별궁을 감시하는 것이 방령이 할 일이요? 부왕이 아시기 전에 마음을 돌리시오."

"이런 조치를 하는 것도 폐하를 위하고 나라를 구하는 길입니다. 공주님도 소장의 통제를 따라 주십시오."

"통제가 아니라 반역이다."

예식진은 율의 질타를 한 귀로 흘려들으면서 수비부장에게 명령했다.

"공주님과 선 낭자를 별궁에 모셔라. 내 명령이 없으면 폐하라도 나갈 수 없다."

율과 선을 반강제로 별궁에 몰아넣고 나니 예식진은 회심의 미소가 절로 나왔다. 점쟁이 노인의 점처럼 모든 일이 술술 풀렸다. 마지막 마침표를 찍듯 무장한 병사를 인솔하고 별궁에 들어가자 의자가 불같이 화를 냈다.

"네놈이 이 나라 군주라도 되느냐? 별궁에 병력을 배치한 이유를 말해보라."

"폐하, 웅진강으로 수백척의 당군선이 몰려오고 성문 밖에는 나당군이 진을 치고 있습니다. 이런 절박한 전황에 폐하의 안위를 책임지는 장수로서 병력 배치는 당연한 것이옵니다."

"병력 배치는 성곽에 해야지 방령은 궤변을 늘어놓지 마라."

"병력 배치만 가지고 입씨름할 때가 아닙니다. 사직을 보존하는 길은 무조건 항복뿐이옵니다."

"무조건 항복, 무슨 뜻인가?"

"소정방에게 무릎을 꿇고 빌면 설마 나라를 망하게 하겠사옵니까? 항복만이 살길이옵니다."

인수도 맞장구를 쳤다.

"폐하, 방령의 직언이 가장 훌륭한 전략이옵니다. 나라의 존망을 냉철히 판단하옵소서."

륭이 꾸짖었다.

"우리가 그 짓을 안 해본지 아는가? 좌평 각가도 보내보고 대좌평도 노구를 끌고 다녀왔다. 어리석은 짓은 그만하라."

예식진은 큰소리만 치는 륭이 가소로웠다.

"저하, 항복은 하지 않고 철병만 요청하는 각가와 사택천복의 말을 소정방이 믿겠습니까? 조건을 달지 말고 무조건 항복하시오."

지수신은 검을 빼들었다.

"예식진 이놈아, 드디어 본색을 드러냈구나. 네놈을 죽여 병사들의 군기를 바로 잡겠다."

"패전만 거듭한 놈이 헛소리만 작작 하는구나. 네놈의 무덤이 바로 이곳이다."

예식진도 검을 빼들었다. 별궁의 분위기가 험악하게 돌아가자 의자의 용안이 어두워졌다.

"지수신과 방령은 검을 집어넣고 하회를 기다려라."

의자의 만류에도 예식진은 화가 덜 풀려는지, 씩씩거리면서 무장한 병사들에게 명령했다.

"불순한 놈들이 폐하를 시해할 수 있다. 별궁 안의 검을 모두 회수해라. 불충을 저지르는 놈은 용서할 수 없다."

"네, 방령님."

결국 중신들의 검은 회수되고 막다른 길목에 몰린 의자가 두 손을 들었다.

"백성들의 피를 더 이상 볼 수 없다. 방령은 소정방에게 짐의 뜻을 전하라."

"잘 생각하셨사옵니다. 폐하."

예식진이 자신의 뜻대로 되었다고 목소리를 높였지만 율은 아니었다.

"항복은 아니 되옵니다. 예식진은 두 마음을 가진 역적 중의 역적입니다, 아바마마."

예식진은 자리를 박차고 일어났다. 더 이상 별궁에 지체하면 중신들이 반기를 들 것 같았다. 급히 인수와 문갑의 손을 잡아당겼다.

"두 분은 소장을 따라오십시오. 따로 할 말이 있소."

예식진의 손에 잡혀 인수와 문갑이 금서루로 올라갔다. 그리고 성 밖을 바라보니 창검을 든 나당군 병사들이 소정방의 공격 명령을 기다리듯이 도열해 있고, 웅진강 기슭에 접안해 있는 수백 척의 당군선이 웅진성을 집어삼킬 듯 노려보고 있었다. 이제 성 밖은 백제 땅이 아니었다.

"보십시오. 우리가 전면전을 한다면 이길 수가 있겠나? 무조건 항복만이 백성이 사는 길이고 나라를 구하는 길이요. 안 그렇소. 두 분?"

인수는 예식진보다 한술 더 떴다.

"소장의 생각도 같습니다. 창검을 들고 있는 나당군의 군세와 당군선의 위용을 보십시오. 우리 군이 저놈들과 싸운다면 반 시진도 못 버틸 것 같습니다."

문갑도 예식진의 비위를 맞추었다.

"방령의 결단이 나라를 구할 것이오. 나 같은 늙은이도 아는데 지수신은 너무 어려 경망스럽소, 허허허."

"소장의 선택이 최상은 아니지만 다른 방법이 없었습니다. 그리고 문갑 성주님, 한 가지 부탁해도 좋겠습니까?"

"무슨 말씀이신지 방령을 위해 남은 목숨 초개와 같이 버리겠소."

"지금 별궁을 소장의 수하들이 방비하고 있으나 불안하오. 별궁과 남문을 견고하게 지켜주십시오. 특히 당부할 것은 공주를 눈여겨 봐주십시오. 소정방이 마음에 담아 두었다 하오. 혹시 모르지 않습니까, 왕윤이 동탁에게 바친 초선이 될지."

"걱정 마십시오. 이 늙은이도 폐하와 중신들에게 불만이 많소. 방령의 덕에 공명을 좀 쌓아 볼까 하오."

문갑의 대답에도 예식진은 지수신이 마음이 걸렸다. 별궁으로 시선을 돌리면서 문갑에게 말했다.

"별궁으로 가보시오, 지수신 그놈이 또 무슨 일을 벌일지 모르잖소."

"지수신은 이 늙은이의 상대가 아닙니다. 걱정 마십시오."

문갑은 성루를 내려오면서 할 말을 잃었다. 이순이 다 되도록 대쪽같이 살아왔다고 자부했는데 일이 이상하게 꼬였다. 예식진에게 아첨을 한 것이 부끄러워 땅바닥에 침을 탁탁 뱉으면서 별궁으로 들어가려하니, 수비부장이 눈에 쌍심지를 켜고 달려들었다.

"누구냐? 네놈은…."

"내가 누군지 모르느냐? 별궁 수비를 하러 온 양화산성의 성주다."

"상부에서 연락받지 못했습니다. 돌아가십시오."

문갑에게 반 협박조로 말하는 수비부장의 눈에는 군왕도 없고 오로지 예식진만 보이는 것 같았다.

"네놈의 상관에게 냉큼 물어보라. 내 말이 틀린지…."

문갑의 말이 끝나자마자 예식진의 수하가 나타났다. 그때서야 수비부장은 경계심을 풀었다.

"조금 전의 무례를 용서하십시오. 방령께서 성주님의 별궁 출입을 허락하셨습니다."

"상관의 명령에 책무를 다하는데 내가 무슨 말을 하겠는가? 길이나 비켜주게."

"그렇다고 오래 지체하시면 안 됩니다."

"알겠네, 내 잠시 들어갔다 나옴세."

문갑이 별궁에 들어가자 반쯤 열린 창문 사이로 달빛이 스며들어왔다. 어머니의 품속처럼 포근한 여름밤이었다. 문갑의 출현에 지수신이 호통을 쳤다.

"별궁에 무엇 하러 기웃거리나? 폐하를 겁박하면 네놈의 목을 비틀겠다."

문갑은 지수신의 차가운 시선을 뒤로 하고 의자에 부복했다.

"폐하께서 즉위하신 해, 군무 이탈 죄를 지은 소신이 사면을 받았습니다. 소신은 그 후 석토성(石吐城) 공략에 참전하여 많은 공을 세웠습니다. 폐하의 성은을 저버린 소신을 죽여주옵소서."

의자는 즉위 원년에 죄인들을 사면한 적이 있었다. 그때 일을 회상하듯 의자가 잠시 눈을 감았다가 떴다.

"그대의 말처럼 옛일을 회상하였도다. 하나 짐은 이제 아무 힘이 없고 예식진의 겁박을 피할 수 없다. 그대도 살길을 찾아라."

"아니옵니다. 소신의 휘하 병력으로 폐하를 모시겠사옵니다."

"그럼, 짐이 어떻게 하면 되겠느냐?"

"금서루와 폐하가 계신 별궁은 예식진의 수하들이, 웅진강의 성곽은 인수의 병사들이 지키고 있어 그쪽으로 가면 성공할 수 없사옵니다. 다행히 소신의 병사가 남문에 주둔하고 있사옵니다. 남문은 험한 협곡으로 연결되어 있어 예식진의 수하들을 따돌리기는 손바닥 뒤집기보다 쉽사옵니다."

륭의 얼굴에 화색이 돌았다.

"아바마마, 어쨌든 이곳을 벗어나야지 않겠사옵니까? 예식진은 소자가 알고 있던 예식진이 아니옵니다. 그자의 마음에 음험한 반역의 기가 숨어있는지 꿈에도 몰랐나이다."

율도 생각할수록 화가 치밀었다.

"예식진은 난세를 원하는 간웅으로 아바마마를 배반할 것이옵니다. 하니 문갑의 청을 가납해주옵소서."

"소신 문갑, 한 말씀 더 진언하옵니다. 예식진은 공주님을 소정방에게 바치려 하고 있나이다. 마치 왕윤이 수양딸인 초선을 동탁에게 바친 것처럼 술수를 쓰고 있사옵니다."

문갑의 진언에 율의 얼굴이 뻘겋게 달아올랐다.

"승냥이보다도 못한 예식진을 죽이지 않고서는 이런 모욕을 참을 수 없사옵니다. 더 이상 미룰 것이 없이 결단을 내리셔요. 아바마마."

지수신의 눈에서도 불꽃이 튀었다.

"폐하, 문갑의 전략을 받아들이옵소서. 지체할 일이 아니옵니다."

국변성의 머릿속에 이무기가 헤집고 지나갔다.

"예식진은 이무기처럼 음험한 자로 용납할 수 없사옵니다. 속히 문갑의 전략대로 이곳을 떠나시옵소서."

이무기가 발톱을 드러냈다. 선택의 여지가 없었다. 의자의 결단을 재촉하는지 축시를 알리는 영은사의 종소리가 별궁문을 두드리자, 한동안 망설이던 의자가 비답을 내렸다.

"문갑 성주는 짐의 명을 받으라. 임존성주 복신과 대련사주지 의각은 짐의 아우다. 짐은 임존성으로 들어가 나라를 바로 세우겠다."

"명을 받들겠사옵니다. 폐하."

문갑이 어명을 받고 물러섰지만 지수신은 마음이 놓이지 않았다,

"별궁을 지키고 있는 예식진의 수하들은 정예병인데 그대의 병사로 제압할 수 있을지 모르겠소."

"소장의 병사도 정예병입니다. 한 말씀 더 드리자면 인수는 천벌을 받을 놈입니다. 공주님을 미인계로 쓰자는 술수는 그놈의 입에서 나온 것입니다."

"인수 그놈이 나를…."

율이 개탄했으나 결단의 시간만 남았다. 문갑을 믿을 수밖에

없었다. 잠시 생각에 잠겨있던 지수신이 문갑에게 물었다.

"이제 결행 시기가 문제요. 예식진이 눈치채지 못하게 알려주시오."

"예식진이 소정방을 만나러 갈 때가 가장 좋습니다. 그때를 놓치지 마십시오."

문갑이 허리에 찬 단검을 지수신의 손에 쥐어주고 별궁을 나오자 수비부장이 의심스런 눈빛으로 물었다.

"폐하를 알현하셨습니까? 폐하의 성심은 어떠신지 궁금합니다."

"이 사람 수비부장, 오랑캐들이 성문 밖에 득실거리는데 자네 같으면 잠이 오겠는가? 그러니 폐하를 잘 살펴드리게나."

문갑은 수비부장을 다독거린 뒤 남문으로 발길을 돌렸다. 문갑이 떠나자 별궁은 다시 고요해졌다.

새벽 물안개가 사라지고 태양이 웅진강의 잔물결에 춤을 추자 인수가 밝은 낯으로 지휘부에 들어왔다.

"소정방을 만날 준비가 다 되셨습니까?"

"준비랄 게 있겠소. 직접 만나 담판을 짓는 건데."

"그런데 방령, 별궁이 마음에 걸립니다. 문갑이 아무래도."

예식진이 인수의 어깨를 가볍게 툭툭 치면서 말했다.

"문갑은 표리부동한 인물이 아니오. 내 책임지리다."

"방령의 생각이 그렇다면…."

예식진의 자신만만한 표정에 인수는 더 이상 묻지 않았다. 이들은 이렇게 한 마음이 되어 웅진성을 빠져나갔다. 그런데 이들의 모습을 지켜보는 병사가 있었다. 문갑의 병사였다. 병사는 곧바로 문갑에게 보고했다.

"성주님, 예식진과 인수가 변복하고 웅진성을 나갔습니다."

"도둑고양이처럼 나갔단 말이냐?"

"그렇습니다. 어찌나 변장을 잘했는지 소인도 알아채지 못할 뻔했습니다."

"천금의 기회를 예식진이 만들어주다니 하늘이 도운 것 같구나. 하나 지체할 시간이 없다."

문갑은 병사들을 무장시켰다. 이제 의자의 구출은 시간문제였다. 병사들에게 호소했다.

"폐하를 모시는 일이 우리의 사명이다. 선봉을 내가 맡겠노라. 역적을 토벌해 나라를 바로 세우자. 양화산성의 형제들아."

문갑이 무장한 병사를 인솔하고 별궁으로 달려갔지만 수비부장도 만만치 않았다.

"무장한 병사는 별궁에 올 수 없습니다. 돌아가십시오. 성주님."

"방령의 명령으로 왔다. 비켜라."

"그런 지시 못 받았습니다. 성주님."

수비부장이 순순히 말을 듣지 않자 문갑이 검을 빼들었다.

"상관의 명령에 반하는 자는 참수할 수밖에 없다."

문갑의 돌발적인 행동에 수비부장이 큰소리로 외쳤다.

"양화산성의 병사를 막아라. 폐하를 빼돌리려 왔다."

"역적놈을 대신해 네놈을 먼저 죽여주마."

문갑이 수비부장의 목을 일거에 내리치자 마치 썩은 고목처럼 쓰러졌다. 문갑이 피 묻은 검을 들고 명령했다.

"역적의 졸개를 한 놈도 남김없이 죽이고 별궁문을 열어라."

"네, 성주님."

양화산성의 병사들이 별궁문을 부수기 시작했다. 문갑의 행동을 주시하고 있던 지수신이 단검을 움켜잡았다.

"공주님, 결행할 시간이 왔습니다. 폐하를 모십시오."

지수신이 별궁문을 지키고 있는 수비병을 향해 단검을 던지자 수비병이 지레 겁을 먹고 도망쳤다.

"아바마마, 별궁문이 열렸어요. 빨리 양화산성의 병사들이 지키고 있는 남문으로 가야 해요."

"아비 걱정은 하지마라. 율아."

율과 선의 부축으로 의자가 별궁을 나가자 문갑이 양화산성의 병사들에게 명령했다.

"우리의 사명이다. 폐하를 보호하라."

"알겠습니다. 성주님."

문갑의 작전으로 성공할 것 같았던 의자의 구출 작전이 급변했다. 월성산성의 부장, 사녹이 병사를 몰고 나타났다.

"성주님이 보는 눈이 맞구나. 문갑을 죽이고 폐하를 별궁으로 모셔라."

문갑은 인수의 뱀 같은 눈빛이 머릿속에 떠올랐다.

"네놈이 역적 괴수의 말만 믿고 철없이 날뛰고 있구나. 하늘의 응징을 당하지 않으려면 물러서라."

"나보고 역적이라고? 흐흐흐."

사녹의 비웃음에 의자는 억장이 무너졌다. 걷는 발걸음도 힘이 부치는지 의자가 비틀거리자 사녹이 큰소리로 말했다.

"폐하가 비틀거린다. 폐하를 잡아라."

"네, 부장님."

상황이 급변하자 지수신이 말했다.

"폐하, 소신이 모시겠습니다. 조금만 가면 남문이옵니다."

"아니다. 설마 예식진이 짐을 죽이겠느냐? 그대는 율을 데리고 임존성으로 가라. 짐이 율에게 해준 것도 없는데 잘못하면 당 황제의 첩실이나 노리개가 된다."

"폐하를 사지에 두고 갈 수 없사옵니다. 소신의 충심을 믿어주십시오. 폐하."

지수신이 절박한 심정으로 주청하니 율도 피눈물을 흘렸다.

"소녀도 예식진의 졸개와 싸우다 죽겠어요. 아바마마."

"아비의 마음을 그리 모르느냐? 어서 빨리 웅진성을 빠져나가라. 아비의 소원이다."

의자의 절규가 율의 폐부를 뚫고 지나갔다. 그러나 시간은 더 이상 기다려 주지 않았다. 문갑이 다급한 목소리로 말했다.

"지수신 장군, 금서루에서 예식진의 졸개들이 몰려오고 있소. 제가 이놈들을 막겠으니 빨리 남문으로 가십시오."

지수신도 금서루를 바라보았다. 문갑의 말대로 예식진의 졸개들이 무리를 지어 몰려오고 있었다. 지체하면 웅진성의 탈출이 허사가 될 것만 같았다.

"공주님, 폐하의 말씀을 들으십시오. 그것만이 폐하를 위하는 길입니다."

"아바마마를 두고 도망가다니 이 불효를…."

율이 가지 않으려고 발버둥을 쳤지만 이별의 아픔은 이제 시작이었다. 지수신이 율과 선을 앞세우고 남문으로 달리기 시작했다. 상황이 생각처럼 안 풀리자 사녹이 큰소리를 내질렀다.

"월성산성의 형제들아, 지수신과 공주가 남문으로 도망치고 있다. 놓치면 안 된다. 잡아라."

문갑이 코웃음을 쳤다.

"내가 막고 있는 한 네놈들은 지수신과 공주를 잡을 수 없다. 어서 오라, 역적놈들아."

"좋다, 문갑 네놈부터 죽여주마."

월성산성의 병사들과 예식진의 졸개들이 문갑을 에워쌌다. 의자는 사투를 벌이는 문갑을 바라보았다. 마치 신명난 저승사자처럼 문갑의 검에서 불꽃이 튀었다. 사녹은 안 되겠다는 듯이 후방에 있는 궁수에게 신호를 보냈다.

"문갑 저놈에게 화살을 쏘아라."

"으윽… 윽."

문갑의 머리 위에 화살이 비 오듯 떨어졌다. 벌집이 되어버린 문갑이 의자에게 마지막 문후를 올렸다.

"역적을 막지 못한 소신을 용서하옵소서."

문갑이 피를 토하면서 쓰러지자 의자가 대노했다.

"이놈들아, 그렇게 죽일 필요는 없지 않느냐? 같은 형제끼리 이게 무슨 짓이냐?"

사녹이 의자를 겁박했다.

"폐하를 위해한 간악한 자들이옵니다. 역적들을 진압했으니 별궁으로 드십시오."

"네놈도 방령과 똑같은 놈이구나."

의자의 힘없는 목소리가 허공에 맴돌았다. 결국 문갑의 작전은 피를 나눈 형제끼리 싸우는 비극으로 막을 내렸다.

예식진이 당 군영에 들어와보니 소정방이 13만 당군의 총수인 대총관이 된 이유를 알 것 같았다. 전쟁이 코앞인데 망중한(忙中

閑)을 즐기는 것처럼 녹음이 우거진 느티나무 그늘에서 나이 어린 병사와 내기 바둑을 두고 있었다.

"이놈아, 한 번만 물려다오."

"죽은 놈을 무슨 재주로 살립니까? 이번 판은 졌다고 손을 드십시오."

"정말 물려주지 않겠느냐, 고얀 놈."

"내기 바둑을 물리는 것 보셨습니까? 옆에 계신 풍사귀 장군에게 물어보십시오. 물려줘도 되는 건지…."

"그래, 내가 졌다. 이놈아, 허허허."

소정방은 진 것을 복수하듯 개가도 하지 않고 바둑알을 손으로 밀어버렸다. 바둑 내기에 이긴 병사가 소정방을 놀려댔다.

"합하, 다음번에도 물려달라고 하실 요량이시면 소인을 찾지 마십시오."

"그래 이놈아, 다시는 네놈을 부르지 않겠다."

일개 병사하고 바둑을 두면서 다투고 있는 이 노인이 흉노가 무서워하는 소정방인가 의심이 들 정도였다. 풍사귀가 소정방의 눈빛을 살피면서 말했다.

"합하, 친서를 보낸 효과가 난 것 같습니다. 웅진방령이 왔습니다."

"진작 말하지, 이 사람아."

소정방은 민망한 듯이 풍사귀를 탓하고 예식진에게 자리를 권했다.

“이 느티나무 그늘에 앉으시오. 딱딱한 군막보다는 여기가 낫지 않겠소. 격식을 차릴 것 없소.”

“환대해 주시어 고맙습니다. 합하.”

예식진은 소정방이 권하는 느티나무 그늘에 앉았지만 내심 불안했다. 소정방의 칼날 같은 눈빛을 애써 외면했다.

“방령에게 한마디로 말하겠소. 웅진성에 숨어 있는 그대의 군왕 의자를 생포해 오시오. 그리하면 내가 그대의 공명을 보장하겠소.”

“합하를 믿겠지만 그 뒷일이 궁금합니다.”

소정방의 어조가 심상치 않았다.

“뒷일이라니 그게 무슨 말이요? 흥정하려면 전쟁 전에 해야 했소. 의자를 잡아오든지 항전을 계속하든지 선택은 그대가 알아서 하시오.”

소정방은 예식진에게 생각할 틈도 주지 않고 매섭게 몰아붙였다. 결국 소정방의 일방적인 화술에 예식진은 압도되고 말았다.

“잠시 말미를 주시면….”

“아직도 내 뜻을 모르겠소. 우리 선황제께서 천하를 통일한 것도 속전속결이었소. 한 가지 더 첨언하면 공주를 필히 생포하시오. 그녀가 그대의 공명을 더욱 빛내줄 것이니….”

인수는 눈길 한번 주지 않는 소정방이 야속했다. 그런데 소정방의 입에서 불쑥 율이 튀어나왔다.

"합하가 말씀하신 공주는 별궁에 고이 모셔두었습니다."

"그것 한번 잘 되었소. 그대가 부소산성의 성문을 열어준 무수의 동생이라고 들었소만…."

"맞습니다. 합하께 인사 올립니다."

"인사는 무슨 그리고 웅진방령, 항복이 결정되면 금서루에 백기를 올리시오. 그러면 공격하지 않겠소."

"걱정 마십시오. 합하."

예식진이 당 군영을 나왔지만 소정방의 칼날 같은 눈빛을 생각하니 울화가 치밀었다. 인수에게 화풀이하듯 말했다.

"소정방이 말할 기회를 주지 않고 밀어붙이니 소정방을 믿어야 할지 머릿속이 매우 혼란스럽소."

"전쟁 중인데도 일개 병사하고 망중한을 보내는 모습을 보십시오. 방령을 실망시킬 위인이 아니니 걱정 마십시오."

인수의 위로에도 예식진의 머릿속은 더욱 복잡해졌다. 하지만 인수는 큰 꿈을 꾸었다. 성루인 금서루를 향해 목청을 높였다.

"성문을 열어라. 방령님이시다."

"알겠습니다. 성주님."

웅진성의 육중한 성문이 열리면서 사녹이 나타났다. 그런데 사녹의 표정이 수상했다.

"왜 썩은 고목처럼 서 있느냐? 무슨 일이 있었는지 냉큼 보고

해라."

"양화산성주 문갑이 반란을 일으켰습니다. 방령님."

"내가 문갑 그놈을 믿어 별궁 수비를 맡겼는데 나를 배신해? 그래 그놈은 어찌되었느냐?"

"문갑과 양화산성의 병사 모두 죽었습니다. 다만…."

"다만이라니, 무슨 소리냐?"

사녹이 죄지은 사람처럼 목소리를 낮추었다.

"공주와 지수신 그리고 선 낭자가 도망쳤습니다. 막지 못한 소인을 용서하십시오."

예식진은 앞으로 들이닥칠 파장이 눈에 선했다.

"인수성주, 지수신은 그렇다 치지만 공주가 달아났소. 어찌하면 좋소."

"공주는 잊어버리십시오. 다행히 폐하가 별궁에 계시니 소정방도 크게 노하지 않을 것입니다."

"내가 문갑을 잘못 생각해 일이 이 지경에 이르렀소. 정말 미안하게 되었소."

예식진은 마음이 급해졌다. 인수의 손을 잡아끌고 별궁에 들어가니 의자가 의심스런 표정으로 물었다.

"그래 소정방을 만나보았느냐?"

인수가 복명했다.

"무조건 항복하면 나라가 망하는 것만은 면하게 해주겠다고 약속했사옵니다. 김춘추와 협의해서 한다고 단서를 달았지만 대총관의 명령을 따르는 김춘추가 무슨 힘이 있겠나이까?"

"짐이 그대에게 묻지 않았노라, 방령이 대답하라."

예식진이 엉겁결에 인수의 거짓말을 인정해버렸다.

"단서라는 조건이 마음에 들지 않으나 사직의 보존은 무조건 항복만이 최선의 방법이옵니다."

국변성이 예식진을 큰소리로 꾸짖었다.

"폐하를 겁박하다니 반역과 다를 것이 없구나! 네놈의 선친과 친분만 없었다면 진작 웅진성에서 내쫓아야 했다. 내 그리 행하지 못한 것이 원통하다. 네 아비를 보아서도 그럴 수가 있느냐? 이무기처럼 음험한 놈아."

예식진은 국변성이 선친과 친분이 있던 터라 내치기를 주저했는데 이무기란 소리에 더 이상 참을 수가 없었다.

"선친의 벗만 아니었다면 지금 당장 끌어내어 참했을 것이오. 내 인내를 시험하지 마시오."

"내 친구 사선이 불충불효한 망나니를 낳았구나? 내 죽어 네놈의 아비에게, 네놈의 죄를 묻겠다."

결국 의자가 손을 들었다.

"내신좌평은 참으시오. 짐으로 인해 나라가 망할지 하늘만 알겠으나 백성의 희생을 줄이기 위해 항복하겠소. 방령은 짐의 뜻을 소정방에게 전하라."

손등이 눈물을 흘리면서 주청했다.

"소정방은 백전노장으로 결코 예식진의 상대가 안 되옵니다. 틀림없이 예식진이 거짓을 고하고 있사옵니다."

인수가 노골적으로 적의를 드러냈다.

"거짓이라고? 지나가는 소가 다 웃겠소."

"네 이놈 인수야, 말이면 다 말인 줄 아느냐?"

손등이 호통을 쳤지만 상황은 끝나버렸다. 금서루에 백기가 금빛 햇살을 받으면서 펄럭였다. 백성들이 참아 왔던 오열을 토해냈다. 소리 없이 흐느끼던 오열은 금세 웅진성을 울음바다로 만들었다.

백기를 바라보는 소정방의 마음도 착잡했다. 백제를 정벌했으나 앞으로 닥칠 전후 처리가 문제였다. 이를 증명하듯 김법민과 김유신이 상기된 표정으로 나타났다. 김법민이 먼저 하례를 했다.

"예식진이 백기를 내걸었군요. 경하드립니다. 합하."

김유신도 마음이 떨떠름하였지만 백제를 멸망시킨 소정방의 책략을 인정할 수밖에 없었다. 그만큼 소정방이 크게 보이는 것은 신라의 우환거리를 잘라내는 수술사의 역할을 빈틈없이 해주었기 때문이었다.

"합하의 탁월한 전략, 소장도 탄복했습니다."

"아니오. 백기가 걸렸으나 아직 성문이 열리지 않았소. 좀 긴장을 하고 지켜봅시다. 예식진이 약속을 지킬지…."

소정방의 여망대로 성문이 열리면서 예식진의 모습이 보였다. 그 뒤로 회색 죄수복을 입은 망국군주 의자와 태자 륭이 걸어 나왔다. 망국군주 의자의 모습은 한마디로 처참했다.

신발이 벗겨진 발바닥은 돌부리에 찢겨 피가 흐르고, 용안은 뜨거운 태양 볕에 붉게 타올라 차마 눈뜨고는 못 볼 정도로 험하게 변했다. 의자를 겁박했던 예식진마저도 눈가에 눈물이 핑 돌 정도였다.

의자는 황제에게 항복하는 것처럼 소정방에게 사배를 올렸다. 조금 전까지만 해도 일국의 군주요. 만백성의 어버이가 한낱 오랑캐 장수에게 머리를 조아렸다.

"죄인이 경망하고 옹졸해 황제의 깊은 성총과 덕화를 깨닫지 못했으니 죽어 마땅하오나 백성들만은 용서해주옵소서. 또한 이 시간 이후로 백제의 모든 성읍과 장수들은 병기를 내려놓을 것이옵니다."

소정방이 의자를 바라보았다. 얼굴에 파인 주름살이 그의 인고의 세월을 말해주는 것 같았다.

"그대가 잘못을 깨달았다니 천만다행이나 너무 늦었다. 정말 안타깝다."

"죄인 의자, 다시 한번 용서를 비옵니다."

소정방은 김유신이 들으라는 듯 유인원에게 명령했다.

"우군낭장은 죄인 의자를 사비성으로 압송하라. 그곳에서 망국군주의 죄를 묻겠다."

"네, 합하."

우군낭장 유인원은 의자를 호송선에 승선시켰다. 하지만 소정방은 아쉬움이 남았는지 예식진의 귀에다가 작은 목소리로 속삭이었다.

"공주가 보이지 않으니 어찌된 일이오? 무슨 변고라도 났소?"

"일부 몰지각한 놈들이 소요를 일으켰습니다. 그때 도망쳤습니다."

"큰일이오. 주군을 생포한 방령이 집 지키는 개에게… 다음부터는 그런 실수를 하지 마시오."

"심려를 끼쳐 죄송합니다. 합하."

"기회가 좋았는데 정말 아쉽구나."

소정방의 탄식을 뒤로 하고 의자를 태운 호송선이 물살을 가르자 웅진강의 물결이 이무기의 울음처럼 으스스하게 울기 시작했다.

9장 / 행주(行酒)

소정방은 백제를 정벌했으나 얼굴색이 밝지 않았다. 나라를 망친 군주라도 지하옥사에 가두는 전례가 없지만 김유신의 고집을 꺾을 수가 없었다. 결국 웅진성에서 오던 길로 의자를 비롯한 중신들을 사비성의 지하옥사에 감금해 놓았다.

하지만 그것이 끝이 아니었다. 병사들이 재물을 약탈할 수 있게 해달라고 졸라댔다. 요구를 들어주지 않으면 소요가 일어날 것 같은 불길한 예감이 들었다. 급히 장수들을 소집했다.

"병사들이 약탈을 원하고 있소. 제장들의 생각은 어떤지 말하시오."

낭장 풍사귀가 재물을 바라보듯 소정방을 바라보면서 약탈의 당위성을 장황하게 늘어놓았다.

"고구려 백암성주가 항복해오자 선황제가 항복한 백성들의 재물을 약탈하는 것을 못 보시겠다고 하시며, 선황제의 재물로 병사들의 공을 치하한 적이 있었습니다. 하나 작금의 현실은 황제께서 중원에 계시니 윤허 받기도 어렵고 병사들의 사기는 날이 갈수록 떨어지고 있습니다. 하루속히 약탈을 허락해주십시오."

당시 소정방은 서역(西域)을 침범하는 고창국(高昌國)을 막기 위해 출병했다. 고창국왕이 당군의 군세에 놀라 조공을 약조하는 바람에 서역의 모래바람을 잠재울 수가 있었다.

서역이 안정되자 선황제는 고구려의 북방요충지인 요동성을 함락시키고 백암성주 손벌음의 항복을 받았다. 풍사귀가 그때 일

을 상고하는 것 같았다. 좌군낭장 유백영도 말을 보탰다,

“병사들의 사기에 약탈만 한 특효약은 없습니다. 소장의 생각에, 약탈 기간을 정해두고 허락하시면 병사들의 소요를 막고 망국민의 피해를 조금이나마 줄일 수 있습니다.”

김유신도 유백영의 의견에 동조했다.

“망국 백성도 망국군주와 같이 일말의 책임을 지워야만 다음부터는 대국을 거역하지 않을 것입니다. 하니 조속히 결정해 주십시오.”

김유신까지 들고일어나자 소정방은 더 이상 미룰 수가 없었다.

“알겠소. 병사들에게 약탈을 허락하겠소. 다만 약탈 기한을 7일로 정하고 그 기간 안에 모든 약탈을 완료하라 이르시오.”

김유신은 만족했다.

“합하의 군령대로 지금 당장 시행하겠습니다.”

“그리하십시오. 대장군.”

소정방은 김유신이 눈앞에서 사라지자 풍사귀에게 명령했다.

“생포한 사타상여와 흑치상지를 데려와라. 의자가 항복하였는데 그놈들이라고 별수 있겠느냐?”

“당장 끌고 오겠습니다. 합하.”

풍사귀가 나가자 군사참모 이의부가 제동을 걸었다.

“그놈들이 항복할까요? 후한의 싹은 잘라버리는 것이 좋을 것

같은데."

이의부는 처음부터 흑치상지와 사타상여를 믿지 않았다. 예식진처럼 의자를 생포해온 것도 아니었다.

"선황제는 항복한 장수도 정관의 치를 만드는 데 일조케 했소. 그건 참모도 알 것이요. 흑치상지와 사타상여는 범 같은 장수로 잘만 쓰면 우리 당군에 큰 보탬이 될 것이오."

"합하의 뜻이 그러시다면 제가 무슨 말씀을 올리겠습니까? 알겠습니다."

우군낭장 유인원도 흑치상지를 회유해 패잔병의 무리인 잔적(殘賊)들을 토벌하면 좋을 것 같았다.

"합하의 안목은 황제폐하도 인정해 주시지 않습니까? 흑치상지와 사타상여는 보기 드문 맹장입니다. 잘 생각하셨습니다."

유인원의 말이 끝나자마자 흑치상지와 사타상여가 밧줄에 묶여왔다. 한 스승 밑에서 동문수학한 두 제자가 소정방의 포로가 될 줄은 꿈에도 몰랐다. 생사의 기로에 선 흑치상지와 사타상여는 탈출할 기회를 엿보았으나 말처럼 쉽지 않았다. 나라를 지키고 싶어도 군왕이 항복한 현실에 꺾이지 않을 것 같았던 흑치상지와 사타상여의 기개도 점점 약해졌다. 소정방은 흑치상지와 사타상여를 다독거리듯 자리에서 일어났다.

"두 분 장군, 얼마나 고초가 심했소. 장수들에게 잘 대해주라고 했는데 죄인 대하듯 밧줄에 묶여 오다니 다 본관의 불찰이요.

호송병은 무엇 하느냐? 두 분 장군의 밧줄을 냉큼 풀어 드려라."

"아니 되옵니다. 이자들이 합하를 위해할지도 모릅니다."

"본관이 진심으로 대했는데 그럴 리 없소. 군사참모는 걱정이 너무 많아서 탈이요."

소정방의 일침에 이의부가 한발 물러서니 호송병이 흑치상지와 사타상여의 밧줄을 풀어주었다. 흑치상지는 부끄럼 없이 당당했다.

"나라가 깊은 수렁에 빠졌는데 구하지 못하고 포로 신세가 되었으니 그 수치를 다 어찌 말하겠소. 내 목을 베어 후세에 욕이나 먹지 않게 해주시오. 나는 더 할 말이 없소."

"나도 흑치상지와 생각이 같소. 나라가 망했는데 구차하게 살아 무얼 하겠소. 빨리 참하시오."

사타상여도 체념한 것처럼 두 눈을 감았다. 석성산성에서 죽어간 이름 없는 병사들이 머릿속을 휘젓고 지나가니, 이번 전쟁이 누구를 위한 전쟁인지 회의감마저 들었다. 유인원은 이들을 회유했다.

"합하께서 두 분 장군의 용맹을 높이 사 황제폐하께 충성할 기회를 주려는 뜻이요. 의자왕이 예식진의 설득으로 항복했는데 지조를 지킨들 무슨 소용이 있단 말이요. 고집만 부리면 득이 될 것이 하나도 없소."

유인원은 예식진의 이름을 들먹거리면서 항복을 권했으나, 흑치상지는 마치 더러운 이름을 들은 것처럼 손가락으로 귓속을 후벼 팠다.

"그 역적놈을 우리하고 비교하지 마시오. 그놈이 있기 때문에 제대로 힘 한번 쓰지 못하고 무력하게 당했소. 듣기 매우 불편하오."

사타상여도 눈에 쌍불을 켰다.

"그놈과 비교하려면 즉시 참하시오. 우리는 그런 부류가 아니오."

소정방이 다시 한번 달랬다.

"우군낭장이 그런 뜻으로 말한 것은 아니요. 그대들의 재능을 아끼는 마음에서 한 것뿐이오. 다시 말하지만 아까운 용맹을 썩게 하지 마시오."

소정방의 화술에 강할 것 같았던 흑치상지의 기가 한풀 꺾였다.

"그렇게 말씀하시니 부끄럽습니다. 합하."

"사타상여도 흑치상지와 뜻을 같이하겠습니다."

"이제 그대들이 좁은 협곡을 벗어나 중원의 큰물에서 놀게 되었소. 참으로 잘되었소."

듬직한 장수의 항복을 받은 소정방은 마음이 들뜨기보다 썰물처럼 빠져나가는 장수들의 뒷모습을 보고 마음이 허전했다.

더구나 백제정벌은 항상 신라군을 염두에 두어야 하는 압박감에 어느 한 가지도 마음 놓고 처결할 수가 없었다. 소정방은 백제 정벌의 여정을 생각하다가 급히 병사를 불렀다.

“옥사에 감금되어있는 사택천복을 데려와라. 가급적 김유신 모르게 데려와야 한다.”

소정방은 말하면서 무언가 쫓기는 듯한 눈빛으로 창밖을 바라보았다. 어전의 뜰에 꽃술을 찾는 벌 나비만 분주하게 날아다녔다. 소정방은 김춘추가 오기 전에 전후 처리를 어느 정도 마무리해야겠다고 생각하고 있는데, 병사가 사택천복을 데리고 왔다. 잠을 못 이루어서인지 그의 얼굴이 창백했다.

“김유신의 눈치를 보시느라 의자왕을 지하옥사에 가두고 계신 합하께서 소인에게 무엇을 원합니까?”

“그 무슨 섭섭한 말씀이요. 옛 벗을 생각해 잠시 회포를 풀고자 그대를 부른 것이요.”

“말씀은 그리하나 소인을 부른 것은 다른 뜻이 분명이 있을 것 같은데 뜸 들이지 말고 말씀해주시오.”

“내 어찌 대총관으로 변방의 장수인 김유신의 눈치를 보겠소. 내 당장 의자왕을 지하옥사에서 사비궁으로 옮기라 하겠소. 이제 좀 마음이 풀리시오.”

“조금이나마 군주에 대한 불충을 던 것 같습니다. 합하,”

“그런데 말이오. 백제국의 사직은 어려울 것 같소. 내 그래서 부른 것이요.”

"망국의 신하가 대총관의 처분에 어찌 반기를 들겠습니까만, 백제와 대당과는 물길로 만 리라 황은이 미치려면 몇 날 며칠을 걸려도 닿지 않는 변방 중의 변방입니다. 삼한이 솥발 형세로 서로 견제하고 융합해 대당을 어버이 나라로 받들면 그보다 더 좋은 왕화가 어디 있겠습니까? 만약 백제를 멸망시키고 신라로 대신하게 한다면 대당의 아까운 병사만 희생시키는 죄를 범하게 될 것입니다. 소인의 방책으로는 의자왕을 폐위시키고 태자 륭으로 하여금 사직을 보존케 하는 것이 가장 합당하옵니다."

소정방도 태자 륭을 보위에 올려 대당의 꼭두각시로 만들고 싶지만 쉽게 결정할 문제가 아니었다.

"그대의 생각을 참고하겠지만 믿지는 마오. 김춘추와 상의해 결정할 것이니 그리 알고 돌아가시오."

"거듭 부탁드립니다. 합하."

사택천복이 두 손 모아 읍을 하고 어전을 나가자 소정방은 다시 생각에 잠겼다. 의자를 사비궁에 연금시키는 것을 김유신이 들고일어나겠지만 그런들 어떠하랴. 더 이상 생각하지 않기로 했다.

김유신이 먹이를 물고 신라군의 군영에 들어가자 굶주린 새 새끼처럼 병사들이 우르르 달려들었다.

"대장군이 약속한 약탈은 어찌 되었습니까? 말씀 좀 해주십시오."

"너희들이 기다리던 때가 왔다. 단 약탈 기간은 7일이다. 그 기간 안에 너희들이 백제의 왕이고 저승사자다. 취하고 싶은 계집은 모두 취하고 죽이고 싶은 놈이 있으면 모조리 죽여라. 알겠느냐?"

"그런 걱정일랑 하지 마십시오. 대장군."

병사들이 눈을 번뜩이면서 군영을 뛰쳐나가자 탐욕 냄새에 취해있던 군영은 을씨년스러워졌다. 군영에 홀로 남은 김유신이 조미압을 불렀다.

"반역자 검일은 잡혔다. 이제 남은 것은 모척을 잡는 일이다. 자네는 대왕이 오시기 전에 그놈을 꼭 잡아야 한다. 알겠느냐?"

모척도 검일처럼 대야성의 함락에 일조했다. 그리고 그 공으로 상단을 이끄는 행수가 되었다. 이를 기화로 상좌평의 집에 자주 들락거렸다. 하지만 조미압은 상좌평의 노비로 있어 신분이 달랐다.

"소인을 무시하고 개돼지 취급한 모척의 얼굴을 알고 있습니다. 뛰어야 벼룩이지요. 걱정 마십시오."

"한 가지 더 있다. 금동대향로(金銅大香爐)를 찾아라. 우리 신라는 안타깝게도 백제의 세공에 미치지 못했다. 금동대향로가 당나라까지 소문이 나 있어 소정방도 암암리 알아보고 있을 것이다. 소정방에게 빼앗기기 전에 선수를 쳐야 한다. 이 일이 끝나면 자네는 권신 반열에 설 것이다."

"금동대향로는 소인도 들은 바가 있습니다. 모척을 잡고 금동대향로를 찾아 대장군께 바치겠습니다."

"힘깨나 쓰는 병사를 내줄 테니 실수 없이 임무를 완수하라."

"소인을 믿어주십시오. 대장군."

조미압은 권신 반열에 설 생각에 오늘의 영광을 만들어준 임자가 생각났다. 주인으로 모신 임자의 집에 가보고 싶은 마음이 굴뚝 같았지만 백성들에게 몰매를 맞을까 봐 엄두도 못 냈다. 하지만 김유신이라는 뒷배가 생겼다. 김유신이 붙여준 병사를 인솔하고 임자의 집으로 말을 달렸다.

"나를 따라오라, 우선 임자 거처로 먼저 가겠다."

조미압은 개선장군이나 되는 것처럼 병사들에게 호령했다. 그런데 뒤에서 천둥 치는 소리가 들려왔다. 뒤돌아보니 당군이었다. 젊은 부녀자를 잡아 음욕의 유희를 벌이기 시작하였다. 부녀자의 부모와 남편, 형제들이 붙들고 말렸지만 이성을 잃어버린 당군은 부녀자의 식솔들을 무참하게 참살했다. 이렇게 사비성의 산과 계곡은 당군이 싸댄 질퍽한 방사물로 가득 차오르고, 살육이 판치는 인육시장이 되어버렸다.

조미압은 당군의 광란을 피해 임자의 집을 가까스로 찾았지만 주변 환경이 몰라보게 변했다. 임자의 집은 연못이 되어버렸고 주춧돌과 무너진 돌담만이 뒹굴어 다녔다. 집 주위를 살핀 조미압은 만감이 교차했다.

"내가 생각할 것이 있다. 네놈들은 잠시 이곳에서 쉬어라."

병사들은 조미압의 이상한 행동에, 다른 놈들은 계집 맛을 실컷 보고 있는데 이런 곳에서 연못이나 바라보고 세월만 낚으라는 건지 툴툴거렸다.

"역적의 집터를 둘러보고 있는 것 같은데 혹시 나리와 연관이 있습니까? 말씀 좀 해주십시오."

조미압은 병사들에게 그간 못 푼 화풀이를 했다.

"내가 네놈들에게 일일이 보고해야 하느냐? 조용히 하라."

이때 연못가에서 인기척 소리가 들렸다. 조미압이 바라보니 늙은 하인이었다.

"집사 나리, 어쩐 일입니까? 집사께서 백여우라고 소문이 자자하던데 그게 사실인지요? 이 병사들은 신라군이 아닙니까."

늙은 하인은 병사를 바라보다가 급히 피하려 했다.

"내 얼굴에 무엇이 묻었나? 보자마자 도망치게."

"당신이 상좌평을 죽게 만든 백여우 맞구나. 정말 실망했소."

"오해일세, 내가 간자 노릇을 한 것도 상좌평이 허락해서 김유신과 연결한 걸세. 대부인과 식솔들은 어떻게 되었나? 자네의 부귀를 책임지겠네. 말 좀 해보게나."

"부귀 그런 건 필요 없고 어차피 다 아는 사실 말하리다. 상좌평이 참수되자 대부인은 대들보에 목을 매 죽었소. 도련님도 대부인이 운명하신 것을 보고 백강에 투신했소. 한 집안을 몰락시킨 당신의 죄, 저승에 가서 어찌 다 감당하겠소."

임자가 노비였던 조미압을 면천해 주고, 집사까지 시켜준 은혜가 하늘같이 높은데 임자의 목이 사비성의 성루에 걸렸다. 조미압은 임자가 죽은 것이 자기 탓으로 생각했는데, 늙은 종놈이 자신을 종놈 다루듯 훈계했다. 임자를 회상했던 생각이 일순간에 달아났다.

"지난날의 정을 생각해 살길을 만들어주려고 했는데 나를 욕보이는구나. 구천에 떠도는 상좌평의 곁에 가 종노릇이나 실컷 해라."

"나는 네놈 때문에 주인도 잃고 식솔도 다 죽었다. 네놈이 말한 살길과 부귀는 네놈이나 실컷 누려라, 하하하."

"계림의 병사들아, 저놈의 목을 잘라 연못에 던져 버려라."

조미압의 명령에 병사들은 때를 만난 것처럼 늙은 하인의 목을 단칼에 잘랐다.

"으윽, 상좌평."

늙은 하인의 목이 연못으로 굴러떨어졌다. 병사들이 목 떨어진 시체도 연못에 던져버렸다. 충성스런 늙은 하인의 저승길, 길잡이 하는 것처럼 능사에서 승려들의 예불소리가 금성산 기슭으로 은은하게 울려 퍼졌다. 조미압의 광기가 발동했다.

"내가 네놈들의 소원을 들어주겠다. 저 예불 소리가 나는 절이 백제왕의 명복을 비는 능사(陵寺)다. 능사에 금동대향로가 있다. 예불하는 중놈들을 다 죽이고 금동대향로를 찾아 상금을 타라."

"알겠습니다. 금동대향로를 찾아 대장군께 바치겠소."

노략질에 구미가 당긴 병사들이 능사로 달려갔다. 대도문(大道門) 앞 연지(蓮池)에 핀 연꽃이 승려들의 예불소리가 마지막이라는 것을 아는지 잔바람에 흐느꼈다.

이제 능사는 신성한 곳이 아니었다. 승려들이 부처님을 모신 대웅전을 온몸으로 막았지만, 병사들의 칼부림 앞에서는 속수무책이었다. 결국 피의 대웅전이 되어버렸다.

"중놈을 모두 죽여 백제의 숨통을 끊고 금동대향로를 찾아라. 절간에 숨겨놓은 보물을 전부 서라벌로 가져가자."

말할 때마다 조미압의 매부리코가 벌렁거리면서 피 냄새를 찾아다니니, 흡혈귀가 따로 없고 조미압이 흡혈귀였다. 이렇게 흡혈귀가 되어 날뛰던 조미압의 시선이 한곳에 모아졌다. 병사들의 눈을 피해 도망치는 승려를 발견했다. 뒷모습이 모척이었다.

"네놈이 중놈으로 변장했다고 내가 모를 줄 알았더냐? 저 중놈이 모척이다. 머리카락 한 올 다치지 않게 생포해라. 죽이면 천금이 날아간다."

"알겠습니다. 나리."

결국 모척은 조미압의 손을 벗어나지 못하고 병사들에게 붙잡혔다. 조미압의 광기가 되살아났다.

"이놈 모척아, 내가 노비로 생활하였을 적에 무시하던 생각이 나지 않느냐? 다시 한번 무시해 봐라."

모척이 조미압을 비웃었다.

"네놈이 김유신의 간자라는 것을 알면서도 임자의 권세가 두려워 상부에 밀고하지 않았더니 내가 당하는구나. 하하하."

"이놈 봐라, 아직도 주둥이는 살았구나."

조미압이 모척의 가슴에 발길질을 해대자 병사들이 막았다.

"머리카락 한 올 다치지 않게 생포하라 해놓고 왜 죽이려 합니까?"

"걱정 마라, 이 정도로는 죽지 않는다."

조미압은 발길질도 모자라 모척의 빰을 후려쳤다. 이미 이성을 잃었다. 하지만 신라군의 세상인 능사에 당군이 언제 나타났는지, 금으로 만든 상륜(相輪)을 차지하려고 5층 목탑에 도끼질을 했다. 당군의 열망대로 상륜이 와르르 무너졌다. 당군의 광기는 신라군을 초월했다. 약탈에 눈이 뒤집힌 당군이 신라군 병사의 뒤를 쫓으니 조미압이 큰소리로 외쳤다.

"금동대향로가 선왕의 위패를 모아둔 빈전에 있다. 당군보다 먼저 찾아라."

"걱정 마십시오. 나리."

신라군병사와 당군이 빈전으로 들이닥치자 선왕의 위패가 신라군 병사와 당군을 물끄러미 지켜보기 시작했다. 조미압이 금동대향로를 칠기함에 넣고 있는 승려를 발견했다.

"저것이 금동대향로가 담긴 칠기함이다. 금동대향로를 뺏어라."

신라군병사가 승려를 단칼에 죽이고 칠기함을 빼앗자, 당군도 칠기함을 뺏으려고 신라군 병사에게 달려들었다. 조미압은 숨이 막혔다.

"금동대향로를 당군에게 빼앗기지 마라."

"웃기는 수작 마라, 능사의 모든 보물은 우리 당군 것이다. 네 놈들은 우리가 먹고 남는 뼈다귀나 처먹어라, 흐흐흐."

소정방에게 약탈의 당위성을 장황하게 늘어놓았던 풍사귀가, 칠기함을 들고 있는 신라군 병사를 향해 창을 던졌다. 결국 신라군 병사가 쓰러지면서 칠기함을 우물 속에 빠트렸다. 조미압과 풍사귀가 우물로 달려갔지만 칠기함은 보이지 않고 잔물결만 출렁거렸다.

"이게 무슨 짓이요. 우리 병사를 죽인 당신의 죄를 대장군에게 보고하겠소."

"보고하려면 하라, 감히 당군의 앞길에 재를 뿌린 죄는 어찌할 것이냐?"

조미압은 풍사귀의 광기에 할 말을 잃어버렸지만 모척을 생포하는 개가를 올렸다. 군영으로 돌아갈 명분이 생겼다.

"계림의 병사들아, 모척을 끌고 돌아가자. 이곳 능사는 당군에게 맡기고 대장군께 천금을 받자."

조미압은 아쉬움이 남았지만 능사에서 더 이상 버틸 수가 없었다. 재물에 눈이 뒤집힌 풍사귀는 신바람이 났다. 도망치는 조미압의 뒤통수에 대고 욕설을 퍼부었다.

"신라놈들아, 앞으로 우리 당군 근처에 얼씬하지 마라."

약탈에 눈먼 당군에 의해 선왕의 위패를 모신 능사가 한 순간에 사라졌다. 풍사귀가 왕릉원으로 눈길을 돌렸다.

"백제왕의 무덤을 파헤쳐 부장품을 꺼내라."

"이번에는 백제왕의 무덤이다."

당군은 다시 왕릉원으로 달려가 왕릉의 봉분을 파헤치고 부장품을 약탈했다. 능사의 파괴와 왕릉원의 도굴은 패륜적인 죄악이었지만 아무도 그들의 야만적인 행동을 말릴 수가 없었다.

사비성은 도성으로서 기능을 상실하고 탐욕이 이글거리는 용광로가 되었다. 풍사귀는 왕릉원의 도굴이 마무리되자 마치 공명을 세운 것처럼 당군을 몰아세웠다.

"이제 정림사(定林寺)만 남았다. 정림사에는 많은 공양물과 금은보화가 우리를 기다리고 있다. 정림사로 방향을 돌려라."

풍사귀의 명령에 당군은 무리를 지어 정림사로 벌떼처럼 달려갔다. 백성들은 이들의 만행이 부처님의 뜻이라고 받아들이기엔 너무나 큰 상처가 되었다. 그러나 어찌하랴, 이들의 약탈과 만행은 정림사에서도 멈추지 않았다.

부소산성에서 지수신과 헤어진 도침이 정림사에 들어왔지만, 정림사도 풍랑을 만난 난파선이나 다름이 없었다. 도침이 승병을 모집하려 해도 나당군의 군세 앞에서는 무기력했다.

더구나 대사찰 능사가 불타고 왕릉원이 도굴되었다. 이제 사비성에 남은 불사는 정림사뿐이었다. 하지만 정림사도 무사하지 못했다. 당군이 정림사로 몰려와 금당을 위협했다. 정림사 주지의 얼굴이 노랗게 변했다.

"당군이 부처님을 모신 금당을 파괴하기 전에 막아야겠다. 도침 사제."

"걱정 마십시오. 이 아우가 막겠습니다."

도침과 주지가 금당으로 달려갔지만 탐욕에 이성을 잃어버린 당군에게는 계란으로 바위 치기였다. 당군이 불상을 파괴하려고 달려들자 주지가 피눈물을 흘리면서 외쳤다.

"이곳 금당은 부처님이 계신 신성한 곳이다. 네놈들이 천벌을 받으려고 부처님을 농락하고 있구나."

"멸망한 나라의 불상은 금붙이일 뿐이다. 우리는 금붙이를 가지러 왔지 부처님을 모시러 온 것이 아니다. 중놈을 죽이고 싶지 않다. 냉큼 비켜라, 흐흐흐."

풍사귀의 조롱에 도침은 분통이 터졌다.

"저런 괘씸한 놈, 감히 부처님을…."

“우리 당군의 앞을 막는 놈은 죽음뿐이다. 저 중놈을 죽여라.”

풍사귀의 명령에 당군이 도침을 에워쌌다. 도침이 검을 빼들었다. 범 같은 눈을 고쳐 뜨면서 호통을 쳤다.

“불제자가 부처님 앞에서 살생을 하고 싶지 않지만 네놈들이 물러서지 않으니 어쩔 수 없구나. 부처님도 불충한 불제자를 용서해주실 것이다. 덤벼라.”

당군은 도침의 범 같은 모습에 압도되었는지 슬금슬금 금당 밖으로 뒷걸음을 쳤다. 도침은 이 틈을 이용해 주지의 손을 잡아끌었지만 주지는 뿌리쳤다.

“부처님을 모시는 주지로서 도망갈 수 없다. 죽는 한이 있더라도 정림사와 운명을 같이 하겠네. 자네는 남아 있는 승병을 데리고 정림사를 빠져나가라.”

“형님을 두고 정림사를 떠날 수는 없습니다. 같이 갑시다.”

“내가 부처님을 버리고 어디로 간단 말이냐? 잔말 말고 빨리 가라.”

주지의 피 토하는 말에 도침은 눈물을 흘렸다.

“형님의 생각이 그렇다면….”

도침과 승병이 정림사를 빠져나가자 숨을 죽이고 있던 당군이 금당으로 들이닥쳤다. 풍사귀가 큰소리로 명령했다.

“중놈들에게 살 수 있는 기회를 주었건만 죽기를 소원하는구나.”

"나무아미타불… 관세음보살… 으흑."

풍사귀가 주지에게 칼부림을 했다. 주지의 죽음으로 끝날 것 같았던 당군의 광기는 계속되었다. 불상에 붙은 금붙이를 떼어냈다. 결국 정림사의 불상도 능사의 불상처럼 앙상하게 뼈대만 덩그렇게 남았다. 다시 풍사귀의 광기가 폭발했다.

"대당의 병사들아, 다시는 불사를 일으키지 못하게 불을 질러라."

장엄한 정림사가 5층 석탑만 남은 채 모두 불에 타거나 파괴되었다. 이렇게 백강을 중심으로 가람(伽藍)을 배치한 사찰들이 불과 하루도 못 되어 불구덩이 속이나 당군의 도끼 앞에서 운명을 다했다.

복신은 눈을 감아도 병사들의 비명 소리와 고란사 주지의 마지막 당부가 머릿속을 떠나지 않았다. 설상가상으로 의자가 항복했다는 소식까지 들려왔다. 하지만 희망이 아주 없는 것은 아니었다. 예식진의 손아귀에서 벗어난 지수신과 율이 대련사에 왔다는 소식이었다. 하늘이 백제를 버리지 않았다는 실낱같은 희망에 복신은 자리를 떨고 일어났다. 그리고 대련사로 내려가 극락전의 문을 두드렸다.

"형님, 문을 여시오. 복신입니다."

대련사주지 의각이 극락전의 문을 열고 나왔다.

"늦은 시각에 아우가 오다니 어서 들어오시게."

지수신도 반갑게 맞았다.

"어서 오십시오. 소장 지수신입니다."

"장군의 생사를 걱정했는데 정말 잘 오셨소."

"폐하를 모시지 못했습니다. 성주님을 뵐 면목이 없습니다."

지수신의 직책이 친위군장이었다. 생사를 걸고 군왕을 보좌해야 할 막중한 책임이 있는데 군왕이 친위군장을 살리는 형국이 되었다.

"사형은 죄가 없어요. 그때 상황은 숙부님이라도 부왕의 명을 거절할 수 없을 정도였어요. 딸인 전들 가슴이 안 아팠겠어요."

"숙부가 언제 지수신 장군을 죄인이라고 했습니까? 폐하께서 쓰고자 하시는 용도가 따로 있을 겁니다. 그리고 공주님, 문사가 임존성에 와 있습니다."

"문사가 임존성에 있단 말이에요. 소정방에게 항복한 줄 알았는데 정말 잘 되었어요."

의각도 고개를 끄덕였다.

"천만다행이군요. 폐하의 혈육이 남아 있으니 망정이지 큰일 날 뻔했습니다. 공주님."

"그래요. 의각법사님, 태자 오라버니가 아시면 얼마나 기뻐하시겠어요. 이제 죽지 않고 살아있는 보람이 나요."

율이 말하면서 선의 얼굴을 조심스럽게 살폈다. 하지만 선은 애써 율의 시선을 외면했다. 자신을 문사와 연관시켜 보려는 것 같아 내심 마음이 불편했다. 그러나 지수신은 천군만마를 만난 것처럼 기뻤다.

"구심점이 되실 왕자 분들이 임존성으로 들어오시니 하늘이 우리 백제를 저버리지 않은 것 같습니다. 하니 힘을 내십시오. 공주님."

율은 임존성이 지수신의 입에서 흘러나오자 시선을 봉수산으로 돌렸다. 달그림자에 비친 임존성의 성곽이 협곡을 따라 용이 승천하듯 구름 속에 파고들고, 무한천(無限川)에 잠긴 봉수산이 잔물결에 춤을 추었다. 밤이 깊어가는 데도 율의 시선이 돌아오지 않자 복신이 자리에서 일어났다.

"공주님, 무엇을 그리 생각하십니까? 극락전에서 밤을 새울 수 없으니 임존성에 들어갑시다."

그때서야 율이 제정신으로 돌아온 듯 선의 손을 잡아끌었다.

"동생, 대련사는 불편할 것 같으니 임존성에 들어가자."

"아녜요. 대련사에서 승병들의 뒷바라지를 하겠어요."

의각은 이들의 인연이 윤회의 굴레처럼 심상치 않다고 생각했다.

"대련사는 임존성의 지척에 있어 임존성에 계시는 것과 별반 다르지 않습니다. 걱정 말고 임존성으로 들어가십시오. 공주님."

지수신도 선의 마음을 어렴풋이 알고 있지만 다른 방법이 없었다.

"사매, 생각이 바뀌면 임존성에 들어와. 기다리고 있을게."

"걱정 마셔요, 오라버니."

선의 애틋한 눈빛을 뒤로하고 지수신과 율이 임존성으로 발길을 돌리자, 의각이 선의 옷자락을 슬며시 잡아당기면서 말했다.

"너무 가슴 아파하지 마십시오. 봄가을이 순환되듯 중생들의 인연도 자연의 섭리대로 순환되니 누추하지만 요사채에 들어가 쉬십시오."

"고맙습니다. 의각법사님."

선은 의각에게 합장을, 그리고 다시 극락전을 지키고 있는 삼층석탑을 향해 합장을 하였다. 의각의 말처럼 임존성이 지척이지만 천 리 길이나 된 듯이 선의 마음을 외롭게 했다.

김춘추는 사비성의 풍경을 보고 회한에 잠겼다. 풍요롭고 화려하지만 옛것과 조화롭게 어울려, 고색창연한 빛을 품고 있던 삼한의 제일 도시 사비성의 영화가 간 곳이 없었다. 나당군이 할퀴고 간 사비성의 저잣거리는 백성들의 썩은 시체가 즐비하고, 굶주린 개들이 먹을 것을 찾아 어슬렁거리면서 배회했다.

감정이 사막처럼 매 마른 김춘추도 망국의 비애를 느낄 수밖에 없었다. 김춘추는 잿더미로 변한 절터를 차마 바라볼 수가 없었다. 하지만 김춘추의 얼굴이 대낮처럼 밝아졌다. 영접 나온 김유신이 머리를 조아렸다.

"백제 정벌을 감축 드리옵니다. 폐하."

김법민의 눈가에도 눈물이 고였다.

"아바마마, 백제왕 의자를 잡았으니 이제 성심을 편히 하옵소서."

김춘추가 거드름을 피우면서 말했다.

"대장군의 용병술로 돼지처럼 탐욕스러운 의자를 힘들이지 않고 잡을 수 있었소. 대장군의 공적을 실록에 적어 만대에 이어지도록 하겠소."

"이 모두 폐하께서 후방을 튼튼히 하고 병사들이 생사를 넘나드는 고통을 감내했기 때문에 오늘의 승리를 얻은 것이옵니다. 상을 주시려면 병졸부터 주시어 사기를 돈독케 하옵소서."

"대장군의 그 말씀, 짐의 가슴속에 새겨놓겠소. 자 그럼 소정방을 만나러 사비궁으로 갑시다."

"명을 받들겠사옵니다. 폐하."

김춘추는 사비궁의 아름다움에 취해 버렸다. 한마디로 사비궁을 단청으로 조화시킨 색의 극치는 어느 장인도 흉내 낼 수 없을 정도로 섬세했다. 서라벌에서는 가히 상상할 수 없는 고풍스러운 궁궐이었다. 마음속으로 사비궁을 지었던 장인(匠人)을 모조리 잡아 서라벌궁의 체질부터 바꾸어야겠다고 생각하면서 어전에 들어가니 소정방이 반갑게 맞았다.

"대왕께서 낙양에 오셨을 적에 뵌 적이 있었지만 그때는 내가 대왕의 고귀한 인품을 잘 알아보지 못했소. 오늘 뵈오니 대왕의 위명이 허명이 아니라는 것을 비로소 알았소. 대왕의 숙원을 이룬 것을 감축하오."

"하늘을 명을 받든 합하의 기개를 감히 누가 거역하오리까? 백제를 멸한 공이 천추에 빛날 것이옵니다."

"대왕의 말씀이 듣기는 좋으나 천추라는 표현은 좀 과한 것 같소."

"과하다니 절대 아닙니다. 합하."

"그만하면 되었소. 장수들이 기다리고 있으니 어서 좌정합시다."

소정방의 재촉에 김춘추의 시선이 의자가 앉던 옥좌로 옮겨갔다. 마치 주인 잃은 옥좌가 김춘추에게 손짓하는 것처럼 보였다. 김춘추의 눈빛을 읽은 소정방이 옥좌를 권했다.

"대왕께서 옥좌에 오르십시오. 아무래도 저곳이 상석이니…."

"아닙니다, 망국군주의 옥좌는 필요 없습니다. 만약 앉는다면 합하께서 앉으셔야 합니다."

"나도 욕심이 없소. 그러니 저 옥좌를 불살라 버립시다. 좌군낭장은 옥좌를 불살라 버려라."

"옥좌쯤이야, 합하."

유백영이 옥좌를 도끼로 찍어 불 속에 내던졌다. 성왕 이래 백제왕이 사용하던 옥좌가 재로 변했다. 김춘추는 옥좌가 자리 잡고 있던 빈자리를 바라보면서 말했다.

"합하의 승전보를 상세히 적어 황제 폐하께 올리고자 합니다. 이 김춘추가 올려도 되겠습니까?"

"원하신다면 그리 하시오. 그런데 대왕, 의자를 어찌 처리했으면 좋겠소. 내 생각은 망국태자로 하여금 백제의 사직을 잇게 하면 좋을 것 같은데 대왕의 생각은 어떻소."

김유신의 허연 수염이 고슴도치처럼 일어나 부들부들 떨었다.

"망한 나라를 일으켜 세워야 한다는 황제 폐하의 성심은 알겠지만 삼한의 근심거리인 백제만은 절대 안 됩니다. 하니 그런 말씀 마십시오."

소정방은 김춘추의 입에서 무슨 말이 튀어나올지 자못 궁금했다.

"대장군의 생각이 신라의 뜻인지 대왕께서 말씀해주시오."

"합하께서 신라의 국경을 튼튼히 해주셨는데 더 무슨 욕심이 있겠습니까? 신라의 소원은 단 한 가지, 의자를 비롯한 왕족을 모조리 잡아 백제 왕통의 씨를 말려주시는 것밖에 없습니다."

전후 처리를 미리 생각해 둔 것처럼 김춘추의 입에서 거침없이 흘러나왔다. 김흠순은 왜 백제를 통째로 당나라에 바치려는지 그 의도를 몰라 속이 타들어갔다.

"전리품은 전과에 따라 나누어야지 통째로 바치다니요? 백성들도 이해 못할 뿐더러 소신도 그것만은 절대 반대이옵니다."

김법민도 부왕의 속내를 알 수 없었다.

"김흠순 장군의 충언이 맞사옵니다. 말씀을 거두어 주십시오. 아바마마."

김법민까지 들고일어났지만 김춘추는 개의치 않았다.

"우리의 숙원을 해결했는데 더 이상 욕심을 부리면 하늘이 노할 것이다. 짐의 명을 거역하는 자는 지위고하를 막론하고 죄를 묻겠다."

소정방은 자신의 귀를 의심했지만 김춘추가 신라 장수들을 질책하는 모습을 보니 믿지 않을 수 없었다.

"대왕의 약 처방이 혼란스러운 나의 머릿속을 말끔히 정리했소. 해서 우리 대당은 의자를 비롯한 왕족들을 낙양으로 압송하고 백제에 도독부를 두어 직접 다스리겠소."

"합하의 그 말씀, 꼭 지켜주십시오."

"나는 허튼소리를 안 하는 사람이오. 아시겠소. 대왕?"

김법민은 또 다른 문제가 도출될지 몰라 내심 불안했다.

"합하, 전후 처리가 웬만큼 해결되었으니 부왕을 모시고 신라군의 지휘부로 갈까합니다. 허락해주십시오."

"원한다면 그리하시오. 저하."

김법민의 마음을 짐작한 김춘추는 자리에서 일어났다. 신라군의 지휘부는 백제의 문신들이 정사를 논하던 문사전(文士殿)이었다. 하지만 장수들은 어전을 소정방에게 내주고 곁방사리 같은 문사전이 우리의 차지냐고 불평을 해대었다. 김춘추가 지휘부로 들어오자 김범민이 조심스럽게 말문을 열었다.

"아바마마의 말씀대로 전후 처리를 한다면 막대한 군비와 군병들의 목숨을 담보로 얻은 전리품이 무엇인지 말씀하옵소서. 전리품을 얻지 못한 채 빈손으로 돌아갈 수 없사옵니다."

김춘추의 표정이 예상 외로 담담했다.

"백제가 멸망한 후, 백제는 당연히 우리 신라의 것이지만 지금은 때가 아니다. 당군 13만이 사비성에 주둔하고 있어 우리가 조금만 빈틈을 보이면 무력으로 우리를 제압하려들 것이다. 짐은 당의 군사력이 약화되는 시기를 기다리기로 했다. 그대들도 알다시피 당과 백제와 거리는 물길 만 리라, 도독부를 두어 다스린다는 것은 말처럼 쉽지 않다. 그들에게 허울 좋은 도독부를 양보하지만 그게 몇 년이나 가겠느냐? 짐의 뜻을 알겠는가?"

백제를 먹지도 못하고 뱉지도 못하는 계륵(鷄肋)으로 만들어, 당나라가 스스로 물러나게 하자는 고도의 책략이라 김유신도 손을 들었다.

"폐하의 깊은 뜻을 헤아리지 못한 소신을 용서하옵소서."

"나라 간의 외교라는 것이 단칼로 해결되는 것이 아니오. 강태공마냥 세월을 낚듯이 기다리다보면 대어를 잡을 수 있는 기회가 올 것이오. 그리고 대장군, 나라를 배반한 검일과 모척은 어찌되었소. 내 그놈들의 간을 씹어 먹어도 분이 안 풀릴 지경인데 생포는 하였소?"

"그 역적 놈들을 군영에 가두어 두었사옵니다."

"대장군도 알고 있다시피 이 전쟁은 그놈들로 인해 촉발되었소. 내 그놈들의 죄를 의자와 소정방이 보는 앞에서 물을 것이요."

김춘추의 눈가에 눈물이 맺히자 김법민은 가슴이 미어졌다.

"성심을 바로 하옵소서. 옥체가 상할까 두렵사옵니다."

"염려마라. 태자, 너의 누나와 매형이 대야성에서 죽었지만 백제를 멸망시키는 초석이 되었다. 그날의 아픔이 없었다면 의자를 단죄할 수 있겠느냐? 이것도 다 부처님의 뜻이로다."

김유신도 고개를 숙였다.

"맞습니다. 폐하, 이제 신라의 우환거리는 해결되었나이다. 감축 드리옵니다."

"아니오, 신라에는 더 큰 우환거리가 남아 있소."

"그게 무엇입니까? 폐하."

"바로 고구려요. 고구려는 전처럼 강성하지 않으나 만만히 볼 수 없는 상대요. 우리 국경선이 안정되려면 고구려도 멸망시켜야 하오."

"이제야 신라의 앞날이 보이는 것 같사옵니다. 폐하."

"나라와 나라의 일은 실타래처럼 엉켜 있어 쉽게 풀리지 않소.

다들 이 점을 명심하시오."

김춘추의 고뇌에 찬 설명이 끝나기를 기다렸다는 듯이 망국 중신들이 연줄을 잡으려고 문사전을 기웃거렸다. 불과 한 달 전까지만 해도 신라군과 싸울 전략을 논했던 자들이었다. 김유신은 어이가 없었다.

"이게 무슨 해괴한 짓들인가, 정말로 쓸개 빠진 놈들이다. 경비병은 무엇 하느냐? 저놈들을 전부 내쫓아라."

경비병이 창검을 들이대자 불나방처럼 달려들던 망국 중신들이 슬금슬금 김유신의 눈치를 보면서 흩어졌다.

소정방은 김춘추의 본심을 알 수 없지만 어렵게 전후 처리를 매듭지었다. 더구나 전리품을 가지고 개선할 생각에 소정방의 마음도 들뜨기 시작했다. 그런데 한동안 보이지 않던 군사참모 이의부가 아첨을 하듯 희죽거리면서 나타났다.

"합하의 공적을 만대에 전하는 승전비문을 쓸까 합니다."

"군사참모, 내가 무슨 공적이 있다고 그러시오?"

"합하께선 삼한의 골칫거리인 백제를 멸망시켰습니다. 이는 삼한을 안정시키는 동시에 고구려를 멸할 교두보를 마련한 것입니다. 이것만으로도 합하의 공적은 충분합니다."

"그럼 비문은 만들었소? 가져와 보시오."

"종군하고 있는 능주자사 하수량이 기념비문을 초안하고, 글

씨는 낙주인 권희소가 쓸 예정으로 조금만 기다리면 보실 수 있습니다."

"그렇다면 그 기념비문을 어디에 새길 것이오."

"정림사에 있는 오층 석탑이 제일 적당합니다."

"왜 하필이면 잿더미가 된 절이오? 다른 곳도 많은데…."

"정림사는 백제가 안정되면 다시 불사를 일으킬 가장 좋은 장소에 자리 잡고 있습니다. 맹광이라는 점쟁이도 오층석탑은 만대까지 갈 것이라고 장담했다 합니다."

"점쟁이 말을 액면 그대로 믿을 수 없지만 터가 좋다? 그럼 한번 해보시구려. 한데 군사참모, 백문이 불여일견이란 말이 있소. 직접 눈으로 한번 봅시다."

소정방과 이의부가 정림사로 말을 달렸다. 풍요롭고 흥청거리던 사비성의 저잣거리에, 나당군이 참살한 백성들의 시체가 군데군데 널려 있었다. 소정방과 이의부는 시체 썩은 냄새를 피하고자 코를 막고 저자거리에 들어섰지만 정림사로 가는 길도 말처럼 쉽지 않았다. 시체더미를 배회하던 늙은이가 소정방을 알아보고 욕설을 퍼부었다.

"저놈들이 사람백정 당나라 오랑캐다. 우리 아들과 며느리를 살려내라."

이의부가 늙은이에게 호통을 쳤다.

"이분이 누구신지 아느냐? 소정방 합하시다. 살고 싶으면 냉큼 비켜라."

"네놈이 그 유명한 사람 백정 소정방이구나? 원수를 외나무다리에서 만난다더니 이제야 네놈을 만났구나. 이 늙은이마저 죽여라."

소정방은 난감했다.

"노인장의 식솔이 죽은 것은 당신들의 왕이 나라의 정사를 잘못 보았기 때문이요. 원망하려면 백성들의 고혈을 빨아먹은 의자를 욕하시오."

늙은이가 되받아쳤다.

"우리 폐하가 백성의 고혈을 빨아먹었으면 네놈은 지옥의 원귀로다. 네놈의 병사들이 죄 없는 내 아들을 무참히 죽이고 임신한 며느리를 윤간했다. 그것마저도 원이 차지 안했는지 배를 갈라 죽이는 것은 무엇에 해당하느냐? 인두겁을 쓴 사람 백정 소정방아."

이의부가 검을 빼들었다.

"이놈이 죽고 싶어서 환장했구나, 그래 좋다. 네놈의 아들과 며느리 곁으로 보내주마."

"군사참모, 망국 백성이라고 하나 도가 지나치면 하늘도 우리를 돕지 않을 수 있소. 저 늙은이를 살려주고 정림사로 갑시다."

소정방은 고민 중이었던 전후 처리도 일단락되었고, 이의부가 승전비문 운운해서 바람도 쐴 겸 나왔다가 망신만 당했다. 특히 사람 백정이라고 욕설을 퍼붓는 늙은이의 앙칼진 목소리가 귓전을 떠나지 않고 윙윙거렸다. 소정방의 얼굴에 그늘이 지니 이의부도 마음이 편치 않았다.

"전쟁을 하다 보면 이보다도 더 큰 일도 있지 않습니까? 이런 것에 마음에 두지 마십시오. 합하."

"맞는 말이지만 그들의 심정도 이해가 되오. 군사참모."

소정방과 이의부가 정림사에 들어가니 부처님 모신 금당과 전각이 잿더미로 변해 있었다. 다만 부처님의 가호가 있었는지 비문을 쓸 오층석탑만이 잿더미 속에서 소정방을 반겼다.

"합하, 오층석탑이 불길을 피한 것을 보십시오. 맹관이란 놈 말대로 대단한 석탑입니다."

"알겠소. 이미 시작한 것 후대에 욕먹지 않게 잘 새기시오. 한번 잘못하면 후세 사람들에게 비웃음을 당할 것이니…."

"하수량의 문장을 믿어보십시오. 결코 합하를 실망시키지 않을 것입니다."

"알겠으니 빨리 돌아갑시다. 사비성의 저잣거리가 너무 흉해서 보기 싫소."

소정방은 조금 전에 만났던 늙은이가 또 나타날까 봐, 신경을 곤두세우면서 말을 달렸다. 그러나 사비성의 저잣거리에는 보이지 않은 귀가 열려 있었다. 늙은이에게 소정방이 망신을 당했다는 소문이 역병처럼 백제 전역에 퍼져나갔다.

승전 축하연의 뜻 깊은 날이 밝았다. 연회장에서 나당군의 장수들이 소정방과 김춘추가 나타나길 기다렸다. 교자상에는 꿩고기 노루고기 소고기로 만든 육회, 그리고 갖가지 산해진미가 상다리가 휘청할 정도로 장수들의 코끝을 자극했다. 한 번도 산해진미를 구경하지 못한 똥파리들이 떼를 지어 달려들자 김유신이 내관에게 호통을 쳤다.

"똥파리를 잡아라. 잘못하면 축하연을 열기도 전에 다 먹어치우겠다."

"네네, 대장군."

내관이 김유신의 눈치를 보면서 똥파리를 잡으려 쫓아다니니, 똥파리가 산해진미 속에 숨으려고 도망다니기 시작했다. 도열해 있는 장수들이 똥파리를 쫓는 내관의 모습에 웃음을 참으려고 킥킥거렸다. 이렇게 연회 준비가 가까스로 끝이 나자 소정방이 김춘추를 앞세우고 어전에 들어왔다. 소정방은 마치 황제가 된 듯이 근엄하게 말했다.

"이 자리는 백제를 정벌한 승전 축하연이요. 내가 대왕과 함께 백제를 정벌한 장수들의 노고를 치하하겠소. 숙원을 이룬 대왕께서도 한 말씀 하십시오."

김춘추는 선왕도 못 이룬 대업을 이루었다고 생각하니 정벌한 백제가 손안에 들어온 것 같았다. 어깨춤이 절로 나왔지만 내색하지 않고 모든 공을 소정방에게 돌렸다.

"백제를 정벌한 합하의 공적은 신라 백성들의 가슴속에 영원히 살아남을 것입니다. 거듭 감축 드리옵니다."

"황제 폐하에 대한 대왕의 충성심이 없었다면 백제 정벌은 이루어질 수 없었소. 공의 절반은 대왕의 것이오."

"그런 말씀 마십시오. 모두 합하의 공입니다."

김춘추가 입에 침이 마르도록 찬사를 늘어놓았다. 소정방은 축하연이 진행되는 모습에 만족했다. 이제 철군할 날도 얼마 남지 않았다.

"망국군주 의자와 망국중신들의 처분을 내리겠소. 낭장 풍사귀는 의자와 중신들을 모두 끌고 와라."

"네, 합하."

오랏줄에 묶여 끌려오는 의자와 사택천복을 비롯한 중신들의 모습은 처참했다. 노랗게 여윈 얼굴과 쑥 들어간 눈이 얼마나 치욕적인 대우를 받았는지 그 표정만 보아도 알 수 있었지만, 예식진의 얼굴에는 거만스러운 표정이 역력했다. 의자가 무릎을 꿇고 죄를 청했다.

"합하께 죄를 청하옵니다. 하해와 같은 황은을 저버린 죄인을 벌하소서. 하나 선왕의 제사를 끊는 불충만을 범하지 않게 은혜를 베풀어주옵소서."

김춘추가 큰소리를 내질렀다.

"네놈이 보위에 오르면서 우리 신라를 원수 대하듯 했다. 나는 수없이 말했다. 우리 강산을 침범하지 말라고. 하나 네놈은 하늘 무서운 줄 모르고 우리 대야성과 40여 개 성을 빼앗고 나의 딸과 사위를 죽게 했으니 원통한 마음 금할 수가 없었다. 다행히 나의 원통한 마음을 헤아리신 황제께서 백제를 멸하셨는데 기쁘지 않겠느냐? 네놈의 선왕에게 주는 젯밥을 끊는 것이 어찌 우리의 잘못이란 말이냐?"

의자는 김춘추의 살기등등한 욕설에 할 말은 많았지만 자신은 망국군주였다. 소정방에게 손을 내밀 수밖에 없었다.

"신라왕이 소인의 죄를 나열하였는데 그것은 빼앗긴 것을 되찾기 위한 자구책에 불과하였습니다. 이를 헤아려 주시고 선왕의 제사만은 받들게 해주옵소서."

소정방도 의자의 간청을 들어주고 싶었지만 김춘추의 섬뜩한 눈빛에 한발 물러섰다.

"항복도 때가 있는 법이오. 마지막까지 버틴 그대는 때를 놓쳤소. 우리 대당은 그대와 중신 모두 낙양으로 압송하고 백제에 도독부를 두어 다스리겠소. 그리 아시오."

사택천복이 분기를 참지 못했다.

"내가 네놈에 부탁했거늘 김춘추의 잔꾀에 넘어가 선왕의 제사를 끊는구나. 김춘추 저놈을 만만히 보지 마라. 도독부 좋아하네. 몇 년이나 가나 내가 죽어서도 지켜보겠다."

사택천복의 악담에 김춘추가 자리에서 벌떡 일어났다.

"김품일 장군, 합하께 악담을 하는 저놈의 입을 지금 당장 찢어버려라."

소정방의 얼굴색이 급변했다.

"대왕, 사택천복의 말이 듣기는 거북하나 지조가 있지 않소. 너무 역정 내지 마시오."

"합하께서 그리 말씀하시니 참겠지만 나라를 망친 놈이 아직도 기만 살아서…"

소정방이 사택천복을 바라보니 계속 연회장에 머물게 하면 또 다른 분란만 생길 것 같았다.

"황제를 대신하는 대총관을 모욕하다니 괘씸하다. 낭장 풍사귀는 사택천복을 끌어가 옥사에 가두어라."

"어리석은 소정방이 제 무덤을 파고 있구나, 하하하."

사택천복은 끌려가면서도 한 치 부끄럼 없이 당당했다. 비록 자신의 뜻을 관철시키지 못했지만 승자처럼 보였다. 하지만 김춘추는 이제 시작에 불과했다.

"합하, 의자의 처분도 끝났으니 당나라와 신라가 만세까지 우의가 이어지도록 축하주를 드십시다."

"좋습니다. 이렇게 좋은 날 축하주를 아니 할 수 있겠소. 한데 행주(行酒)는 누가 칩니까?"

"의자왕이 행주를 치려고 연회장에 부복하고 있습니다. 의자왕의 소원을 들어 줘야지요."

소정방은 머뭇거렸다. 비록 죄인이라고 하나 일국의 군왕이었던 자가 아닌가? 조금 가혹한 처사 같았다.

"그건 좀 심한 것 같은데…"

소정방의 망설임에도 김춘추는 물러서지 않았다. 의자의 자존감을 깡그리 파괴하고 싶었다.

"장수들은 행주잔을 들으시오. 의자왕이 행주잔에 술을 치려고 기다리고 있소. 그 기대에 보답해야지 않겠소."

김춘추의 냉소 섞인 말투에 망국중신들이 통곡을 했다.

"폐하, 아니 되옵니다. 아무리 망한 나라라고 해도 이런 치욕은 고금에도 없사옵니다."

"그대들은 더 이상 말하지 마라. 나라를 망하게 한 죄인은 이보다 더한 치욕도 감내할 것이다."

의자가 소정방의 행주잔부터 술을 치지만 손이 마음처럼 움직이지 않았다. 그러나 어찌하랴, 하늘을 받치고 있는 기둥이 무너졌다. 의자는 소정방 다음으로 김춘추의 행주잔에 술을 쳤다.

"그 좋던 패기와 결단력은 다 어디다 두고 꼴사납게 술을 치고 계시오. 선왕에게 부끄럽지 않소?"

김춘추의 거친 언사에 의자는 억장이 무너졌다. 눈가에 눈물이 맺힌 채, 혼신의 힘을 다해 술을 치고 있는데 문제가 생겼다. 의자가 김품일의 행주잔에 술을 치니 김품일이 술을 의자의 용안에 부었다.

“소신의 술맛이 어떻습니까? 하하하.”

소정방은 자신의 귀를 의심했다. 천둥 치는 소리가 들렸다. 소정방에게 항복한 흑치상지가 자리를 박차고 일어났다.

“저런 쳐 죽일 놈 보았나. 아무리 망국군주라지만 용안에 술을 뿌려, 내가 네놈을 죽이겠다.”

“이놈 흑치상지, 항복한 주제에 던져주는 떡이나 얻어먹지 죽으려고 환장했구나.”

흑치상지와 김품일의 사이에 긴장감이 감돌았다. 소정방이 손사래를 치면서 흑치상지를 꾸짖었다.

“군왕을 위하는 마음은 알겠지만 항복한 장수가 예의가 없구나. 이곳은 승전국의 축하연이다. 그리고 의자가 죄인의 몸이지만 좀 과한 것 같다.”

김춘추는 흑치상지의 칠 척 거구에 품어 나오는 괴력에 술기운이 달아났다. 과연 소정방이 탐낼 만한 용장이라고 생각했다. 왜 진작 이런 장수를 못 만났는지 아쉬움이 들었다.

“김품일 장군은 참아라. 항복한 놈이 발악을 한다고 망국군주의 가련한 신세가 변하겠느냐? 그리 알고 합하의 흥을 깨지 마라.”

긴장감이 휩쓸던 승전 축하연이 진정되었다. 의자가 행주를 마치자 김춘추가 행주잔을 높이 들었다.

"오늘 이 자리는 합하의 공덕을 기념하기 위한 축하연이요. 제장들은 행주잔을 높이 들고 합하의 승전을 축하하길 바라오."

김춘추의 건배사에 소정방도 행주잔을 높이 들었다.

"대왕의 건배사도 끝났으니 행주잔을 비웁시다."

나당군의 장수들이 건배를 하였다. 연회장에 술기운이 무르익어가자 무희가 나왔다. 악공이 연주하는 풍악에 맞추어, 무희가 버들가지처럼 낭창낭창한 몸매로 속살을 드러내면서 춤을 추었다. 김춘추도 기분이 좋아졌다. 마치 꿈을 꾸는 것 같았다. 술취한 코맹맹이 소리로 소정방에게 말했다.

"축하연을 더욱 흥겹게 하기 위해 역적놈을 군영에 잡아두었습니다. 그놈들 때문에 월나라 구천처럼 이십여 년 동안 밤잠을 설쳤습니다. 그놈들을 불러 합하의 여흥을 돋우겠습니다."

"대관절 그게 무슨 소리요. 역적놈이라니?"

"보시면 아실 것입니다. 김품일은 역적놈들을 압송해 오라."

소정방이 김춘추의 눈을 살펴보니 살기가 서렸다. 술기운이 달아났다. 손짓으로 춤추고 있는 무희와 악공을 내보냈다. 김품일이 검일과 모척을 끌고 오자 흥겨웠던 연회장은 얼음장처럼 급속히 냉각되었다. 김춘추가 검일의 죄를 열거했다.

"네놈들이 백제에서 호의호식하고 있는 동안 짐은 네놈들을 잡기 위해 왜국과 고구려에 고개를 숙였다. 다행히 황은을 입어 오늘에 이르렀다. 이제 짐이 네놈들의 죄를 말하겠다. 네놈들이 공모해 대야성의 식량 창고를 불태운 것이 첫째요. 둘째는 짐의 사위와 딸을 협박해 죽게 한 것이며, 셋째는 조국을 공격해 온 것이다. 네놈들의 죄를 알겠느냐?"

검일이 조목조목 반박했다.

"당신의 사위 김품석이 대야성의 성주로 있으면서 부하의 처를 겁탈하고 죽게 하였소. 호색한인 당신의 사위와 딸은 나의 겁박에 죽은 것이 아니라 천벌을 받아 죽은 것이요. 내가 조국을 공격했다고 하나 조국이 나를 버렸으니 신라를 공격한들 무슨 죄가 되겠소. 이처럼 나의 죄는 신라로부터 잉태한 바, 죄라고 할 수 없지만 당신은 오랑캐를 끌어들여 삼한의 한 뿌리인 백제를 멸망시켰으니, 죽어서 삼한의 신령을 어찌 뵐 것이며 후대인이 당신의 죄를 논박할 적에 어떻게 변명할지 준비나 해두시오. 사지를 찢어 죽이든 포를 떠죽이든 나는 잡힌 물고기니 마음대로 하시오."

"검일 저놈이 아직도 정신을 차리지 못하는구나. 지금 당장 끌고 나가 사지를 찢어 처절한 고통을 맛보게 하고 날카로운 칼로 포를 떠 물고기 밥이 되게 하라."

김품일은 소정방 보기 민망했는지 황급히 검일과 모척을 끌고 나갔다. 하지만 소정방은 내심 흐뭇했다.

"참으로 나쁜 놈들이요. 이제 대왕의 응어리도 풀렸고 원수를 갚았으니 얼마나 통쾌하오. 내 술 한 잔 받으시오."

"합하의 여흥을 즐겁게 해드리겠다는 것이 그만."

김춘추는 소정방 앞에서 검일을 단죄한 것을 후회했으나 이미 때는 늦었다. 홧김에 소정방이 따라 주는 술을 연거푸 마셨다. 신라 장수들도 기분이 상했는지 죄 없는 내관에게 욕설을 퍼부었다.

"이놈들아, 의자왕이 감추어 두었던 술을 가져와라, 냉큼."

"네네…."

신라 장수들의 욕설에 마음이 불편해진 사타상여와 흑치상지는 도망치듯이 연회장을 빠져나왔다. 하지만 사타상여는 속이 끓었다.

"형님, 폐하께서 행주 치는 모습은 신하로서 도저히 지켜볼 수가 없었소. 이놈들이 술독에 빠져 있을 때 떠납시다."

"자네 말대로 지금이 절호의 기회일세. 나는 풍달산성에서 거병하겠네. 자네 생각은 어떤가?"

"좋습니다, 저도 풍달산성으로 가겠습니다."

흑치상지와 사타상여가 사비궁의 담을 넘자 군영의 군막도, 숲속의 날짐승도, 술에 취해 비틀거리고 의자의 굴욕적인 행주가 요원의 불길처럼 고마미지현령의 귀에까지 파고 들어갔다.

10장 / 임존성

문사가 나당군의 창검을 피해 임존성에 들어왔지만 문사를 기다리고 있는 것은, 웅진성으로 몽진한 할아버지와 아버지가 소정방에 무릎을 꿇었다는 비보였다.

참을 수 없는 울분과 분노가 목까지 치밀어 올라왔으나 임존성에서 문사가 할 수 있는 일이라곤 왕실의 마지막 버팀목인 복신의 주위를 맴도는 것이 전부였다. 그런데 문사의 눈에 서광이 비쳤다. 가슴속에 간직하고 있던 선이 대련사에 나타났다.

“오늘만은 낭자의 마음을 알아야겠습니다. 왜 그렇게 저를 피하는지?”

“소녀는 죄인의 딸로 세손마마와 근본이 다르옵니다. 소녀를 잊으십시오.”

“그건 핑계에 지나지 않습니다. 혹시 제가 마음에 들지 않아서 그렇습니까? 아니면 마음에 두는 다른 사람이라도?”

“세손마마, 그것은….”

선이 말을 이으려는 순간, 의각이 나타났다.

“매일 부처님을 뵈러 오시군요. 세손마마.”

의각의 말에 선이 얼굴을 붉히면서 공방으로 들어가 버리니 문사가 아쉬운 표정으로 말했다.

“대련사에 오면 가슴속에 맺힌 울분과 뒤엉킨 머릿속이 깨끗하게 정화됩니다.”

“그 마음 이해가 됩니다만 선 낭자와는….”

"이런 난국에 드릴 말씀은 아니지만 선 낭자를 연모하고 있습니다."

"그럼 공주님도 세손마마의 마음을 알고 계시는지요?"

"아마 알고 계실 겁니다. 법사님."

"남녀 간의 인연이 송아지 코뚜레 뚫듯 강제로 엮어지는 것이 아닙니다. 선 낭자가 마음의 문을 열 때까지 차분히 기다리십시오."

"제가 선 낭자보다 앞서나갔나 봅니다, 하하하."

문사가 허탈하게 웃었다. 잡을 만하면 도망가고 잡으면 사라질 듯한, 선에 대한 연민이 대련사를 휘감고 있는 봉수산의 협곡만큼이나 깊고 높았다. 문사가 아쉬움을 남긴 채 임존성으로 발길을 돌렸다.

의각은 문사가 눈앞에서 사라지자 극락전에 들어가 예불을 드리기 시작했다. 그런데 낯익은 목소리가 의각의 귓전을 파고들었다.

"그간 별고 없으셨습니까. 형님?"

"도침이 아닌가, 한데 이 모습은…."

의각이 도침의 행색을 조심스럽게 살펴보니 장삼이 굴뚝에 들어갔다 온 것처럼 새카맣게 그을려 있고 얼굴은 굶주린 늑대처럼 핼쑥했다. 도침과 같이 온 승병들의 모습도 상거지나 다름없었다.

"형님, 약탈에 눈먼 나당군이 능사와 정림사를 불태우는 것도 모자라 선왕의 능을 모조리 파헤치고 부녀자를 겁탈했습니다. 그리고 폐하께서 행주를 치다가 김품일에게 술 벼락을 맞는 수모를 당했습니다. 이런 지옥 같은 사비성을 빠져나오기가 말처럼 쉽지 않았습니다."

"부처님의 집을 불태우고 폐하께 행주를 치게 하는 치욕까지…. 이런 원통한 일이 있는가?"

"저는 이제 염불만 하고 있을 수가 없습니다. 저와 같이 온 승병들도 염불보다는 놈들과 싸우기 위해 창검을 잡았습니다."

의각이 승병들을 바라보니 비록 낡아빠진 승복을 입었지만 눈빛만은 살아있었다.

"나도 대련사에 오신 승병처럼 창검을 잡겠네. 그런데 정림사 주지는 어찌 되었나? 나하고는 둘도 없는 지기였는데…."

"금당에 모신 부처님을 보호하다가 그만…. 가슴이 아파 더 이상 말씀 못 드리겠습니다."

"아우가 말하지 않아도 상상이 가네. 하니 더 이상 말마시게."

"하지만 형님, 주지를 죽게 버려두고 도망친 제 잘못이 큽니다."

"주지의 죽음이 왜 아우 탓인가? 다 부처님의 뜻일세. 그리고 임존성에 반가운 분이 와계시네."

도침이 의아한 눈빛으로 되물었다.

"반가운 분이라뇨, 형님?"

"지수신과 공주님일세."

"지수신만한 용장이 둘 만 있어도 제가 나설 필요가 없을 겁니다. 정말 지조 있는 장수입니다."

"나도 그 점을 안타깝게 생각하네."

"형님, 말 나온 김에 임존성에 올라가 봐야겠습니다."

"무엇이 그리 급하신가? 부처님께 예불을 드리고 가세,"

도침은 의각과 함께 대련사를 창건했다. 극락전에 부처님을 모실 때는 도침의 불심이 의각과 다르지 않았다. 그런데 혜오화상이 계신 미륵사로 들어가더니 불법보다 창검을 택했다. 부처님께 속죄하듯 예불을 드린 의각과 도침이 임존성으로 발길을 돌리니 성문 앞의 떼죽나무가 회색 꽃망울을 터트렸다. 그리고 하늘을 뚫을 것처럼 구름까지 파고드는 소나무가 우람한 자세로 성문을 지키고 있으니 임존성의 기상이 보이는 듯했다. 의각이 성문을 두드리면서 목청을 높였다.

"의각입니다. 성주님께 도침이 왔다고 전해 주십시오."

"알겠습니다. 스님."

수문장의 안내로 의각과 도침이 지휘부로 들어가자 복신이 반갑게 맞았다.

"도침선사님, 이게 얼마만입니까? 잘 오셨습니다."

"파계승을 잊지 않으시다니 고맙습니다. 성주님."

"도침선사님의 법륜은 온 백성이 다 아는데 파계승이라니요. 그런 말씀 마십시오."

지수신도 도침을 보니 반가웠다.

"임존성에서 선사님을, 정말 반갑습니다."

"이 중놈도 장군의 행적이 궁금했습니다."

의각은 이들의 만남에서 희망의 불씨를 보았다. 잘만하면 어려운 난국을 수습할 수 있을 것만 같았다. 의각이 복신의 손을 덥석 잡았다.

"사비성에 구금되신 폐하만 생각하면 가슴이 아프네. 오랑캐 땅으로 끌려가시기 전에 빨리 대책을 강구하세. 시간이 많지 않네."

부왕의 안위를 걱정하는 의각의 말에 율은 그동안 참고 있던 울음보가 터졌다.

"부왕을 생각하면 지금 당장 사비성으로 달려가고 싶어요. 의각법사님."

"폐하의 성심을 아신다면 다시는 그런 말씀 하지 마십시오."

의각이 위로했지만 율의 격한 감정을 막기에는 역부족이었다. 복신이 율의 눈빛을 살피면서 말했다.

"조만간 공주님의 한을, 아니 우리 모두의 한을 풀 일이 생길 것 같습니다."

지수신이 반문했다,

"그게 무슨 말씀입니까? 성주님."

"소정방이 철군하기 전에 임존성을 공략하겠다는 첩보가 들어왔습니다. 하니 우리도 소정방을 막을 준비를 해야 할 것 같습니다."

율의 얼굴에 생기가 돌았다.

"소정방이 임존성에. 정말 잘 되었어요. 이번에는 제가 소정방을 잡겠어요."

도침이 입가에 미소를 머금으면서 말했다.

"공주님이 소정방을 잡는다면야 무슨 걱정이 있겠습니까? 하나 공주님의 생각대로 쉽게 될지 소승은 잘 모르겠습니다."

"선사님, 제 걱정은 그만하시고 대련사 방어할 준비나 하셔요."

"공주님이 소승을 몰아세우니 말씀드리겠습니다, 의각형님과 소승이 대련사 산기슭, 곳곳에 목책을 세우고 당군의 발목잡고 늘어질 것 입니다 하니 대련사는 걱정 마십시오."

복신의 얼굴색이 밝아졌다.

"선사님이 대련사만 맡아주신다면야 무슨 걱정이 있겠습니까? 고맙습니다."

복신은 승리가 눈에 보이는 듯했다. 작전을 세우는 이들의 얼굴에 생기가 돌았다. 임존성은 피난 온 백성들로 인해 생활 시설이 부족했지만 가마니로 움집을 만들고 젊은 장정들이 고슴도치처럼 일어나 창검을 잡았다.

율의 무거웠던 마음도 한결 가벼워졌다. 이제 사비성에 구금되어 계신 부왕을 다시 모실 기회가 오지 않을까 기대 아닌 기대도 해보았다.

소정방은 그동안 참고 있던 울화통이 터졌다. 축하연을 벌였던 그날 믿었던 흑치상지와 사타상여가 도망가고, 축하연이 김춘추의 숙원을 풀어준 축하연이 되어버렸다. 더구나 임존성주 복신이 망한 나라를 다시 세우겠다고 호언했다는 소문까지 들려왔다. 급히 김춘추와 김유신을 불렀다.

"대왕 큰일났소. 축하연에서 우리가 지나쳤나 보오. 잔적들이 우리를 도적놈으로 치부하고 고슴도치처럼 일어나고 있어 전쟁을 다시 시작해야 할 것 같소."

"백제군의 주력은 모두 궤멸 되었습니다. 이제 남은 잔적은 병기도 시원찮고 제대로 훈련을 받지 않은 오합지졸로, 합하께서 큰소리 한번 치면 모두 줄행랑 칠 것인데 무엇이 걱정이십니까?"

"대왕의 말씀대로 다른 놈들은 걱정이 안 되나 임존성에 숨어 있는 복신과 지수신이 문제요. 우리 당군이 철군하기 전에 임존성을 쑥밭으로 만들고 백제의 근본을 뿌리 뽑겠소."

소정방의 서릿발 같은 눈빛에 김유신이 아첨 아닌 아첨을 하였다.

"의자왕의 딸이 임존성에 숨어 있다는 첩보가 들어왔습니다.

해서 소장이 합하의 소원을 풀어드리겠습니다."

"내 소원보다 대장군의 공명을 위해 생포하시오. 그러면 황제 폐하께서 큰 상을 내려줄 터이니…."

김춘추가 소정방의 말꼬리를 잡고 늘어졌다.

"합하께 말씀을 드릴 수도 없고 안 드릴 수도 없고 마음에 걸리는 것이 있는데…."

"뜸 들이지 말고 말씀해보시오. 무엇이 마음에 걸립니까?"

"황제 폐하께 진상하면 비이신 무황후가 가만히 두시겠습니까? 질투가 워낙 심한 분이라 쥐도 새도 모르게 죽일 것입니다. 그럴 바에야 이곳에 놓아두심이…."

"대왕답지 않게 웬 걱정이 그리 많소? 생포나 잘 하시오."

웅진성에서 천금 같은 기회가 있었지만 예식진의 어리숙한 전략으로 다잡은 윷을 놓아주고 말았다. 그런데 김유신이 장담했다. 이번만은 성공할 것은 예감이 불현듯 들었다. 김춘추의 걱정을 한 귀로 흘려버리면서 임존성의 지도를 탁자위에 펼쳐 놓았다.

"우리 당군은 무한천을 거슬러 올라가 남쪽에 있는 성문을 공략하겠소. 신라군은 북문을 공략하시오. 하나 소구니산성과 천태산성이 뱀이 꽈리를 틀듯 숨어서 임존성을 지키고 있으니 물리지 않게 조심하시오."

김춘추가 감탄사를 연발했다.

"합하의 전술이 손자병법보다 탁월합니다. 정말 대단한 전술입니다."

"내 어찌 잔적 토벌의 잔재주를 손자병법에 비교하겠소. 다만 궁지에 몰린 쥐도 최선을 다해 잡자는 것이 내 뜻이요. 토벌을 미룰수록 잔적들의 방비가 더욱 견고해질 것이니 지금 즉시 출병하시오. 대왕."

"출병은 걱정 마십시오. 합하."

김춘추와 김유신이 묵례를 하고 자리를 뜨자 소정방은 한숨이 절로 나왔다. 임존성의 공략을, 철군 기일이 열흘밖에 남지 않아 속전속결로 마무리할 수밖에 없었다. 또한 13만 당군이 폐허가 된 사비성에서 생활한다는 것이 결코 쉬운 일이 아니었다. 사비성의 백성들이 한 달 먹고 지낼 식량을 하루에 먹어 치우고 배설하니, 백강이 똥물로 가득 차 물고기가 숨 쉬지 못할 지경에 이르렀다.

이런 말 못할 사정 때문에 하루라도 빨리 철군하고 싶었지만, 임존성을 공략할 장수들의 모습을 훑어보니 속에서 열불이 일었다. 엉덩이에 살이 피둥피둥 오르고 어제 밤에 무슨 짓을 했는지 하품을 연신 해대면서 역겨운 술 냄새를 풍기니 소정방이 대노했다.

"전쟁이 끝났다고 술독과 계집에 빠져 옥석도 구분 못할 지경이니 내가 김춘추 보기가 두렵다. 내 이런 꼴을 보지 않으려면 하루라도 빨리 낙양으로 돌아가야 하는데 잔적들이 날뛰고 있어 답답하다. 하나 병사들이 놀고먹을 만큼 먹었으니 군기를 바로 세워 잔적들을 토벌하겠다. 제장들은 정신을 차려라."

낭장 동보량이 말했다.

"명령만 내려주십시오. 잔적들을 묵사발로 만들겠습니다."

"말은 그럴 듯하다. 그대와 방효태는 이번 토벌에 선봉에 서라. 우리 당군은 남쪽 성곽과 성문을 공격하기로 했다. 신라군은 북문을 공격할 것이니 신라군에 지지 말고 공명을 쌓아 낙양으로 돌아가자."

"그까짓 신라군 정도야 문제없습니다."

임존성의 잔적 토벌은 이렇게 시작되었다. 출병하는 당군의 오색 깃발이 하늘에 닿을 듯이 펄럭이었지만 병사들은 마치 소풍가듯 들떠 있었다. 약탈한 재물을 가지고 돌아갈 생각에 전쟁을 한다는 것은 먼 나라 이야기가 된 듯했다.

신라군도 당군과 별반 다르지 않았다. 백제를 멸하기 위해 출병했을 때의 긴장감은 눈 씻고 찾아보아도 찾을 수 없었다. 이런 병사들을 보고 백성들은 수군거렸다.

"얼마나 약탈을 많이 했으면 살찐 돼지처럼 뒤뚱거리는 저놈들의 몸뚱이를 좀 봐. 정말 가관일세."

"저놈 봐라, 밤새 오입을 했는지 아랫도리가 후들거려 걷지도 못하네. 저런 놈은 맨손으로 때려잡겠다."

"여보게들, 조롱만 하지 말고 임존성에 들어가 병기를 잡자."

나당군의 출병에 백성들의 표정이 조금씩 변하기 시작했다. 하나둘씩 무리를 지어 임존성으로 들어갔다.

승병들이 대련사로 올라오는 능선에 목책을 세웠다. 문사도 승병들을 거들었지만 구중궁궐의 세손이라 하는 일마다 실수투성이였다. 그래도 의각은 문사의 변화하는 모습에 흡족했다. 선도 조금씩 마음의 문을 여는지 문사를 대하는 표정이 전보다 나아졌다.

"세손마마, 그렇게 일하면 밥도 못 얻어먹습니다. 그만두시고 임존성으로 들어가십시오."

"대련사에 부처님이 계시고 낭자도 있습니다. 낭자가 이곳이 있는 한, 나는 한 발짝도 이곳을 떠나지 않을 것입니다."

문사의 단호한 결기에 의각은 걱정이 앞섰다.

"큰일 났네. 전쟁이 코앞인데 연분에 매달려 한 치 앞도 못보고 있구나. 그러지 말고 두 분 다 임존성으로 들어가십시오."

하지만 선은 갖가지 이유를 들어 거절했다.

"소녀의 생사가 임존성에 있으나 대련사에 있으나 별반 차이가 없습니다. 그리고 소녀가 대련사에 있어야만 승병들의 부상을 돌볼 수가 있습니다."

“두 분의 뜻이 그렇다면, 허허.”

의각은 이들의 생사를 부처님에게 맡길 수밖에 없다고 생각했다. 그리고 승병들을 진두지휘하고 있는 도침에게 말했다.

“아우의 노력으로 전쟁 준비가 거의 끝난 것 같네. 수고했네.”

“이젠 놈들을 기다리는 일만 남았습니다. 그런데 형님, 젊은이들을 왜 그리 걱정하십니까?”

“걱정 않게 생겼나, 나당군이 몰려오면 칼 한 자루 제대로 들지 못하는 저들이 무엇을 하겠나? 선 낭자는 여자라, 노리개가 될 것이 뻔하고.”

“그러니 전쟁 준비를 빈틈없이 해야 합니다. 해서 임존성에 잠깐 다녀올까 합니다. 그곳 상황도 점검할 겸.”

“아니오, 오실 필요가 없소. 선사님.”

복신이 지수신과 율을 대동하고 나타났다.

“성주님이 오셨으니 마침 잘 되었습니다. 이곳 상황도 문제지만 임존성은 어떻습니까? 나당군이 대군이라 겁이 납니다.”

“겁나다니요? 소장과 지수신 장군이 있는 한, 임존성은 무탈할 것입니다. 하니 임존성은 걱정하지 마십시오.”

복신의 다짐에도 도침의 얼굴색은 밝지 않았다.

“나당군의 수장은 소정방입니다. 만만하게 볼 일이 아닙니다.”

지수신이 도침의 말을 되받았다.

“나당군이 우리를 마적 떼 정도로 생각하면서 진군하고 있다

합니다. 이런 군기 빠진 병사로 소정방이 무얼 하겠습니까?"

"장군의 말대로 노략질과 부녀자 겁탈을 밥 먹듯이 한 놈들을 내가 두려워하다니, 하하하."

도침의 파안대소에 지수신이 대련사의 방어망을 살펴보니, 대련사가 수십 개의 목책으로 총총히 둘러싸여 있었다. 또한 승병들이 수십 명씩 조를 편성해 무한천을 감시하니 개미새끼 한 마리 들어올 수 없을 정도로 방어망이 튼튼했다. 지수신이 흡족한 표정을 지으면서 말했다.

"공주님, 도침선사의 방어망이 대단합니다. 이제 대련사 걱정은 안 해도 되겠습니다."

"제 생각도 그래요. 한데 사형, 목책에 문사와 선이 있어요."

율의 말에 지수신이 목책으로 시선을 돌렸다. 그런데 생각 밖의 전경이 눈앞에 펼쳐졌다. 물과 기름처럼 빙빙 돌던 문사와 선이 비지땀을 흘리면서 나당군과 싸울 병장기를 운반하고 있었다.

"선과 세손마마가… 빨리 가봅시다. 공주님."

지수신과 율이 목책으로 달려가니 선이 반갑게 맞았다.

"전쟁이 곧 시작된다면서요. 오라버니."

"그래, 놈들이 임존성으로 몰려오고 있어. 하나 전쟁 준비에 땀 흘리는 사매를 보니 마음이 아프다."

"제 걱정은 하지마시고 놈들을 막을 생각이나 하셔요. 오라버니."

율도 반갑게 말했다.

"문사가 웬일이야? 저렇게 일할 아이가 아닌데 동생이 곁에 있어 변했나 봐."

"공주님이 세손마마를 잘못보신 것 같아요. 저보다도 잘하고 계시니 마음 놓으셔요."

"그래도 동생이 철들게 해준 것 같아, 정말 고마워."

병장기를 운반하는 문사의 모습은 왕손의 모습이 아니라 민초의 모습이었다. 율이 문사를 껴안았다.

"네가 좋은 모습을 보이니 선도 즐겁게 대해주지 않느냐. 이제부터 시작이라 생각하고 잘해 보아라."

"전보다 나아졌지만 여전히 냉랭합니다. 그리고 고모님, 소정방이 고모님을 잡으러 온다고 이상한 소문이 돌던데요."

"괜한 헛소문에 신경 쓰지 마라. 문사야,"

"그래도 조심하십시오. 이제 혈육은 고모님뿐입니다."

"혈육이 이 고모뿐이겠느냐? 피난 온 백성과 병사 모두 친 혈육이라고 생각해라."

"알고 있어요. 고모님."

율이 문사와 헤어진 후 임존성으로 돌아왔다. 다행히 문사가 철이 든 것 같았다.

"사형, 문사가 사람이 된 것 같아요. 선도 전처럼 냉기가 돌지 않아 기분이 좋아요."

"저도 한 시름 덜었습니다. 공주님."

지수신도 오라버니처럼 따르던 선을 대련사에 내팽개친 것 같아 항상 마음의 짐을 지고 있었다. 지수신이 홀가분한 마음으로 율의 손을 살며시 잡자 율의 얼굴이 붉게 타오르기 시작했다.

소정방의 당군이 임존성을 감싸고 있는 봉수산의 남쪽 평야에 둔병했다. 내포평야의 젖줄인 무한천이 뱀처럼 길게 꿈틀거리면서 서해로 물길을 열고, 대련사의 검은 지붕이 태양빛에 반짝거렸다. 마치 부처님의 환영이 봉수산 마루에 걸린 것처럼 봉수산의 산하가 풍요롭게 보였다.

하지만 임존성 외곽과 대련사의 주변에 목책이 거미줄처럼 엉켜 있어 당군의 심장을 얼어붙게 했다. 더구나 승려들의 예불 소리가 바람결을 타고 들려오자 당군은 그동안 지은 죄를 속죄하듯 대련사를 향해 연신 합장을 해대었다.

낭장 동보량은 병사들의 이상한 행동에 말문이 막혔다. 처음 출병할 때는 군기가 당찼는데 사비성을 점령한 후, 군기가 썩은 동아줄처럼 삭아 내렸다.

"합하, 아무리 잔적 토벌이라 하나 병사들의 사기가 말이 아닙니다. 사기를 다시 진작시킨 후에 공략하심이…."

"이 사람아, 철군할 날이 불과 열흘도 안 남았다. 군기를 어지럽히는 놈을 참하고 군기를 바로 잡아라."

"하지만, 합하."

"잔말 말고 임존성에 숨어있는 공주나 잡아라. 검술이 고수라 쉽지 않겠지만 그래도 틈이 있을 것이다."

"그래 봐야 계집이 아닙니까? 걱정이 너무 심하신 것 같습니다."

"계집이라고 만만히 보지 마라."

소정방의 질책에 동보량은 코웃음을 쳤다. 계집 하나에 목매는 대총관이 우습게 보였다. 군영에 돌아온 동보량이 큰소리로 명령했다.

"창검을 잡아라, 군기를 위반하는 자는 모조리 참해 군문에 걸겠다."

그때서야 당군이 조금씩 움직이면서 풀어진 군기를 되잡았다. 김유신도 천태산성과 소구니 산성을 공략하지 않고 임존성의 북문으로 병사를 집결시켰다. 막상 도착해 지형을 살펴보니, 산허리를 감싸고도는 북문 성곽이 길고 길어 구름까지 닿았다. 은근히 부담이 되었으나 이보다 더 큰 걱정은 자신의 진퇴였다.

"흠순아, 형은 이번 임존성의 공략을 끝으로 쉬어야겠다. 너무 멀리 달려온 것 같구나."

"형님이 쉬면 낙마처럼 엉킨 조정의 일과 앞으로 닥쳐올 고구려전의 전략은 누가 세웁니까?"

"그건 자네가 모르는 소리다. 군권과 병사들의 신망이 나에게 쏠려 있는데 폐하께서 가만히 둘 리 있겠느냐? 자네도 내말을 흘려듣지 말고 들어올 때와 나갈 때를 잘 구분하라."

김흠순은 수심이 가득 찬 김유신의 얼굴을 제대로 바라볼 수 없었다. 김유신은 장수들의 모범이 되게끔 자신을 엄하게 다스렸고, 군왕과 관계도 군신 이상으로 군권이 막강했다. 그 막강한 무게에 버거워하는 김유신이 안쓰러워졌다.

"잘 알아들었습니다. 형님."

"알았다면 됐다. 허허허."

김유신이 허탈하게 웃자 김흠순은 할 말을 잊었다. 김유신의 마음을 모르지 않지만 군신과 관계를 너무 복잡하게 생각하는 것 같았다. 김흠순이 대장군의 군막을 나와 공성전에 필요한 병장기를 점검했으나, 이번 공성전은 말처럼 쉽지 않을 것만 같았다.

임존성의 험준한 산세도 문제지만 북문까지 병장기를 끌고 가는 것이 더 큰 문제였다. 한마디로 한 명의 병사가 만 명을 대적할 수 있는 요충지라고 생각하면서 한숨을 내쉬었다.

복신은 성곽에 병력을 이중 삼중으로 배치하고, 대련사를 지키는 승병들을 지원하기 위해 기병을 따로 편성했다. 석양이 봉수산 마루를 넘어가고, 밤이 깊어가는데도 당 군영은 고요했다. 하지만 도침은 긴장을 풀 수 없었다. 정림사 주지의 마지막 모습이 주마등처럼 머릿속에 스쳐지나갔다.

"형님, 정림사를 불태우고 주지를 난도질한 저 원수 놈들의 간을 씹어 먹어도 시원치 않습니다."

"부처님을 모시는 불제자가 어찌 그리 험한 말을 하는가? 그것도 다 부처님의 뜻이라고 생각하시게. 다행히 부처님을 보호할 기회가 왔으니 이번만은 실수 없이 하시게나."

"그래도 분합니다. 악귀가 되더라도 소정방에게 죄를 물을 겁니다."

"아우 마음 알겠으니 잠시 눈을 부치시게."

의각은 도침을 위로하고 극락전으로 들어갔다. 그리고 부처님께 예불을 드리면서 승리를 기원했다.

이렇게 대련사의 밤은 깊어가면서 달이 인시(寅時, 3~5시)를 가리키자 소정방은 군령을 하달했다.

"인약불기 일무소판(寅若不起 日無所辨, 새벽에 일어나지 않으면 그 날의 일을 장담할 수 없다)이라고 공자님이 말씀하셨다. 성현의 말씀이 이럴진대 내 어찌 성현의 말씀을 따르지 않으리. 지금 시각이 바로 새벽을 알리는 인시다. 동보량은 대련사의 목책을 때려 부수고 임존성으로 가는 진격로를 확보하라. 단 대련사만은 불태우지 마라. 우리가 너무나 많은 부처님의 거처를 불태웠다. 방효태는 동보량의 우측을 지원하면서 임존성의 남쪽 성곽을 공략하라."

봉수산의 남과 북에서 일시에 북소리가 울려 퍼지자 동보량의

부대가 달그림자를 따라 대련사의 목책 방어선을 물어뜯었다.

"대당의 병사들아, 대련사의 목책을 때려 부숴라."

당군의 공격을 예상한 듯 도침이 승병들에게 큰소리로 명령했다.

"목책을 사수하라. 목책이 뚫리면 대련사가 위험하다."

도침의 명령에 호응하듯 의각도 검을 빼들었다. 승병들이 의각의 좌우익을 보호하면서 당군과 생사를 건 혈전을 시작했다. 동보량은 마음이 급해졌다. 목책도 문제지만 산 도적처럼 생긴 중놈이 장삼을 휘날리면서 창을 불같이 쓰는 모습에, 병사들이 지레 겁을 먹고 뒷걸음쳤다.

"산 도적처럼 생긴 중놈은 내가 맡겠다. 물러서지 마라. 우리 뒤에는 5만 대군이 있다. 진격하라."

"그래, 네놈들을 잡아갈 산 도적 도침이다. 석성산성에서 네놈들을 막지 못했지만 임존성에서는 어림없다."

"네놈이 그 유명한 땡중 도침이구나? 잘 만났다. 네놈의 수급을 잘라 공명을 세우겠다."

"땡중 맛을 보아라, 얼마나 계집을 탐했으면 창 한 번 제대로 쓰지 못하고 비틀거리느냐. 하하하."

도침은 싸울수록 힘이 넘쳐났다. 동보량을 매섭게 공격했다. 의각도 달라붙는 당군과 싸우면서 대련사를 바라보았다. 당군이 부처님을 모신 극락전을 불태우지 않나 우려가 앞섰다.

선도 부상당한 승병을 돌보기에 여념이 없었다. 팔다리가 잘려 나가고 온몸이 피투성이가 된 승병을 돌보기엔, 연약한 여인으로서 버거웠지만 문사가 도왔다. 이들은 평생 한 번도 해보지 못한 경험을 한 순간에 하고 있었다. 동보량 부대의 전투를 관망하고 있던 방효태가 병사들에게 명령했다.

"돌덩이를 날려 남쪽 성곽을 부수고 성 안으로 들어가라."

"쿠웅…."

남쪽 성곽이 폭죽처럼 쏘아올린 돌덩이에 맞아 무너졌지만 복신은 당황하지 않았다.

"형제들아, 무너진 성곽을 보수하라. 물러서지 마라."

"걱정 마십시오. 성주님."

병사들이 무너진 성곽을 돌덩이로 막으면서 당군의 머리 위에 펄펄 끓는 기름을 쏟았다. 특히 백성들의 항전은 상상을 초월했다. 죽창이 떨어지면 맨몸으로 항전하고, 성 밖에서 날아오는 돌덩이에 피투성이가 되면서도 동요하지 않았다. 복신은 백성들의 눈물겨운 항전이 당황스러웠지만 한편으로는 눈물겨웠다.

북문을 지키고 있던 부장 사수원(沙首原)이 달려왔다.

"신라군이 북문을 당차와 벽력거로 공격하고 있습니다. 기세가 만만치 않습니다. 성주님."

"북문은 날고 긴다는 제갈량도 들어올 수 없다. 불화살을 쏘아 신라군의 벽력거를 불태워라. 성곽에 줄사다리를 못 걸게 병사들을 전진 배치하라."

"알겠습니다. 성주님."

사수원이 북문으로 달려가 병사들에게 명령했다.

"형제들아, 불화살을 쏘아 신라놈들의 숨통을 끊어라."

북문의 병사들이 성곽을 기어오르는 신라군에게 불화살을 쏘았다. 신라군도 지지 않았다. 당차로 북문을 때리면서 돌덩이를 성 안으로 날려 보냈다.

"콰앙… 우지직…."

신라군의 집요한 공격에도 북문은 열리지 않았다. 매번 북문을 탈취하려는 작전이 실패로 돌아가고, 병사들의 비명 소리가 비수처럼 김유신의 가슴속을 후벼 팠지만 계속 병사를 내보냈다.

"공격하라, 조금만 밀어붙이면 승리는 우리 것이다. 계림의 형제들아."

김흠순은 정신이 번쩍 났다.

"안됩니다. 산세가 험악하니 잠시 병력을 뒤로 물려야 합니다."

"소정방에게 질 수 없다. 말리지 마라."

김흠순의 만류에도 김유신은 계속 공격 명령을 내렸다. 이제 임존성은 벼랑 끝에 선 소나무처럼 위태위태했다. 새벽을 알리는 인시부터 태양이 중천에 걸릴 때까지 백제군과 나당군의 백병전이 계속되었지만 승패를 가늠할 수 없었다.

소정방은 임존성의 철벽 방어에 혀를 내둘렀다. 땡중 도침과 늙은 중놈이 대련사의 길목에 목책을 세워놓고 동보량을 적절히 애를 먹이니 잘못하면 도리어 잡힐 것만 같았다. 속이 뒤집힌 소정방이 두상(杜爽)에게 명령했다.

"동보량을 지원해 중놈들의 방어선을 단숨에 돌파하라. 잘못하면 대당의 체면을 임존성의 성곽에 묻고 가겠다."

"걱정 마십시오. 필히 땡중을 잡겠습니다."

두상이 나타나자 동보량의 죽었던 사기가 되살아났다.

"대당의 병사들아, 두상 장군이 오고 있다. 이제 승리는 우리 것이다. 밀리지 마라."

동보량과 두상의 부대가 연합해 도침의 승병을 공격했다. 승병들이 열반경을 외면서 막았지만 당군의 공격은 끝이 없었다. 두상이 승리를 목전에 둔 것처럼 고래고래 소리를 내질렀다.

"조금만 더 밀어붙이면 임존성으로 들어가는 교두보를 확보할 수 있다. 중놈들을 모두 죽여라."

두상의 카랑카랑한 목소리에 지수신의 얼굴색이 급변했다. 승기를 잡았던 승병들의 사기가 두상의 지원으로 한풀 꺾였다. 더구나 도침과 의각이 위험에 처하니 계속 지켜만 볼 수가 없었다. 급히 율을 불렀다.

"성문을 지키십시오. 제가 도침과 의각법사를 구하겠습니다."

"저도 같이 가겠어요. 사형."

"아직도 내 마음을 모르겠습니까? 여기 꼼짝 말고 계십시오."

"그래도 혼자 가는 것은…."

지수신이 율의 손을 뿌리치고 성문을 나서자 도침의 얼굴에 화색이 돌았다.

"지수신 장군이 오고 있다. 승병들이여, 분투하라."

승병들이 전열을 가다듬자 두상의 얼굴이 돌처럼 굳어졌다.

"저놈은 잔적 중의 잔적 지수신이란 놈이다. 저놈을 잡은 자는 천금을 주겠다. 지수신을 잡아라."

당군이 무리를 지어 지수신에게 달라붙었다. 지수신은 가소롭다는 듯이 두상에게 호통을 쳤다.

"이곳이 네놈의 무덤이다. 목을 내놓아라."

지수신의 검이 섬광을 토하니 대련사의 기슭이 당군의 피로 물들었다. 한숨을 돌린 도침이 지수신에게 말했다.

"소승이 동보량을 잡겠소, 장군은 두상을 잡으시오. 이 둘만 잡거나 죽이면 이 전쟁은 끝이 납니다."

"알겠습니다. 선사님."

지수신이 두상을 공격했다. 도침도 동보량을 공격했다. 서슬이 퍼렇게 이들의 검에서 불꽃이 튀었다. 동보량은 마음이 급해졌다.

"대당의 병사들아, 산 도적처럼 생긴 땡중을 잡아라."

동보량의 명령에도 당군의 사기는 곤두박질쳤다. 도침의 검에 아까운 병사들만 피를 흘리자 동보량이 안되겠다는 듯 말머리를 돌렸다. 의각이 피 묻은 장삼으로 얼굴을 닦으면서 도침에게 말했다.

"도망치는 동보량의 모습을 보게. 이제 승리는 우리 것이네."

"맞습니다. 형님."

의각의 말대로 승기를 잡은 듯했다. 하지만 소정방은 아니었다. 남쪽 성곽을 공격하고 있는 방효태도 실속 없는 전투만 계속하니 속이 부글부글 끓었다.

"목책 하나 빼앗지 못하고 성곽 하나 넘지 못하는 놈들이 대당의 장수라니 답답하다. 동보덕은 동보량을, 양행의는 방효태를 지원하라."

소정방은 동보덕과 양행의에게 각각 병사 1만을 주어 내보냈다. 동보덕의 지원에 사기가 오른 동보량이 의각을 조롱했다.

"늙은 중놈아, 이승에 미련두지 말고 부처님 곁으로 가거라. 내가 보내주마."

"그렇게 내 목을 원하시거든 어디 한번 취해 보시게."

"늙은 중놈이 입만 살았구나, 하하하."

의각은 대련사를 지키기 위해 죽기를 각오했지만 승병들의 죽음 앞에서는 비통한 심정을 가눌 수가 없었다.

동보량이 의각의 한계를 알아챘다. 의각이 비틀리는 틈을 타 창으로 의각의 가슴을 찔렀다. 의각이 피를 토하면서 쓰러지자 율이 성문을 박차고 나왔다.

"감히 법사님을. 내가 네놈을 죽이겠다."

율의 목소리에 동보량은 정신이 번쩍 났다.

"성안에 숨어있던 의자왕의 딸이 나타났다. 생포하라. 합하께서 천금의 상을 줄 것이다."

동보량이 명령했지만 병사들은 넋이 나갔는지 움직이지 않았다, 율의 모습이 마치 천상의 선녀가 하강한 것처럼 병사들의 눈을 사로잡았다. 율은 쓰러진 의각을 품에 안았다.

"법사님, 이 전쟁은 우리가 이기고 있어요. 정신 차리셔요."

"나라를 구하지 못하고 이 중놈이 먼저…."

극락전의 풍경 소리가 입적하는 의각의 가슴속을 파고드니 눈을 감은 의각의 얼굴이 부처님의 얼굴만큼이나 온화했다. 도침은 의각의 죽음에 몸이 달았지만 당군이 앞을 가로막고 있어 마음속으로 극락왕생을 빌 수밖에 없었다.

"형님, 먼저 가십시오. 내 원수를 갚아드리리다."

도침은 이리떼처럼 달라붙은 당군을 향해 칼춤을 추었다. 율도 분연히 일어나 의각을 죽인 동보량을 공격했다. 문사와 선은 전황이 급변하자 얼굴색이 변했다. 특히 동보량의 검이 율의 몸을 스칠 적마다 눈을 질근 감아버렸다. 소정방은 소원이 이루어진 것처럼 껄껄거리면서 군영을 박차고 나왔다.

"공주를 생포해 낙양으로 돌아가리. 동보량에 일러라. 털끝 하나 상하지 않게 생포하라고. 으하하하."

소정방의 인해전술로 임존성이 함락직전에 놓이자 복신은 낙담했다. 임존성의 함락이 눈에 보이는 듯했다. 매번 하늘은 복신의 손을 들어주지 않았다. 하지만 복신은 하늘의 뜻을 다시 묻고자 했다. 하늘에 기원하듯 무한천으로 시선을 돌린 복신의 얼굴이 보름달처럼 밝아졌다.

"지원군이 오고 있다. 누군지는 모르지만 병력이 3만은 될 것 같다. 형제들이여, 힘을 내라."

병사들도 승리가 눈앞에 온 것처럼 함성을 질렀다.

"흑치상지와 사타상여가 선봉에 섰다. 소정방을 놓치지 말고 때려잡자,"

지원군이 당군의 후미를 공격하기 시작했다. 선봉에선 장수는 흑치상지와 그의 의제 사타상여였다. 소정방은 흑치상지와 사타상여가 임존성에 나타났다는 백제군의 함성에 까무러질 듯이 놀랐다.

"저놈들이 나의 뒤통수를 치는구나. 이번만은 용서하지 않겠다. 의리 없는 저놈들을 잡아라,"

흑치상지가 소정방을 꾸짖었다.

"누가 의리 없다 하느냐? 사비성을 도륙한 것도 모자라 폐허로 만든 네놈들의 행패에 백성들이 피눈물을 흘리고 있다."

흑치상지가 장검을 빼들자 당군이 슬금슬금 뒷걸음쳤다. 전세가 반전되자 복신이 큰소리로 외쳤다.

"형제들아, 당군만 물리치면 신라군은 힘없이 무너진다. 독안에 쥐는 놓치면 안 된다."

방어에만 급급했던 지수신의 얼굴도 밝아졌다.

"공주님, 보십시오. 흑치상지와 사타상여가 왔습니다."

"임존성에 흑치상지가…."

율이 흑치상지를 바라보니 전쟁을 치루면서 세월의 연륜이 더해졌는지 눈자위가 시원스럽게 보였다.

"흑치상지 장군님, 정말 고마워요."

"고맙다니요. 소장은 할 일을 한 것뿐입니다. 공주님."

흑치상지가 화답하고 도망치는 당군의 퇴로를 차단했다. 또한 백제군과 승병들이 전열을 가다듬고 빼앗긴 목책을 다시 찾으니 후미에 처져 있던 낭장 양행의가 말머리를 돌렸다. 하나 도망치는 것도 쉽지 않았다. 지수신의 검이 섬광을 그으면서 양행의의 목을 잘랐다. 백제군이 큰소리로 함성을 질렀다.

"양행의가 죽었다. 이제 소정방만 남았다. 단숨에 몰아치자,"

신라군의 전황도 당군과 다를 바가 없었다. 북문 성곽에서 항전하는 백제군에게 손을 쓸 수가 없었다. 김유신이 답답한 심정으로 북문 망루를 올려다보니 백제군이 지축이 흔들리도록 비웃었다.

"저기 김유신이 있다. 김유신만 죽이면 반이라도 폐하의 원수를 갚는다."

북문 성곽에서 펄펄 끓는 기름과 돌덩어리가 떨어졌다. 북문 성곽을 오르던 신라군 병사들이 피투성이가 되어 쓰러졌다. 김흠순이 김유신의 손을 잡아끌었다.

"형님, 임존성의 공략은 틀렸습니다. 철군합시다."

"그래, 자네 말대로 다음 기회를 보자."

김유신은 임존성의 공략이 쉽지 않다는 것을 예상했으나 이렇게 힘들 줄은 몰랐다. 우선 소정방의 근황부터 살폈다. 독자적인 전략을 세우지 못하는 김유신으로서는 소정방의 눈치를 볼 수밖에 없었다.

소정방은 목까지 끓어 오르는 울화를 참을 수가 없었다. 승리를 목전에 둔 전황에, 흑치상지와 사타상여가 나타나 임존성의 공략을 없던 일로 만들었다. 손에 잡힐 것 같던 공주도 놓쳤다. 대총관의 자존심을 임존성의 성곽에 묻게 한 전쟁에 고개를 좌우로 설레설레 흔들면서 퇴각명령을 내렸다.

"전군은 퇴각하라."

당군이 창검을 질질 끌면서 군영으로 돌아왔다. 군영은 여름날인데도 찬바람이 을씨년스럽게 불었다. 소정방이 땅을 쳤다.

"철군할 날을 잡아놓고 계속 임존성에 발목을 잡힐 수 없다. 아쉬움이 남지만 잔적 토벌의 뒷일은 도호부에 맡기겠다. 동보량은 이번 전쟁의 전과를 보고하라."

"양행의 낭장과 병사 1만이 전사했습니다. 우리 아군이 쟁취한 것은 목책 두 개, 대련사 주지 의각을 죽이고 잔적 100여 명의 수급을 잘랐습니다."

"신라군의 피해는 얼마나 되오. 대장군?"

"북문 성곽에 병사3천을 묻었습니다."

전략을 잘못 세운 책임은 대총관에게 있었다.

"우리가 경솔하게 병력을 동원한 것도 잘못이고, 잔적을 마적 떼로 본 우리의 안목도 실책이었다. 그렇다고 우리가 진 것은 아니다. 사비성으로 돌아간다."

철군하자는데 이의를 달 장수는 없었다. 전과는 미미했지만 나당군의 저력을 보였다고 자위하면서 사비성으로 퇴각했다.

(상권 끝).

• 참고문헌

『三國史記』 김부식 저, 최호 역, 홍신문화사, 2010.

『三國遺事』 일연 저, 김길형 역, 아이템북스, 2008.

『조선상고사』 신채호 저, 박기봉 역, 비봉출판사, 2011.

『삼국통일전쟁사』 노태돈 저, 서울대학출판부, 2009.

『백제 부흥운동 연구』 김영관 저, 서경출판사, 2005.

『안녕, 계백』 역사편찬위원회 저, 역사디딤돌, 2009.

『의자왕과 백제 부흥운동 엿보기』 양종국 저, 서경문화사, 2008.

『백촌강 전투』 이성범 저, 제이앤시. 2002.

『백제 사비성시대 연구』 이도학 저, 일지사, 2010.

『진시황평전』 장펀탠 저, 이재훈역, 금항아리, 2011.

『당태종 평전』 자오커야오, 쉬다오쉰 저, 김정희역, 민음사, 2011.

『제자백가』 이명주 편주, 큰방, 2009.

『신(新)중국사』 강영수 저, 좋은글, 2001.

『사기열전』 사마천 저, 이상옥 역, 명문당, 2009.

『사기열전』 사마천 저, 박성연 역, 아이템북스, 2013.

『당평제비』 한국고대금석문, 한국금석문종합영상정보시스템, 1992.

『의자왕을 고백한다』 이희진 저, 도서출판가람기획, 2011.

〈1300년 만에 밝혀진 의자왕의 항복비밀〉 KBS역사추적, 2008.

백제부흥운동의 대서사

백제 지수신(상)

1판1쇄 인쇄일 2020년 7월20일
1판1쇄 발행일 2020년 7월30일

ISBN 978-89-94803-66-1 04810(세트)
ISBN 978-89-94803-67-8 04810(상)

지은이 류정식
펴낸이 류희남
디자인 디자인오감

펴낸곳 물병자리H
출판등록 1997년 4월14일(제2-2160호)
주소 서울시 종로구 새문안로5가길11, 옥빌딩 801호
전화 02-735-8160
팩스 02-735-8161
홈페이지 www.aquariuspub.com
이메일 aquari5@naver.com

물병자리H(Humanity & History)는 물병자리 출판사의 인문, 역사, 문학 분야 브랜드입니다.

이 도서의 국립중앙도서관 출판예정도서목록(CIP)은 서지정보유통지원시스템 홈페이지(http://seoji.nl.go.kr)와 국가자료종합목록 구축시스템(http://kolis-net.nl.go.kr)에서 이용하실 수 있습니다.
(CIP제어번호 : CIP2020028828)